歴史小説の懐

山室恭子

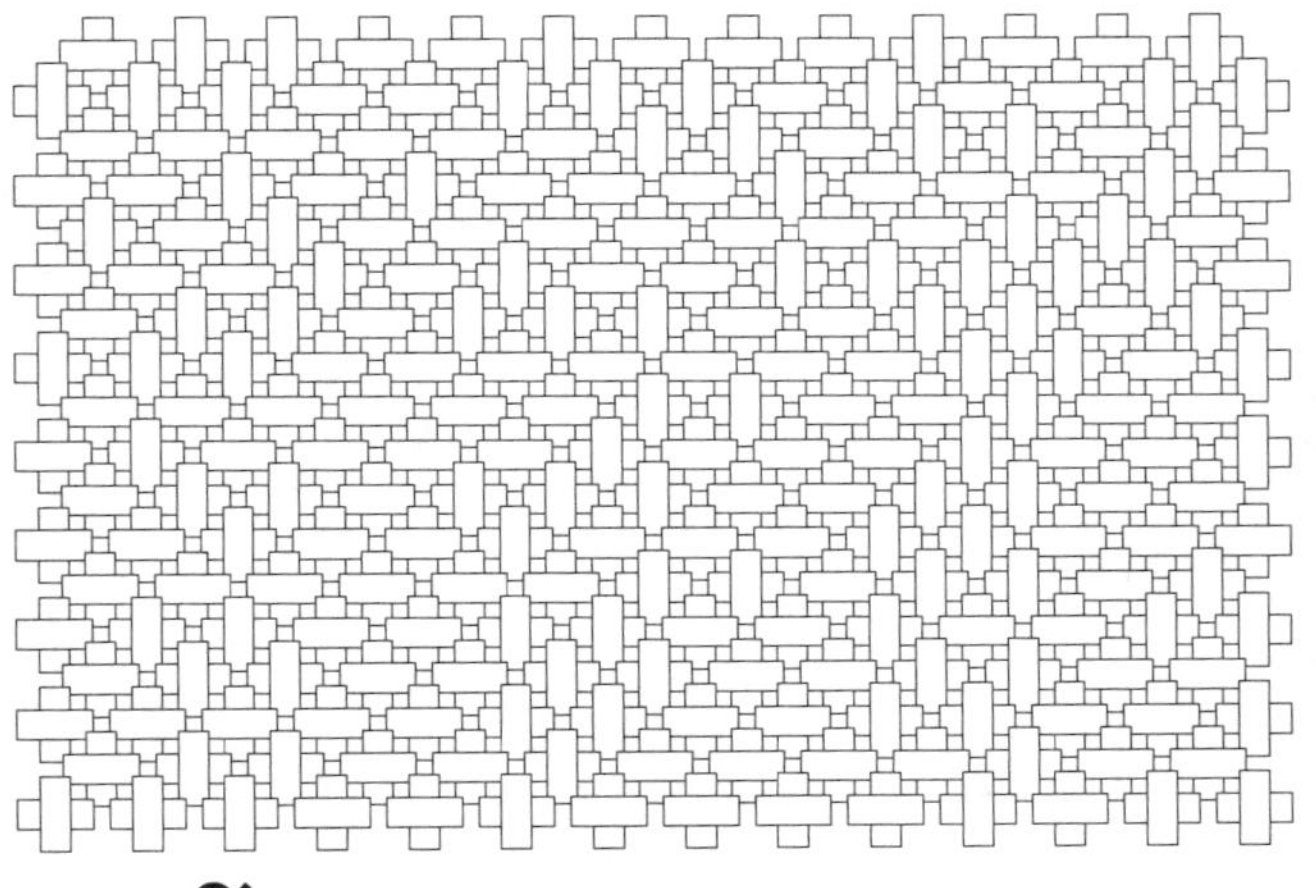

講談社+α文庫
プラスアルファ

歴史小説の懐　目次

歴史小説の懐

序

ざわざわ庭で熊笹が鳴った。（五味康祐『柳生武芸帳』上巻—155ページ）

その葉陰にひそむものの正体をたぐり寄せられた時のよろこびは忘れがたい。なぜ、いきなり「ざわざわ」なのか。なぜ、「庭で熊笹がざわざわ鳴った」という、耳慣れた通常の語順でないのか。

ゆっくり、兵庫介は歩き出した。（同485）

答えを捜して作品の懐へ分け入ってゆくと、当初は悪文とも映ったこれら破格の文体が、じつはこの『柳生武芸帳』という特異な作品自体が有する志向と深く響きあっていることがわかってくる。

「ざわざわ庭で」、「ゆっくり、兵庫介は」。これは、さきに動きがあり、あとから主語が続く、言ってみれば主語を置き去りにする文体である。

いっぽうで、要約不可能とよく評される錯綜した筋立ての作品のほうも、ストーリーの展開より刹那刹那の剣戟（けんげき）のするどさに重心が置かれている。そこで白刃（はくじん）をふるっているのが柳生十兵衛であろうが山田浮月斎であろうが作者も読者もほとんど顧慮することなく、ただ闇に翻る白刃の切っ先のみを固唾（かたず）を呑んで追っているのであり、ここでも主語は置き去りにされ、動きのみが前面に迫（せ）り出してくる結果となる。

すなわち、主語を置き去りにするという点において、破格の文体と、それによって構成される作品の特徴とは、みごとに照応しているのである。

そのことに気づいた時、耳を澄まして作品特有の言葉を聞くことのおもしろさを知った。なぜ、いきなり「ざわざわ」なのか。一片のフレーズに、その作品を解く鍵がひそむ。

もう一例だけ挙げておくならば、

「待て！」

お浜の襟髪（えりがみ）は竜之助の手に押えられて、同時にそこに引き倒されたのであります。

「放して下さい」

「浜、おのれは兵馬に裏切りをしたな」

「早く殺して下さい――」

殺したところで功名にも手柄にもならぬ。のぼりつめた時にも冷静になり得る竜之助、お浜の取乱した姿を睨んでいる。

（……）

御成門外で人の足音、増上寺の鐘。

「人殺し――」

竜之助はついにお浜を殺してしまいました。（中里介山『大菩薩峠』1―188～189）

これも現代の耳で聞くと、いささかすわりが悪い。「引き倒されたのであります」「手柄にもならぬ」「睨んでいる」「殺してしまいました」……「です・ます」体と「である」体が混ざっているからである。

けれど、この〈混淆文体〉もまた、子細に分析してゆくと、作品固有の律動を刻んでいることが分かってくる。

そんな異音を聞き逃さないよう、つとめてきた。仕事熱心な編集者がびっしり朱を入れてしまったら、ぺしゃんこに均(なら)されてしまうであろう、それぞれの作品固有の異音を聞きとるべく、ゆっくりゆっくり各作品の懐を旅してきた。

みのり豊かな旅であったと思う。

作品の多様さを映し出しての、その多彩なみのりを一冊にまとめるにあたって、いくばくかの括りを試みておこう。

暦

本業は歴史学である、との断り書きをときどき自身に向けてすら発しなければならぬほどに深く書評の世界にのめりこんでしまった私であるが、それでもやはり本業の性(さが)が尾を引いてか、まず何を措いても、作品世界の年表づくりをしてしまう。池波正太郎『鬼平犯科帳』の幕開けは天明(てんめい)七（一七八七）年の春で、以後順調に時を重ねているのかと思ったら、おや、途中で一度、時を巻き戻している。同じ作者の『剣客商売』のほうは、安永六（一七七七）年初冬から天明五年春までとなるのか、惜しいこと、あと少し連載が続いていれば、鬼平・小兵衛(こへえ)夢の御対面が叶ったかもしれないのに。

そんなふうに作品ごとの〈暦〉を押さえてゆくと、いろいろと特異な時の流れに遭遇する。

たとえば吉川英治『宮本武蔵』。慶長五（一六〇〇）年九月の関ヶ原から慶長十七（一六一二）年四月の巌流島まで十一年半の歳月を堂々と描ききって大河小説の様相を呈している。しかし、詳細に分析してみると、「以来、もう幾星霜か。（……）三年目の春である」（1―230）、「月日はいつか一年半も巡っている」（5―334）と、いきなり何年も歳月を飛ばしてしまう、すなわちワープすること八回の多きに及び、じつは叙述の対象となっているのは、トータルでたったの二年半に過ぎない。

そして、ワープを繰り返すというこの特異な暦ゆえに、作中の時は目の詰んだ濃密なものとなり、一日のできごとの描写に百ページ以上を費やすという贅沢も可能となり、かつ、そうした豊饒な時の滴りの中だからこそ、おなじみ武蔵とお通の永遠の擦れ違いがより輝きを増して映ることとなり、と暦から作品の特徴を見はるかすことが可能となる。

こうしたタイプの暦の先達は、全十巻構成の巻を改めるごとに大胆なワープを繰り返し、結果七十年に及ぶ歳月をカバーしおおせた白井喬二『富士に立つ影』に見いだすことができる。悠久の時の流れのうちのどこかに焦点をあてなければ物語を凝縮させることはできないけれど、しかし大河小説としての構えの大きさも失いたくない、という相矛盾する二つの欲求を両立させるための工夫と言えよう。

それが『柳生武芸帳』になると、時の凝縮はより奔放となり、一日が五時間で暮れてしまったり、三ヵ月が十三日間で経過してしまったりといった早送りを平気で繰り返すことで、黄金の時の滴りが実現される。律儀にワープを挟んで辻褄合わせをしたりしないあたり、いかにも五味康祐らしい。

が、時の凝縮における極北は、何と言っても『大菩薩峠』である。

もし、彼の見えないところの眼底に、この時、一点の涙があるならば、それは春秋の筆法で慶応三年秋八月、近松門左衛門、机竜之助を泣かしむ……というようなことになるのだが、泣いているのだか、あざけっているのだか、わかったものではない。（10―134）

始まってしばらくは時を刻みつつ進んでいた物語が、いったん慶応三（一八六七）年に居を定めたあとは、最後まで頑としてこの年を動かないのである。しかも、「秋の空は高く晴れ渡っています」、5―389で秋に入って以降、季節すら動かなくなり、「洛北岩倉の秋日の昼は、閑の閑たるものであります」(20―368)、ついに冬を迎えないままに終わる。

「閑の閑たるもの」。まこと、とてつもない「閑」である。全二十巻のうちの五巻め、ようよう四分の一に達しようかというところで、物語の時間はぴたりと静止し、以後の長い長い道中、慶応三年秋という時点から一歩も動かない。

時をワープさせて律儀に辻褄合わせをしたり、時を奔放に早送りしたりするのではなく、時の歩みそのものをぴたりと止めてしまう。物語は終わらない秋のなかをえんえんと旅してゆく。

そのことが、じつは三十年を越える執筆期間を費やしてついにこの物語が完結しなかったことの意味に深いところでつながってゆく。「ざわざわ庭で熊笹が鳴った」、その葉陰に作品の正体がひそんでいたように、「閑の閑たるものであります」、慶応三年秋でぴたり静止する暦の裏にも、これまで気づかれなかった貴重な示唆がひっそりと眠っていたのである。

いっぽうで、平岩弓枝『御宿かわせみ』にも驚かされた。

いっけん、まったくの自然体である。時をワープさせたり早送りしたり静止させせたりするといった技巧をいっさい用いず、作中の時の経過と、雑誌連載における時の経過は、すうっと自然に重なっている。新年号には正月の話、翌年の新年号には一年後の正月の話という次第である。にもかかわらず、連載が始まって二十七年を経過して、いまだに、おるいさんは若々しいあで姿のまま。いったいどうして、そんなことが可能となるのか。

そのみごとなからくりは、本文にてとくとご堪能いただきたい。

季節

年表づくりは、時のあゆみとともに、いま一つの観点に目を開かせてくれた。季節である。

一糸まとわぬ純白の素肌が、滑らかな陰翳(いんえい)を刷(は)いて、春の夜気にさらされた時、狂四郎は、つと立って、梅花一枝を手折(たお)ると、ぽんと投げ与えた。(柴田錬三郎『眠狂四郎無頼控』5—153)

どうも狂四郎は春の闇に現れることが多いようだ、という印象を確認するために集計してみると、百三十話のうち六十一話もが春の話であることが判明する。

なるほど、あたたかく湿った春の闇に狂四郎を置くことを作者の筆は好んでいる。とすると、そのことは、とかく虚無というありきたりの言葉で括られることの多い狂四郎の、その虚無のありようを映し出しているのではないか。狂四郎の虚無は、あたたかく湿った虚無、花の匂いが立ちのぼる虚無、定型のものからはずいぶん離れた虚無と言えそうである。

そんなふうに季節という糸口をほどいて、作品の内実へと分け入ってゆくと、時の進みかたに着目して分析したときと同じように、それぞれの作品ごとにゆたかな世界が開けてくる。

『宮本武蔵』がタイム・ワープした八回のうち七回までが春の季節へと飛んでいる。これは、作者が少年の稚気を愛したことと関連づけて考えられないか。

岡本綺堂（きどう）『半七捕物帳』は七十二の事件のうち十五件もが弥生（やよい）三月に発生しているが、そのことの意味は。

『剣客商売』には夏の話が異様に少ないが。

『大菩薩峠』が終わらない秋のなかを永遠に旅してゆくことからは、どうしたって深い意味を汲まずにはいられない。

藤沢周平『用心棒日月抄(じつげつしょう)』は四巻からなる連作という構成をとっているが、巻一では冬に閉ざされていた主人公の青江又八郎が、巻を重ねるに連れて徐々に〈温暖化現象〉に見舞われる。これは又八郎自身が置かれた境遇の変化と連動しているのではないか。

などなど、季節という糸口から作品の懐に分け入ってみると、こんなふうに興味深いデータが出てきて、それゆえ、この作品はこう読むことができるのではないか、といった考察が、以下の本文中のそこここに登場するはずなので、これも新しい試みとして楽しんでいただければ幸いである。

天候

時のあゆみも季節のめぐりも、あだやおろそかに定まっているのではない。

そう気づき始めた頃に、天候という観点から観測することも覚えた。おもに雨が関心の対象となる。

杉作は、御所に近いある町角の柳の木の下に立って、鞍馬天狗が来るのを待っていました。(……)雨はいつやむともみえません。屋根も道も土塀もびしょびしょぬれで、道のわきにある溝はごうごうと音をたてて流れています。(大佛次郎『鞍馬天狗』5―36～37)

鞍馬天狗の小父さんがやってくる夜は、どうやら二回に一回の割合で雨になる。なぜ、かくも激しく雨男なのか。それは、謎に包まれた鞍馬天狗の正体につながる貴重な手がかりとなってくる。

『剣客商売』の秋山小兵衛の上にも、よく雨が降る。全八十七話のうち、どこかで雨か雪が降っているものは六十話もあり、うち三十五話はまさに話のクライマックスというところで降っているし、「時雨蕎麦」「卯の花腐し」など雨にちなんだタイトルも多い。そのことは、剣客である小兵衛が立ち会うこととなる、さまざまに翳りを帯びた人生とどこかで通底しているのではないか。

山田風太郎『幻燈辻馬車』における〈降水確率〉のデータもまた示唆深い。

はげしい驟雨が、その一瞬、その一劃だけを、滝壺に変えたようであった。馬車は真っ白なしぶきにつつまれた。その中で、

「――父(とと)！　父(とと)！」

という透き通るような細い声を、干兵衛(かんべえ)だけが聞いた。（上―227）

危急の際にあの世から助っ人(すけと)に駆けつけてくれる幽霊は、どうも雨とか雪とか靄(もや)とか、いずれ常ならぬ空模様の時にしか出現しない習性があるらしく、そのことには辻馬車がめぐる先々で無際限に流される血を洗い清める意味あいが込められているのではないか。

雨もまた、作品の懐へと読み手をいざなってくれる重要な使者の役割を果たしているのである。

顔

ことさらに新しさだけを言い立てる意図はない。ただ、歴史小説の懐を旅するという企画のなかで、何年もかけて一つ一つの作品を丹念に読み解いてゆくうちに、おのずと自分なりの読みかたが定まってきて、気づくとそれは従来の評論や解説とは、ずいぶん手法を異にするものとなっていた。

「ざわざわ庭で熊笹が鳴った」、その葉陰が気になってしかたなかったり、「慶応三年秋八月、近松門左衛門、机竜之助を泣かしむ」、身に備わった性として年表づくりをせずにはいられず、となると、なぜ慶応三年なのか、なぜ秋なのか、追究せずにはいられなく、「雨はいつやむともみえません」、いつやむのかと空を見上げたり。

そんな関心のありようが、結果として歴史小説になにがしか新たな光をあてることになったのではないだろうか。長い年月の淘汰に耐えて今も読み継がれる名品たち、それはすでにあまたの読者の目に曝され、そしてあまたの評者によって山ほどの言及や解読や分析が積み上げられてきたものである。

それでも、こんなふうに試みてみれば、なにがしか新しい読みかたを提案できたことになるのではないだろうか。

ふと連想がはたらく。どこか史料を読むのに似ている。年月の淘汰に耐えて残った断片。すでにあまたの読み手、あまたの解釈がひしめいている既知の史料を、それでも自分なりに読み直してみると、ささやかながらも必ず何らかの発見が獲られるものだという、あの身に馴染んだ経験を知らず知らず繰り返していたに過ぎなかったのかもしれない。

とまれ、文体に、時・季節・天候にと心をとめながら、それぞれの作品の懐に分け入ってみて強烈に印象づけられるのは、その文体のなかで、その時・季節・天候のなかで明滅するとりどりの顔、とりどりの個性である。これればかりは、なまじの総括をゆるさない。

大蠟燭の灯影に浮かびあがった淀君の顔は、その濃い化粧のゆえか、何やら化け物じみて見えた。（池波正太郎『真田太平記』10―223）

いや、牛蒡のお松とは、よくいったものだ。

色、あくまで黒く、骨の浮いた細い躰の乳房のふくらみも貧弱をきわめてい、（……）頰骨の張った、妙な顔つきで、眼は、いわゆる藪睨みというもので、何処を見ているのだか見当もつかぬ。（池波正太郎『剣客商売』10―96～97）

池波作品に登場する女たちは、どうしてこう揃いも揃って醜女なのか。

「こんな妓を、よく抱えているものだ」（同10―97）とたまりかねて席を立とうとすると、そのお松が掠れ声で稀代の名科白を吐く。

「お饅頭の餡の味は、食べてみなけりゃあ、わかりませんよ、旦那」（同10―97）

美男美女から遠ざかれば遠ざかるほど、作品の興趣が増してゆく。

果ては、

「その問題が、それ、机竜之助は美い男か、醜い男かという問題なのよ」

「ばかばかしい問題じゃないか」

「ばかばかしくないのだ、解釈のしようが人によって全然ちがうのだから……まず拙者がいわれるままに一枚をかいて見せると、それを見た一人が、机竜之助を、こんな美男子にかいてはいけないというのだ。(……)新たにかき直してみると、他の方面からまた苦情が出たのに、竜之助は、こんな尖(とんが)った貧相(ひんそう)な男ではないと」(『大菩薩峠』8―255~256)

机竜之助にいたっては「美い男か、醜い男か」すら判然としない茫漠たる〈面(かお)の無い男〉と成り果てる。そして、そのことはこの作品世界にとって重要な意味あいを有し……。

そろそろ本文へ受け渡すこととしよう。

時代小説二十一面相

半七捕物帳――岡本綺堂

色のあさ黒い、鼻の高い、芸人か何ぞのように表情に富んだ眼をもっているのが、彼の細長い顔の著しい特徴であった。（光文社時代小説文庫1巻―21ページ、以下同）

ぽんぽんぽーん、江戸が爆（は）ぜる。


「（……）たった二歩（ぶ）じゃあしようがねえ。なんとか助けておくんなせえ」

「それが鐙（あぶみ）踏ん張り精いっぱいというところだ。一体このあいだの五両はどうした」

「火消し屋敷へ行ってみんな取られてしまいましたよ」

「博奕（ばくち）は止せよ。路端（みちばた）の竹の子で、身の皮を剝（む）かれるばかりだ。馬鹿野郎」（1―292～293）

「鐙踏ん張り精いっぱい」「路端の竹の子」。端役の小悪党どうしの何気ない会話のなかでさえ、ぽんぽんと景気良く爆ぜる言葉たちの物珍しさに、思わず「耳を引き立てて」（1―292）いると、いきなり半七親分にどやしつけられる。

「（……）てめえもまた商売柄に似合わねえ、なんで短刀なんぞを持っているんだ」

「はい」

「何がはいだ。はいや炭団じゃ判らねえ。しっかり物を云え。（……）」（3―71）

押っかぶせて、「さあ、恐れ入って真っ直ぐになんでも吐き出してしまえ。（……）江戸じゅうの黄蘗を一度にしゃぶらせられた訳ではあるめえし、口の利かれねえ筈はねえ」（1―138）。恐れ入谷の鬼子母神。

でもって、入谷ならぬ雑司ケ谷の鬼子母神さまの桜どきの賑わいは、こんなふうに写される。「団子茶屋に団扇の音が忙がしかった。（……）名物の風車は春風がそよそよと渡って、これも名物の巻藁にさしてある笹の枝に、麦藁の花魁があかい袂を軽くなびかせて、紙細工の蝶の翅がひらひらと白くもつれ合っているのも、のどかな春らしい影を作っていた」（1―203）。

あるいは七夕の神田界隈。「朝から暑い日で、あまの河には水が増しそうもなかった。いろがみの林を作った町々の上に、碧い大空が光っていた」（3―195）。

　くっきりと縁どられた江戸の街並みを舞台に、「親分、どうしますえ。お縄ですか」「どうも素直に行きそうもねえ。面倒でも畳のほこりを立てろ」（2―335）、活きのいい口跡がぽんぽん爆ぜる。

　いや、そうした目ざましい箇所ばかりではなく、ほんのささいな言いまわし、「『御免なさい』二、三度呼ばせて、奥からようよう出て来たのは」（5―23、傍点引用者、以下同）とか、「店の前には、長半纏を着た若い船頭が犬にからかっていた」（6―148）とか、「どうで助からない命」（3―22）とか、ほんのささいな表現が今とは微妙に食い違って、そうしたはしばしからも、ふんわりゆかしさが立ちのぼる。

　今とは違う表現と言えば、こんなものも。


　いろいろ嚇されて、賺されて、彼女はとうとう正直に白状した。かれはお関という女で、おとどしからここに奉公している者であった。（1―372～373）

「お早の執着は容易に断ち切れなかった。かれは男恋しさに物狂おしくなって」（4―65）。この場合も「お早」＝「彼女」＝「かれ」＝「お関という女」なのである。

一ヵ所だけだが、「彼女(かれ)」とルビを振っている例も見出される（3―38）。

ところが、この女性に対する「かれ」表現、全六巻のなかばあたり、4―83を以てすうっと姿を消してしまい、以後は「彼女」ばかりとなる。試みに『日本国語大辞典』（第一版）を繰ると、彼女を「かのじょ」と訓ずることが「一般に広まるのは、大正以降」だそうで、なるほど大正六年から昭和十一年までの二十年の長きにわたって六十九篇が書き継がれたこの作品は、そのまま国語の変遷をうつす鏡でもあるらしい。

ならば、「おめえは吉祥寺裏の植木屋へ行って（……）ゆうべ確かにその声を聞いたかどうだか突き留めて来てくれ」（4―203）といった半七親分の指令を受けて、子分が返す「あい、ようがす」、私の大好きなこの応(いら)えかたが4―203を最後に消えてしまって、ただの「ようがす」（4―278）とか、あるいはもっと素っ気なく「承知しました」（4―276）になってしまうのも、時代の流れなのか、などなど言葉探索の種は尽きないけれど、このへんにして、さて推理劇のなかみへ。

花見どきはてんてこ舞い

又いつもの話をしてくれと甘えるように強請むと、また手柄話ですかと老人はにやにや笑っていたが、とうとう私に口説き落されて、やがてこんなことを云い出した。「(……)あれはたしか安政の大地震の前の年でした」(1―116)

「私」が隠退した半七老人を折々に訪ねて、岡っ引時代の手柄話を引き出すというスタイルで各話が重ねられてゆく。大店の乗っ取りを企む腹黒い親戚筋だの、老舗の暖簾の奥でこぐらかった色恋沙汰だの、商家をめぐる「捫著」(4―148)のあれこれを中心に、謎の虚無僧やら売れっ妓の遊女やら、さらには幕末らしく異人の姿も立ち交じったりして、「科人の種は尽きねえ」(4―320)、じつに多彩な捕物劇が繰り広げられる。

その賑わいのなかをそぞろ歩いているうちに、ちいさな謎をひとつ拾った。

三月にやたらと事件が起きるのである。全七十二回を数える事件(二件合わさって一話に仕立てられているものは別々に数えた)のうち、じつに十五件が三月に発生し、たった一件しかない二月とはうって変わって半七親分はてんてこ舞いである。

なぜだろう。なぜ弥生三月に事件がどっと集中するのだろう。

ええと、春を好む歴史小説は……。後ほど触れるように『宮本武蔵』の場面転換が八回に七回の割合で春へ飛ぶのは、元気に跳ねまわる腕白小僧にふさわしい季節だからである。眠狂四郎が百三十回に六十一回の確率で春に登場するのは、なまめいた夜気に白い乙女の柔肌(やわはだ)を匂い立たせてみたいからである。けれど、半七親分の場合には腕白小僧も白い柔肌も出てこない。なのに「御殿山の花盛りという文久二年の三月、品川の伊勢屋……」(3―78)、なぜ花見どきの事件がこうも頻発するのだろう。

対照の妙、そんなことがどこかで意識されたのではないだろうか。水面(みなも)にはらり、麻の葉模様のあでやかな帯が漂う。それを照らすのはうららかな春の日射し(1―196)。早桶にぼそり、苦悶の変死を遂げた丁稚(でっち)が横たわる。遠くに聞こえるのは三社祭りの囃子(はやし)(1―341)。そんなふうにあかるい春のなかに置かれることで、死者たちはいっそう陰翳を深くする。木枯らしすさぶ寂寥の冬ではなく、ものみな浮き立つ春のあかるさのなかでこそ、死の影はよりくっきり縁どられる。

かつ、そうやってくっきり縁どっておけば、死の影をそこから滲(にじ)み出させず、閉じこめてしまうことができる。まがまがしい殺人事件の外側に花見に繰り出す群衆のさんざめきを描きこめば、全体の空気が沈みきってしまうのを避けることができる。死の影を際立たせ、かつ封じこめる効果。いささか理に落ちた絵解きのようだけれど、このような感覚がどこかではたらいて、しぜん花見どきの事件が多くなることとなったのではないか。

なるほど、季節といえども気まぐれに設定されているのではなく、作者の鋭敏な感覚の発露なのだ。そう思って改めてデータを眺めてみると、事件頻発のピークがもう一つある。九件を擁する八月をはさんで七月が七件、九月が八件。十月になると急に二件へと落ち込んでしまうのに比して、夏から秋にかけてが半七親分にとって第二の繁忙期となっている。

なぜだろう。こちらは簡単、ひゅーどろどろ、怪談の季節だからである。「なにしろ江戸時代には馬鹿に怪談が流行(はや)りましたからね」(2―41)、「一体こういう観世物(みせもの)は夏から秋にかけて興行するのが習いで」(5―160)、親分みずから述懐している。その言葉どおり、三月には潮干狩の賑わいを脅かした「海坊主」(3―104)くらいしか出なかったのに、七月から九月にかけては奇っ怪な化け物がぞろぞろ登場する。「一つ目小僧」(3―336)に「鬼娘」(2―245)、「お化け師匠」(1―115)に「かむろ蛇」(5―82)に「ズウフラ怪談」(4―190)、お地蔵さんも踊り出す(6―100)。「猫になったんです」（1—323）、ふるえながら告げる若女房、「おまきさんの顔が……。耳が押っ立って、眼が光って、口が裂けて……」（1—325）、きゃー。

水面にはらり、帯が。あるいは、ひゅーどろどろ。ムード派なのである。推理の冴えを楽しむというよりは、設定の妙に魅了されることのほうが多い。雪達磨（ゆきだるま）が溶けて死骸がごろんと転がり出たり（3—9）、濡れ髪の女が訪ねてきた夜に台所の鯉がしきりに跳ねたり（4—74）、プロットよりもムード、それゆえ、季節の設定ひとつにもこまやかな感覚がはたらくこととなったのであろう。

ここでチョンと柝が

プロットよりもムード。それはこんなふうにも現象する。
「お話は先ずこのくらいにして置きましょう」と、半七老人は云った。「どうです。大抵はお判りになりましたか」（4—143）
いよいよ佳境、犯人が覆面を脱ぐという段になって、しばしば老人は意地悪になる。

「長くなるから、ここらでお仕舞いにしましょうかね」（5―73）、「芝居ならば、ここでチョンと柝がはいる幕切れです」（4―361）、わざと気をもたせ、ゆっくり茶など啜ってみせる癖がときどき出るのだ。

「判りません」（4―143）、すなおに降参すると、「ちっと尻切り蜻蛉のようですが、おしまいの方は手っ取り早くお話し申しましょう」（4―87）と種明かしが始まり、後日談が述べられて幕となる。そこがあまりに「手っ取り早く」運ばれる時があって、いささか物足らない。「ちっと尻切り蜻蛉のようですが」。

思えば、半七老人のこの癖は若い時分からだった。

「もう大抵判っているんだから、きょうはこのくらいにしておこう。おめえも数え日にここでいつまでも納涼んでもいられめえ。家へ帰って嬶が熨斗餅を切る手伝いでもしてやれ」（2―113）

子分を引き連れての聞き込みやら張り込みやらの捜査の途上で、半七親分はよくこうやって、ひとりで結論に到達し、子分を帰してしまう。「むむ、大抵判った。お前はもうこれで帰っていい。あとは俺が引き受けるから」（1―321）。「よし、もうそれで大抵わかった（……）もういい、あとは俺が自分でやる」（2―184）。すべての推理は親分の胸の裡だけで進行し、いきなり「御用だ」（1―241）、「神妙にしろ」（1―137）となる。

こうした「尻切り蜻蛉」感は、捕物帳という小説スタイルがまだ草創期にあったがゆえの未成熟と見ることもできるかもしれない。現に後期の作品になると、お台場銀から犯人がお台場人足に紛れ込んでいると連想したり（5―325）、往来でじゃれあう犬を見て殺人の動機に思いあたったり（5―250）、謎解きの筋道が明かされるケースも見え始める。

思わず成田屋ァ

けれど、あらためて振り返ってみて思う。もし、この作品に謎解きのプロセスやら犯人を追いつめてゆく道行（みちゆき）やらが、現代の推理小説なみにきっちり書き込まれてしまったら、どんなことになるか。

「いつものお話で何か春らしい種はありませんか」

「そりゃあむずかしい御註文だ」と、老人は額(ひたい)を撫でながら笑った。「どうで私どもの畑にあるお話は、人殺しとか泥坊とかいうたぐいが多いんですからね。春めいた陽気なお話というのはまことに少ない。(……)」(1―88)

「人殺しとか泥坊とか」。カネや色欲の泥沼にはまった者たちが、互いに摑(つか)みあい、縺(もつ)れあいながら、のたうち溺れ、挙げ句いくつもの死体がぷかぷか漂う。そんな「科人の種は尽きねえ」凄惨な地獄図が毎度繰り広げられる。

にもかかわらず、それがさらりと読めてしまうのは、何でもお見通しの半七親分という、のどかなお山がどーんと手前に聳え、どす黒い泥はねを遮ってくれるおかげだろう。「もういい、あとは俺が自分でやる」と中途で親分が頼もしく引きとってくれるからこそ、安心して対岸の阿鼻叫喚(あびきょうかん)と眺めていられる。もし親分が、胸の裡の迷いやためらいをいちいち吐露し始めたら、おちおち「嬶が熨斗餅を切る手伝い」なんぞしていられない。

とすると。「表情に富んだ眼」(1―21)と一度言及されるばかりで、半七の容貌や風体が細かく描かれないのも、女房のお仙や妹のお粂(くめ)は稀にちらりと顔を覗かせるばかりで、その家庭生活の機微がほとんど紹介されないのも、あるいは見習いの頃のうろう姿は一話あるきりで、いつでもでんと構えて親分風を吹かせているのも、みなこの親分を泰然たる山として描くための工夫ではあるまいか。

そこへさらにさきほどの「ここでチョンと柝が」。なるほど、これも凄惨な地獄図のドロドロから身を躱すための工夫であったのだ。だれが鈴ヶ森の獄門首となり、誰が八丈に流されれ。そんな「おしまいの方」は、「手っ取り早くお話し申しましょう」、さらりと片付けられ、重たい余韻を残さない。

こうやって「人殺しとか泥坊とかいう」地獄図の世界が、「大抵判った」ふところ手の親分と、「ここでチョンと柝が」の焦らし上手な老人と、二つの工夫によって二重に紗をかけられて、べとつかない、からりとしたものに仕上げられてゆく。

もちろん、ふところ手とは言っても、

時雨がとうとうざっと降って来たので、半七は手拭をかぶりながら早足に急いでくると、（2―16）

雨風に身を曝して駆けずり回る頼もしい行動派の親分ではある。戯れに半七が雨に降られた回数を数えてみると、自身が手がけた六十四話のうち十四回（1―160・318・

339、2―16・161・307・315、3―63・92・286、4―207、5―18、6―25・192）と、けっこう雨男なのに、でも、そんな湿気たふうはいっかな感じさせない。どんな難事件にも、「まあ、私に任せてください」（2―182）、からりと構えて。

ふところ手で「大抵判った」、焦らし顔で「ここでチョンと柝が」。そうやって地獄図にさらさらと紗がかけられゆくのを眺めていると、心中行や敵討ちの凄惨を飽かず取り上げながらも、それを様式美へと昇華させていった浄瑠璃や歌舞伎のことを思い出す。ならばこの世界は舞台の上で用いられる言葉すなわち口跡だけでなく、演出の手法も江戸ゆかりのもの、ということになろうか。「江戸時代に於ける隠れたシャアロック・ホームズ」（1―32）などという作者のハイカラ気どりに、うかと乗せられてはなるまい。

そう言えば、半七老人は無類の歌舞伎好きだった。「肌脱ぎになって、刀をかついで大見得を切った」団十郎の光秀に、「総身がぞくぞくして来て、思わず成田屋ァと呶鳴りましたよ。あははは」（5―5）。

富士に立つ影——白井喬二

さながら子供のような小さい顔は蠟の如く青く、落凹んだ二つの眼が葡萄の実のようにジッと動かない。(ちくま文庫1巻—32ページ、以下同)

「、」が少ない。

「(……)早く早く小里様(……)」

「エエ屹度(きっと)お救いいたしますから」

小里は初めて分別がついたものか総裾(そうすそ)をグッとからげて帯の間にたくし込みたくし込み玉川砂の上にもなおクッキリと白い素足をハタハタ転ばしながら一散に玄関口に駆け寄ったが、勝手知った非常口戸袋板をトントンとはずしてバリバリ衣ずれの音をさせながらとうとう中廊下にはいり込むと、そのまま後をも見ずにお染の居間へ駆けつけたが、その時部屋中の争い声は手に取る如くますます入り

乱れて聞えていた。（2―233）

「早く早く」、小里と一緒にハタハタ駆けつけた気分になってくる。疾走感と言おうかドタバタ感と言おうか、「、」が少ないというのはこんな効果を生み出すものなのかと大正の昔の文体に思わず引き込まれた。

いっぽうで敢えて「、」を多めに打ったのではと思われる箇所も見受けられる。博徒の大親分斧振り甚太が背に刺青を入れさせる光景。

「（……）それでは六針一息、少し痛うございますがドウか辛抱して下さい」

「ウンよし……さア打て」

「へえ」

というと繁蔵墨針一本の含み工合、手首を鶩形にそらして掌トンと着けると、針先に全身の魂はいったか、情を忘れた生身づき、ツツツと嘴つきに墨色走って、は組纏持ち三郎次の上目使いの瞳見る見る内に飛び込んで、全幅裸体の画面パッと生気を持ち上げた。（2―320）

「掌トンと着けると、」「生身づき、ツツツと」。多めに「、」を入れることで瞳に墨を入れて、いよいよ絵を完成させる瞬間の刺青師(ほりものし)の緊張が伝わってくる。

ほかにも、「甲賀円蔵思わず荒鑿(あらのみ)を取り上げてザクリザクリと刀を入れ出したが、ああこうなればもう天下に敵なし、雲に隠れた天分はじめて晴れ渡って円蔵の心胆(しんたん)は鏡の如く、手の先稲妻放つかとばかり、ビクリビクリと大彫小刻(おおぼりこきざ)み、思わぬばかりに仕事が運んで」(2―185)。能面師の神技もぴしぴしと「、」を打つことで冴えてくる。

十進法の小説

　刺青師や能面師の手さばきに見とれていて、紹介が遅くなった。全十巻のこの長篇の主人公は、これまた珍しくも築城家と名乗る人々、すなわち地の利水の利兵糧の便、万般の条件を精密に踏査して最適の城構えを立案することを仕事とする人々である。その築城術を家業とする賛四(さんし)流佐藤家と赤針(せきしん)流熊木家なる二つの家が、仇敵となってくんずほぐれつ三代七十年にわたる愛憎のドラマを繰り広げるという仕立てとなっている。

　発端は築城問答、富士の裾野の調練城(ちょうれんじょう)なる大計画の指揮権を佐藤家と熊木家のどちらが手中にするか、御公儀の判定役の前で両者火を噴く丁々発止の弁論を繰り広げた挙げ句、意外や悪役のはずの熊木家が勝利してしまい、佐藤家は奈落の底に、サアどうなる、といったところから日光の地における築城をめぐる二代目どうしの対決、降り積もった復讐心はさらに引き継がれて三代目へ、幕間幕間に活劇あり悲恋あり、といった運びである。

これがまた、きれいな十進法の構造を成している。初巻の「裾野篇」から最後の「明治篇」まで全十巻、それぞれの巻は原則として十の章に分かたれている（ただし第九巻「幕末篇」が全十四章から成るなど一部に例外がある）。さらにそれぞれの章は十の節に分かたれている（これまた一部には例外がある）。10×10×10という構造をしているのである。

十進法の小説。しかも、それぞれの巻・章はただ十という数に達したからそこで終わるというようなお座なりな区切り方ではなく、きっちり必然性を以て区切られている。

たとえば第七巻「運命篇」の終幕。

だがその時であった。三発の銃声が、轟然（ごうぜん）と鳴り渡ったのは……（7―343）

この巻は三発の銃声とともに閉じられる。それぞれの弾は誰が発射して誰を倒したものなのか、子細は全く告げられることなく幕が下りてしまう。

そこで、心おどらせて次の第八巻「孫代篇」を開くと、冒頭いきなり「世の中がだんだん進んで、大分むずかしくなって来た。年号も嘉永と改まってから早や二年目になる」（8—11）と肩すかしをくらう。「運命篇」は天保九（一八三八）年のできごとを語っていたから、嘉永二（一八四九）年までぽんと十一年の歳月が飛んだ計算となる。読者は、いったいあの三発の銃声の行く末はどうなったのか、じりじり気を揉みながら嘉永の世をわたって行くうちに、徐々に昔日のできごとの真相が明かされゆくという仕組みになっている。

第八巻の終幕も同様、

　アッという間に灯が消えた。真の暗闇の部屋の中で、入り乱れる足音、白刃のカチ合う音が息も吐かせず物凄く鳴り響いた。（8—397）

暗闇の死闘をほっぽらかしたまま結末を明かさずに幕切れとなり、次の第九巻「幕末篇」の一行目は「文久二年十二月も末のことであった」(9―11)、やはり読者の焦燥などどこ吹く風、十三年後の世の中へとぽんとワープしてしまう。

クライマックスでぶちりと切って、次の巻はいきなり十数年後。こんな味な技を交えながら十節十章十巻立ての十進法がきちんきちんと刻まれてゆく。なまなかな構想力ではなしえない職人芸と言えよう。

ついでに贅言をさしはさむなら、正確には九年や十一年の時の経過であるにもかかわらず、文中で「十年の間に兵之助も、彼の水々しい美男振りがすっかり変って」(8―129)といった具合に「十年」と総称される癖が目につく(ほかに7―11、8―229)。あるいは「それは四十年振りにはじめて出た長い長い半生の溜息であったろう」(7―196)と実は三十三年の経過を「四十年」としたケースもある。「十」という数への作者の偏愛ぶりが窺えよう。この意味においても、本篇は「十進法」の小説と言えようか……。

年齢不詳

巻を改めるごとにぽんとワープ、なかなかに特異な時の刻み方である。

表をご参照いただきたい。第一巻「裾野篇」は文化二（一八〇五）年の四月から七月まで、第二巻「江戸篇」は文化四年の桜の頃から残暑の末まで、といった具合に、文化二年から語り起こされて明治六（一八七三）年までのほぼ七十年間に及ぶこの長篇は、その間の歳月をくまなく叙述するわけではなく、パッパッと飛び飛びにスポットをあてていることが見てとれる。しかも、照らし出される期間はせいぜい数ヵ月から半年程度とごく短い。省略され、暗闇のままに置かれている期間のほうがはるかに長いのである。

巻が変わるごとに、ぽんと時が飛び、道具立てが変わる。紙芝居的手法とでも言えようか。一枚はぐればガラリと変わる十枚つづりの賑やかな錦絵。

こうした飛び石構造であるため、時への言及が執拗に行われる。今がいったいいつであるかが、物語の中で絶えず確認されるのである。第三巻「主人公篇」が、第一行を「文政十年の六月のことであった」（3―11）と書き出し、最終行を「これは文政十年八月二十三日の事であった」（3―336）と結んでいるのを顕著な例として、多くの巻は冒頭に今が何年何月であるかを明記し、かつ文中でもしばしば前の巻から何年経ったかに言及する。最終の「明治篇」のラスト・シーンにも「明治六年六月十七日」（10―308）とくっきり刻まれている。絶えず〈時〉が意識されているわけである。

巻	巻名	ストーリーがカバーする時期	主要な舞台
1	裾野篇	文化二年（1805）四月〜七月	富士
2	江戸篇	文化四年（1807）花盛り〜残暑	江戸〜大山
3	主人公篇	文政十年（1827）六月〜八月	房総〜江戸
4	新闘篇	文政十二年（1829）二月〜四月	日光
5	神曲篇	文政十二年（1829）九月〜冬	那須
6	帰来篇	天保元年（1830）閏三月〜夏	富士〜江戸〜大山
7	運命篇	天保九年（1838）四月〜秋	江戸
8	孫代篇	嘉永二年（1849）閏四月〜秋	江戸
9	幕末篇	文久二年（1862）十二月〜翌年初夏	江戸
10	明治篇	明治五年（1872）九月〜翌年六月	東京

ごくごく稀に手落ちがあり、二十二年前のできごとを「今より丁度二十四年前」（3—195）としたり、二十三年前を「二十七年前」（6—332）とするような数え間違い（なぜかいつも多い方に傾く）が発生しているが、おおむねぴたりと辻褄があっている。

そんな整然たる秩序のなか、唯一の混乱がある。熊木家の初代伯典（はくてん）の年齢である。第一巻で伯典は、

年の頃はもう四十を一つ二つ越えたか、それとももうズッととって五十六七にもなるか、またはまだ三十そこそこか、見ている内にいろいろに変るその顔容（がんよう）、さながら子供のような小さい顔は蠟の如く青く、落凹んだ二つの眼が葡萄の実のようにジッと動かない。（1—32）

と作者にとってすら年齢不詳という異例の存在として登場する。その彼が善良なる佐藤菊太郎をさんざんいじめ抜いて退場して二十二年後、

ああ伯典も年をとったものだ、富士の裾野に築城軍師の金襴服(きんらんふく)着て英姿颯爽(さっそう)として我意を振舞ったあの時代の面影に比べてその様子は見違えるほど変って、今はもう六十五六にもなろうか、頭も眉も雪白を頂き、立って歩かば腰もいささか屈(まが)っているかも知れぬ。（3―297）

と老いの姿をさらすが、さらに二年後に登場したときには「早五十五六にもなんなんとしてなお頑健なる熊木伯典」（4―201）と若返ってしまっている。

精確無比な暦を司っている作者が、この伯典の年齢に限って混乱を呈しているのは、ひょっとしたら作者にとっても、彼だけが他とは異質な、ちょっとおさまりの悪い存在であったせいなのかも知れない。

そう言えば名前も、

熊木家　伯典　――公太郎――城太郎

佐藤家　菊太郎――兵之助――光之助

両家の三代を並べてみると、彼だけが異質な名を授けられている。

そして、この伯典、とりわけ老いてなお、仇敵佐藤家を打倒するための怨念をたぎらせ続けるあたりの伯典が、じつは私にはあまたの登場人物のうちで、いちばん強い印象を残した人物であった。

と言うと、あるいは臍曲がりと目されようか。この長篇の主人公は「主人公篇」にのほほんと登場する純真闊達な熊木公太郎(きみたろう)だというのが批評家たちの一致した見方であり、そして公太郎こそ、机竜之助から眠狂四郎へと連なる虚無型ヒーローに対抗する明朗型のヒーローの元祖であると評価するのが通例となっているからである。

作者の贔屓もまた、あげて公太郎の上にある。公太郎は物語の表面から姿を消したのちも、諸人の追憶のなかで繰り返し輝き、鎬(しのぎ)を削った敵門からも「ともすれば、味方の中に(……)フイと紛(まぎ)れ込んで終(しま)いそうな気持がする」(8—350)と懐かしまれ、ついには作者自身から「永久に頽齢来(たいれいきた)らざる魂!」(9—93)との絶賛を浴びるに至る。

その贔屓にもかかわらず、私には公太郎の「例のからから笑い」(3—90)よりも、伯典の「曇然(どんぜん)たる苦虫面(にがむしづら)」(5—144)のほうがくっきりと映るのだ。まあ、このあたりは好みの違いであろうか。

老境姿

どちらにせよ、物語の中心に座るのはたぶん公太郎でも伯典でもない。敢えて言えば〈時〉ということになろうか。ぽんぽんとワープを重ねる展開のなかで、絶えず〈時〉への言及が行われていることは既に述べた。その〈時〉への言及は、しばしば歳月を経てうつろい萎(しぼ)んでしまったものへの容赦ない描写をともなう。

たとえば、公太郎の妹お園。

年は十六か七にもなろうか、(……)年頃の色香は最も匂(いと)こぼるるばかりに美しい。少し切れ長の目先に男好きのする剣が含まれ(……)。(3—295　一八二七年)

もう三十になんなんとする中年増(ちゅうどしま)、(……)昔の水々しい面影はないが、それでも(……)美貌を失わずにいた。(7—161　一八三八年)

年は四十の上をまだ出てはいないだろう。併し彼の美貌の上に苦労の波数が打ちょせて、どこかに昔の面影が残るだけに、尚更老いそぼれた気持を唆って、著しく変り果てて見えるのは二十年近くの独身生活が、色も香もなく踏み躙ってしまったのだろう。（8―49　一八四九年）

どこにも美しいところは無かった。（……）少し腰が曲って、年よりも老けて見えるのは、若い時に散々苦労し抜いたせいであろうか。（……）この老婆こそ昔のあのお園に違いないのだ。お園に二人はないのだ。あの時のお園がこんなに寄る年波の姿に変ったのだ（……）。（9―477　一八六三年）

十年刻みに進む時のなかで、「匂こぼるる」美少女が「どこにも美しいところは無」い老婆となるまでが冷酷に辿られる。

お園ひとりではない。容赦なく時を進めながら、作者の筆は繰り返し繰り返し、時の移りゆきを慨嘆し、颯爽と登場した美男美女たちは、巻を経て軒並み老いさらばえた姿をさらす運命となる。こうした「頽齢」ぶりを見つめることこそが、この長い長い物語の主題だったのではあるまいか。

アア何という老境姿（ろうきょうすがた）であろう。あの時あの張り詰めたように肥え太った斧振り甚太の雪の膚（はだえ）も、今見ると象の膚（はだ）のように皺（しわ）が硬（こわ）ばり、さしも美事に出来上っていたあの目覚めるばかりの刺青（ほりもの）も、三本纏は南京豆のように畳込まれ、勇み男三人の顔は無惨や糸瓜（へちま）のように撓（たわ）わとなって、火事場の火影も今は干乾（ひから）びた唐辛子のようにただ皺苦茶に凝結（かたま）っているばかりであった。（8―83）

火事場刺青で男を上げた、かの博徒の大親分の四十二年後である。

大菩薩峠の影

主人公は〈時〉。ここに至ってゆくりなく思い出す。『大菩薩峠』。

重量級文庫本にして全二十巻と、この『富士』の倍を越えるかの大長篇は、後につぶさに触れるように、中途で時が凍ってしまうのを特徴とする。安政五年に机竜之助が老巡礼をばっさりやって幕を上げてより、しばらくはゆるゆる歩むものの、全篇の四分の一にも至らない「黒業白業の巻」で慶応三年の秋に達するや、ぴたりと止まってしまう。どこまで行っても慶応三年秋、どこまで行っても月光にそよぐ薄（すすき）尾花の銀の波。その慶応三年秋の凍った時のなかを、竜之助にお銀様にお雪ちゃんに、宇治山田の米友(よねとも)に道庵先生に神尾主膳に、あまたの個性が行きつ戻りつ、果てしないドラマがえんえんと続いてゆく。

意識しなかったはずはない。大正十三年に『富士』の連載を始めた白井喬二が、すでに十年以上前から輝きを放っていたこの異様な物語の存在を意識しなかったはずはない。意識して、その結果が、『大菩薩』と対照的な〈時〉への執着となったのではないか。

『富士』の連載は三年後の昭和二年に完結する。『大菩薩』ははるか後の昭和十九年の作者の死を以て未完のまま途絶する。三十年かけて慶応三年秋にとどまり続けた介山と三年で七十年分を描ききった白井と、対照はここにも鮮やかである。

のみならず。

時間と来れば空間。時の移りゆきだけでなく、空間の広がりにおいても両作品は、興味深い対照を見せている。

ふたたび先の表をご参照いただきたい。富士を舞台として始まった物語は江戸・日光・那須とめぐって「帰来篇」で二十五年ぶりに富士に戻り、富士―江戸―大山、「帰来」という名の通り、あたかも第一・二巻をなぞるような軌跡を描く。そして以後、物語は江戸に固着してほとんど動かなくなる。

せいぜい関東圏、あらかたが江戸。この点も京の血風の巷に志士と斬り結び、信濃の白骨の秘湯に世を逃れ、果ては無名の南海の孤島にまで遠征に及んだ『大菩薩』の遍歴の融通無碍（ゆうずうむげ）な広さと大きく様相を異にする。あれほど時に執着したのと対照的に、『富士』はおのれの物語に地域性を刻することには、さしてこだわっていないのである。

空間を動かさず時間をどんどん進める『富士』と、時間を止めて空間を広くさまよう『大菩薩』。こう整理してみると、『富士』の感興の中心にあるのは〈時〉であることが、いっそう鮮明になる。

その点に『富士』と『大菩薩』との大きな違いが、より踏み込んで言うならば、『大菩薩』の刺激を受けることによって形づくられた『富士』の独自性が存するのであろう。

『大菩薩』に触発されてできた『富士』。そんな目で眺めると、さらに興味深い事象を発見する。ちらりちらり、そこここに『大菩薩』の影がよぎるのである。

「主人公篇」で熊木公太郎が修業した安房（あわ）の「清澄山（きよすみさん）」は、『大菩薩』において恐るべきお喋り小坊主弁信と天衣無縫の自然児清澄の茂太郎（しげたろう）を生んだ主要舞台の一つではなかったか。
「幕末篇」で薄倖の姿をあわあわとさらす遊女あがりの「お君」が、『大菩薩』で駒井の殿の寵を失ってさすらう薄倖の「お君」と同名であるのは偶然であろうか。「孫代篇」で佐藤兵之助の左足を奪い「ビッコ侍」(8—123)にしてしまったことに、盲目となった机竜之助、もしくは隻脚の宇治山田の米友の記憶が遠く響いてはいないか。

あるいは「明治篇」の終幕近く。

深い谷間の底に、風は飄々(ひょうひょう)と吹いている。しかし音は聞えない。よく見るとその谷間の底に一本の白い道がうねうねと続いていて、末は地極(ちきょく)の端に至ってアワヤとばかり落込んでいるように思われる。(……)その白い釣り橋のような道を着流しの若侍が一人あっちへ向って歩いて行った。(……)光之助はフト目をさました。それは夢であった。(10—263〜265)

夢が描写されるのは、ここが最初で最後、『富士』にあってはきわめて珍しいシーンであるが、ひるがえって『大菩薩』では、夢のシーンは執拗に立ち現れ、ついには現実を浸食するまでに至っていたのではなかったか。『大菩薩』と異なるものでありたいと意識しつつ、ちらりちらりと『大菩薩』の影もさす。はるか大正の昔の創作の息づかいが伝わってくる。白井喬二、この時三十五歳。

白い釣り橋のような道を着流しの若侍が一人あっちへ向って歩いて行った。

鞍馬天狗

大佛次郎

本名判明せず。倉田典膳と名乗りおることあり。身長五尺五寸ぐらい。中肉にして白晳、鼻筋とおり、目もと清し。（朝日文庫4巻─119ページ、以下同）

ご存知鞍馬天狗、幕末の風雲に正義の刃をふるう、なつかしのヒーロー。けれど、よくよく考えてみますと、このおなじみのヒーローの正体は、ふかいなぞに包まれています。作者は「本名判明せず。倉田典膳と名乗りおることあり」としか述べていません。生まれた場所も年齢もわかっていないのです。いったい鞍馬天狗の小父さんは何者なのでしょう？　どこで育ち、どうしてそんなに滅法剣がつよいのでしょう？

そこで、覆面の下に隠された鞍馬天狗のすがおに、てっていてきに迫ってみることにしました。研究材料には、たくさんある鞍馬天狗の武勇談のうちから、少年向けに書かれた『角兵衛獅子』と『山嶽党奇談』の二篇をもちいます。

夜行性の雨男

二つの物語をよくよく読んでみて、まず気づくのは、鞍馬天狗の小父さんは夜にしか活動しない夜行性のたちだということです。

『角兵衛獅子』で、よるべない杉作少年の前に小父さんがはじめて姿をあらわしたのは「暮れ方の鐘」（4―9）が鳴り終えた後でしたし、そのあとも「青ざめた月光の中を飛んでいるように」（4―76）馬を走らせたり、「漆のような闇」（4―191）に閉ざされた水牢のなかで大あばれしたりと、活動するのはいつも夜になってからで、さいごも「黒い木の枝の上に冷たい星のまたたきを見」（4―283）ながらの果し合いで幕切れとなります。

つづく『山嶽党奇談』でも、やはり「ほウ、ほウ……とさびしく梟がないて」（5―10）から登場し、その後もつねに「夜でまっ暗になって」（5―102）「暗くて見えない」（5―193）時にばかり現れて、「龕燈の光が障子の上にうごい」（5―263）たり、「二つの影が猛然とかさなりあって、どたばた音をたてた」（5―326）りと活劇を披露したあげく、「夜が明けかけ」（5―422）ると去ってゆきます。

たった一度だけ、「真昼の外の光」（4―129）に照らされて大立ち回りを演じたことがありましたが、「時間が真昼中だということが何といっても不利でした」（4―138）というわけで、奮闘むなしく敗れて水牢に放り込まれてしまいます。

どうも小父さんは、夜になるとぱっちり目がさえて元気になる特異な体質のようなのです。ご本人も「昼間寝て来るのだから、べつだん眠いことはなかった」（5―328）と、ひごろ昼夜逆転した生活をしていることを告白しています。

それだけでは、ありません。『角兵衛獅子』の冒頭に「さっきの時雨は、いま、東寺のあたりを降っているらしい」（4―8）とあるように、鞍馬天狗のやってくる夜は、雨になることがやたらと多いのです。水牢のなかで必死の戦いをしている時も、外では「雨は車軸を流す勢い。風は、提灯の灯はもとより、着ている合羽まで剝ぎ取りそうに京の町を吹きまくっています」（4―241）といったあんばいです。『山嶽党奇談』では、この傾向がよりはっきりし、「雨は、風を加えてさーッと吹きかかる」（5―19）、「廂を打つ雨の音が暗く聞こえて」（5―148）、「やれやれ降り出したか？」（5―262）と、小父さんが登場する夜は、ほぼ二回に一回くらいのわりあいで雨が降っています。

夜行性の雨男、少し鞍馬天狗の正体にちかづけたような気がします。ほかには手がかりがないでしょうか？
ありました。屋根の上が好きなことです。

　鞍馬天狗は、にこりとして短筒（たんづつ）を遠くへ投げ捨て、まだ刀へも手を掛けず、悠然として瓦を踏んで歩き出します。この大屋根の上に立つと、邸内はもちろん、すこし離れて城を囲んでいる濠の水から、遠く大坂の町が天際（てんさい）にまで黒く続いて見えるのでした。（4―129）

豪胆にも大坂城の大屋根の上をかけまわって寄せ手を煙（けむ）に巻いています。あるいは、「瓦は夜露でしめっていました。ここまで出ると暗い星も明るく感じられます」（5―104）と目もくらむように高いお寺の本堂の屋根に上って見張りをしたり、「隣りの屋根へ飛びうつって、下で人々が騒ぎののしるのを尻目にかけ、猿（ましら）のように身がるく歩み去るのでした」（5―127）と民家の屋根づたいに逃走したり、よくよく屋根の上が性にあうと見えます。
　屋根の上が好きな夜行性の雨男、しかして、その正体は？　さあ、何だかなぞなぞのようになってきました。

にっこり自信家

ここまでは鞍馬天狗の行動について見てきました。次は、鞍馬天狗がどんな性格の持ち主なのか、その話しぶりや表情を調べながら考えてみます。

まずいえるのは、この小父さんは、とても自信家だということです。

「しかし、なあ、兄弟、鞍馬天狗なんて、道化た名前をつけたやつがいるもんだなあ」

「まったくだ。どんな野郎か、面が見てえものだ」

「見せてやろう」

こう言ったのは、鞍馬天狗でした。見たいという顔を、ひょいと、二人の間に出したのです。

「兄弟、鞍馬天狗ってえのはこんな面をした野郎なんだ」

酔っぱらいの遊び人二人、不意打をくらってうへッというように、びっくりして（……）。（5―115）

まったく酔狂にもほどがあります。鞍馬天狗は新選組が血まなこで捜しているお尋ね者ではありませんか？　すぐそこの屯所に通報されたら、たちまち何人もの隊士が押っ取り刀でかけつけてくるのです。げんにこのあと、そういう展開になって、鞍馬天狗は屋根づたいに逃げるはめになります。そんな危ない我が身なのに、酔っぱらいをからかって、つい茶目っ気を出してしまうなんて、不用心にもほどがあります。

そうした危険をもかえりみないほどに、鞍馬天狗は自分の名前を名乗ることが大好きなのです。

「（……）鞍馬天狗からとおっしゃっていただくとわかります」

「え？」

三人は、一度に目の玉が飛び出しはしないかと思うぐらいに大きな目をあけて、鞍馬天狗の顔を見つめたのでした。

「鞍馬天狗！」

「そうですよ」

と、落ち着きはらって、にこにこしていることは相変わらずです。

「あまり世間に類のない名前ですから、よくおぼえてくださるでしょう」

三人の壬生浪士のびっくりした顔といったらないのでした。(5―337〜338)

「拙者の名は……鞍馬天狗!」(4―31)、「待て!(……)誰でもちょっとでも動いて見ろ、ねらいは首領の胸のまん中だ。射手は俺だ。鞍馬天狗が自分で来たのだぞ!」(5―416)。名乗った瞬間に相手が腰を抜かすほどに驚くのが楽しくてならないといったふうに、鞍馬天狗はあちらこちらで、さっそうと名乗りを上げて歩きます。よほどの自信家と見えます。

くわえて、この小父さんは、とてもほがらかです。いつもにこにこと笑顔を絶やしません。たとえば、敵地の大坂城に単身乗り込んだものの正体が露見して、さて絶体絶命となったとき、「にやりと薄い笑いを唇にふくんで」(4―124)、まず城代をおどかし、ついで、それっと攻めかかる大勢の寄せ手を「臆せず振返ってにっこり」(4―127)、さらに大屋根へとのがれて「にこり」(4―129)、武運つたなくとらえられてさえ、「心持は(……)飽くまでも静かだったのです」(4―139)と、表情をくもらせることがほとんどありません。

なんて頼もしい小父さんなんだろう、と杉作少年がすっかり夢中になってしまったのも、無理はありません。もっとも、こうした小父さんも、大人向けに書かれた作品のなかでは、「『これで全部か？』鞍馬天狗の声には、冷やかなる嘲罵(ちょうば)の荊(いばら)をふくんでいる」（『小鳥を飼う武士』、3―135）、なんていうふうに、ちょっと憎たらしくなるような表情も見せるのですが、杉作少年の前では「いつもの明快な調子」（5―239）を決して崩しません。

これは、とてもたいせつな鞍馬天狗の魅力です。だって、そうではありませんか？　まっくらな夜、しかも雨がざんざん降りとなれば、どうしたってじめじめと暗い気分にしずみこまずにはいられません。でも、そのときに覆面のなかの顔がにこにことほがらかに笑っていてごらんなさい。それだけで勇気ひゃくばいです。闇がくろぐろと深いぶん、それを吹きとばす鞍馬天狗の笑顔がより頼もしく見えるのです。杉作ならずとも、「この小父さんのことを考えると、自分でも後で不思議な気がするくらい、勇気が出て強くなる」（5―36）道理です。

ほがらかな小父さんだから、笑いかたもあけっぴろげです。ひんしの重傷を負い、死地におちいってさえ、

　鞍馬天狗は（……）山嶽党の首領の頭からはね飛ばした仮髪(かつら)のことを急に思い出

して、

「はははは……」

と、底ぬけの声をあげて、笑い出しました。笑うとからだの中がいたむし、目まいがするので柱につかまりながら、まだおかしくてたまらないように大声で笑いつづけるのでした。（5—243）

自信家ですぐ名乗りたがる小父さん、にこにことほがらかな小父さん、底ぬけに笑う小父さん。さあ、これらが鞍馬天狗の正体につながるたいせつな手がかりです。いったい、鞍馬天狗とは何者なのでしょう？

しかして、その正体は？


夜行性の雨男で、屋根の上が好きで、自信家で底ぬけに笑う。あちこち捜してみますと、こうした条件にぴたりあてはまるものがあります。

それはなんと、天狗です。いえ、冗談ではありません。鞍馬天狗の小父さんはほんとうに天狗だったのです。じゅんじゅんに証拠を並べてみましょう。

『日本書紀』という古い時代の書物に、わが国で初めて天狗についての記述が出てきます。そこには、「其の吠ゆる声、雷に似たらくのみといふ」とあって、天狗の吠える声は雷のようだったと述べられています（舒明天皇九年）。天狗と雷、いかにも雨男の小父さんにふさわしい取り合わせではありませんか？

もっと強力な証拠があります。中世の能という演劇には、その名も『鞍馬天狗』と題するものがあって、そこにはほんものの天狗が登場します。あの牛若丸に夜な夜な剣法を教えたというのです。どうです。まさに天狗は夜行性なのです。そして、その天狗のふるまいが小父さんそっくりなのです。ちょっとその科白を引用してみます。

　抑々これは、鞍馬の奥僧正が谷に年経て住める、大天狗なり（……）霞と棚引き雲となつて、月は鞍馬の僧正が、谷に満ち満ち峰を動かし、嵐木枯らし、滝の音、天狗倒しは、おびたたしや（……）。（日本古典文学大系『謡曲集　下』より）

「抑々これは」と重々しく名乗り出ずるくだりなど、「拙者の名は……鞍馬天狗！」と名乗りを上げるのが大好きだった小父さんと瓜二つではありませんか？　それに、自分が行けばたちまち嵐や木枯らしが巻き起こるんだぞと宣言しているのも、いつも風雨とともに騒動を引き起こす小父さんにふさわしい科白です。

では、屋根の上が好きだっていうのは？　これもちゃんと証拠があります。むかしの言い伝えを調べた柳田國男という学者が、ある神かくしについてこんな報告をしているのです。「板葺き屋根の上に、どしんと物の落ちた響がして、驚いて出て見たら、気を失つて其児が横たはつて居た」（「山の人生」『定本柳田國男集』第4巻―77ページ）。神かくしというのは、天狗が子供をさらうことです。さらわれた子供が、屋根の上にどしんと帰ってきたというのですから、たしかに天狗は屋根の上が好きにちがいありません。それに小父さんは、とても子供好きでした。「杉作のまめまめしく可憐な心持が、どんなに日々の心のなぐさめになっていたことでしょう」（5―40）とあります。そうした子供好きなところも、さびしい気持ちをまぎらすために子供をさらった天狗と、よく似ています。

それから、「天狗笑い」と呼ばれる現象があります。山の中でどこからともなく高笑いする声が聞こえてくるのだそうで、これまた、ひんしの重傷を負いながらも底ぬけに大笑いしていた小父さんに似つかわしいではありませんか？

というわけで、たくさんの証拠がそろいました。夜行性の雨男で、屋根の上が好きで、すぐ名乗りたがって、大笑いする。どれもみな、むかしから知られてきた天狗の特徴にぴたりあてはまります。小父さんの正体は天狗だったのです。

　そう思って注意してみると、鞍馬天狗がうっかり自分の正体をしゃべりそうになったことが、一度だけありました。

「だが、帰ったら西郷さんに言ってくれ。鞍馬天狗はめったに死なぬ。たとえ殺されても、何度でも生き返って来る……とな」

　と、はれやかな言葉です。

　でも、一度殺された人が、そう何度も生き返って来られるでしょうか？　鞍馬天狗は、そのように言っています。杉作は、この小父さんが滅法強くて偉いのだとは信じていますが、それだけは、どうも変だと思いました。（4―83～84）

　杉作の不審は、もっともです。一度殺された人が生き返って来られるわけがありません。なまみの人間ならば、あたりまえのことです。でも、天狗ならどうでしょう？　空を飛び嵐を起こすことのできる天狗なら、たぶん何度でも生き返って来られるのではありますまいか？　どうやら鞍馬天狗は、子供あいてと気をゆるして、ぽろりと本音をしゃべってしまったと見えます。

ついでにもう一つ。「さっきの時雨は、いま、東寺のあたりを降っているらしい」（4―8）と始まった『角兵衛獅子』は、「夜の四つを合図に、場所は東寺の五重の塔の下」（4―282）での近藤勇と鞍馬天狗との果し合いで終わります。東寺に始まって東寺に終わるわけです。ところで、この東寺というのは真言密教という宗派のお寺です。そして真言密教というのは、天狗を信仰する山岳宗教ととりわけかかわりの深い宗派です。つまり東寺は天狗ととてもつながりの深いお寺なのです。鞍馬天狗がそこから登場して、そこに消えてゆくのは、やはり偶然ではありますまい。

というわけなのです。鞍馬天狗の小父さんの正体は、ほんとうに天狗だったのです。だから小父さんは、生まれも年齢もひみつにしていたのです。天狗が人間のふりをしていたなんて、じつにもって驚くべきことではありませんか。

宮本武蔵——吉川英治

武蔵は背がすぐれて高かった、よく駈ける駿馬のようである。脛も腕も伸々としていて、唇が朱い、眉が濃い、そしてその眉も必要以上に長く、きりっと眼じりを越えていた。（吉川英治歴史時代文庫1巻—30ページ、以下同）

「あら、あら」

「あら！」

「まあ！」（4—89〜90）

時ならぬ春の牡丹雪にはしゃぐ女童たちと一緒に、思わず手を打ち叩いてしまった。百六十六章のうちの八十四章。かろうじて過半数。こんなにも少なかったなんて。武蔵が登場する章の数である。いくら読み進んでも主人公たる彼の姿が茫としてなかなか焦点を結ばない。いやむしろ、巻を重ねるにつれ薄れゆくような気がしてならなかったので、地の巻の「鈴」の章から始まり円明の巻の「魚歌水心」まで、各巻ごとに武蔵が姿を見せる章を指折り数えてみた。すると左の表に掲げたような結果となったのである。

ずいぶんと少ない。ことに終盤にさしかかると、全体の三分の一近くにまで落ち込んでしまう。

しかも、その姿はおおむね静けさに包まれている。「オオ！　今に、この縄を摺り切って、大地へ落ちて貴様を蹴殺してやるから、待っておれ」（1―187）、千年杉の梢に縛められて吠えたけり、「ちッ、ちッ、ちいっ」（4―384）、一乗寺下り松に群がる吉岡一門に捨て身の二刀流で斬り込み。そんなよく知られた鮮烈な見せ場は瞬時に過ぎ、あとは観音経を誦しながら木仏を彫っていたり（5―7）、黙々と鍬をふるって荒れ地を開墾していたり（6―37）、「オオ！」、たまさか大声が響いたと思ったら、大地に描かれた円のなかに立って豁然と悟りを開いたのであったり（8―139）。

そして、すぐにいなくなってしまう。「もう武蔵の影は、どこにも見えない」（3―223）、「けれども武蔵の影はもう見当らなかった」（5―271）。「武蔵様あ！」（2―182）、声を限りに呼んでみても、「遠く小さく見えていた武蔵の影は、そこの山ふところに駈け入ったままもうどこにも見あたらなかった」（2―183〜184）。わずかに、

夜の明けかけた野末の果てに、一朶の白雲を見たのみである。（7—301）

静かで影が薄くて、すぐいなくなってしまって。異例の主役と言わねばならない。

巻	章の数	武蔵が登場する章	城太郎が登場する章	伊織が登場する章
地の巻	14	10		
水の巻	18	13	13	
火の巻	22	6	4	
風の巻	31	20	6	
空の巻	32	18	3	10
二天の巻	23	8		12
円明の巻	26	9		10
計	166	84	26	32

子供の領分

引き替え、脇役陣の賑やかなこと、賑やかなこと。「似非君子め」（5―163）、武蔵に対してあくなき瞋恚をたぎらせ続ける朋輩の又八やら、「どうせ、わたしなんか」（5―280）、世の荒波にびっしょり袂を濡らしながら渚を駆け抜ける「妖冶な花」（7―247）朱実やら。

とりわけ、お杉ばば。

「怯じたかよッ！　武蔵っ」

ちょこちょこと、横のほうへ駈け廻って斬り入ろうとしたのである。ところが、石にでも躓いたとみえ、両手をついて、武蔵の足もとへ転んでしまった

（……）（1―320）

「細い脛をカチャカチャ鳴らして」（3―189）、蟷螂の斧のごとく武蔵に突っかかる気丈なおばば様が、行く先々で波紋をばしゃばしゃ巻き起こす。六十路を越えて、いよ

いよまさるその一徹さにとっつかまってしまった武蔵の腰巾着(こしぎんちゃく)、城太郎(じょうたろう)は、

「くそ、くそばば」

城太郎は、木剣を抜いた。

木剣は抜いたがさて、自分の首根ッこは、隠居の腋(わき)の下へつよく抱え込まれ、これはいくらもがいても離れないのだ。(……)

「この童(わっぱ)が、なんの芸じゃ、蛙の真似事(まねごと)かよ」(3—228〜229)

じたばた、どたばた、騒がしいことこの上ない。ひっそり仏像を彫っている主役そっちのけで、まるで子供の喧嘩みたいなくんずほぐれつが転がってゆく。

なかで、ひとしお元気に響いてくるのは城太郎少年の声だ。「ピキ、ピーの　トッピキピ」(1—359)、「タリヤンタリヤン　タリ、ヤン、タン」(1—357)、でまかせ唄を歌い散らしつつ武蔵のあとを追っかけて回る。中盤ではぐれてしまって少し淋しくなったなあと思う間もなく、「城太郎も、初めて見た頃は、ちょうどあのくらいな童(わっぱ)だったが」(6—11)、武蔵は旅先でひょいと伊織(いおり)を拾い上げる。二代目城太郎というわけだ。「彼は少年が好きなのだ」(1—331)。

さっそく数えてみた。城太郎少年が登場する章の数、伊織が登場する章の数。結果は七三ページの表にあらわした通りである。両少年ともになかなか天晴れな働きぶりで、特に終盤の伊織は師の武蔵すら凌駕する勢いである。

少年の物語なのだ。納得する。冒頭の地の巻では、武蔵自身がまだ稚気ふんぷんたる野生児として暴れていた。その彼が早々に「心に澄明な落ちつきを湛えて」（2—172）鳴りをひそめてしまうと、すぐさま城太郎が、ついで伊織が笹を片手に浮かれ出す。「タラン、タン、タン、タン」（7—132）、小さな体いっぱいに弾む陽気なお囃子に乗って、ストーリーが軽捷に踊り出す。

そうだったのか。自分が迂闊な先入観にとらわれていたことに気づく。

『宮本武蔵』とある以上、主人公は武蔵に決まってる、これは剣の道の頂きへと攀じてゆく求道者の刻苦勉励の物語なのだと、ずっと思いこんでいた。でも、こうやって細かに観察してみると、武蔵の影は、とうてい主役とは呼べぬほどに薄い。登場頻度も少ないし、登場した際の迫力も大してない。替わりに舞台を我が物顔に駆けまわるのは、お杉ばばら賑やかな脇役陣、なかんずく城太郎・伊織の二少年である。狂言回し、という言い方をするならば、武蔵のほうがむしろ狂言回しで、城太郎やお杉ばばが主役の体、しかも後半にさしかかると、この傾きがより甚だしくなる。

序文から窺うに、作者は紛れもなく武蔵を正面から描こうと企図したようなのだが、実際に筆が走りはじめてみると、求道だ大悟だと肩肘張った話より、タリヤンタリヤン、トッピキピ、おばばもならず者も小童（こわっぱ）も入り乱れての浮かれ囃子に身を投ずるほうに興が乗って、結果、こうしたかたちの作品となったものだろう。「彼は少年が好きなのだ」。

なるほど。むかしも今も、こんなに心わくわくページをめくってしまうのは、求道者武蔵の孤影ではなく、おばばや城太郎の賑やかで剽（ひょう）げたさんざめきに惹かれてのことであったのだと、二十年来の錯覚からようやく醒める。

春の祭典

「あら、あら」
「あら！」
「まあ！」

またしても、手を打ち叩いてしまった。

慶長5年秋◆関ヶ原……1巻 15頁
「慶長五年の九月十四日の夜半」(1巻 16頁)

半年ワープ

慶長6年春◆宮本村……1巻 63頁
「もう今年の春も四月に入って」(1巻 64頁)

3年ワープ
「三年目の春」(1巻 230頁)

慶長9年春◆姫路城……1巻 230頁

1年ワープ
「去年一年はただ独り山に籠って」(1巻 290頁)

慶長10年春◆京都……1巻 246頁
「二月の晩のゆるい風」(1巻 261頁)
「夏に近い太陽」(2巻 178頁)
「立つ秋」(2巻 234頁)
「十二月の中旬」(2巻 378頁)
【「慶長九年除夜」(3巻 165頁)とあるのは誤り】

慶長11年……「正月の九日」(3巻 238頁)
初夏……「初夏に向ってゆく旅」(5巻 102頁)で江戸へ

2年ワープ……「月日はいつか一年半も巡って」(5巻 334頁)
【初夏から春までだから、2年ワープと算定する】

慶長13年春◆江戸……5巻 334頁
「山桜が白く」(5巻 337頁)
「晩春」(5巻 364頁)

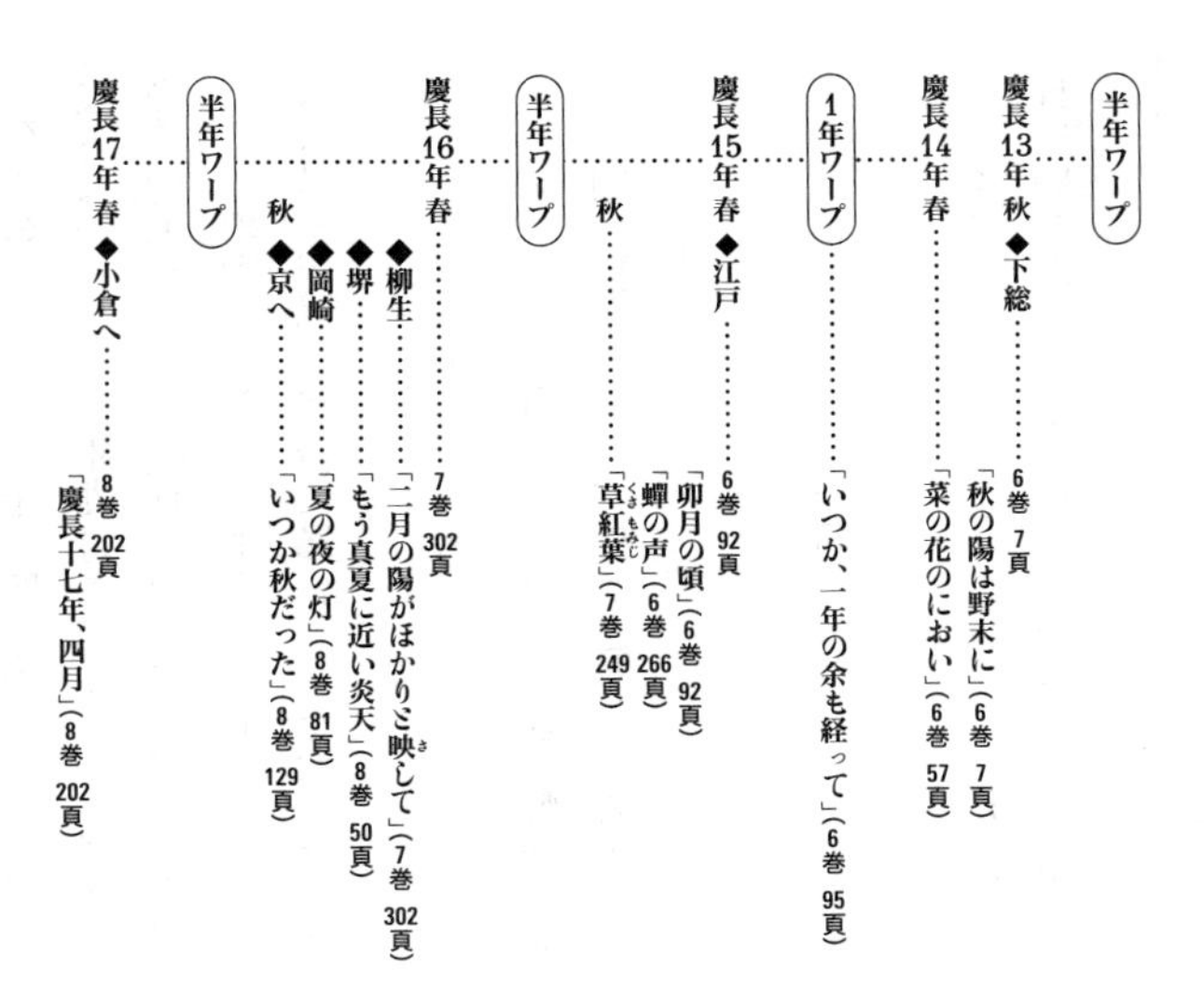
半年ワープ
慶長13年秋
◆下総
6巻 7頁
「秋の陽は野末に」（6巻 7頁）
慶長14年春
「菜の花のにおい」（6巻 57頁）
1年ワープ
「いつか、一年の余も経って」（6巻 95頁）
慶長15年春
◆江戸
6巻 92頁
「卯月の頃」（6巻 92頁）
「蟬の声」（6巻 266頁）
秋
「草紅葉」（7巻 249頁）
半年ワープ
慶長16年春
7巻 302頁
◆柳生
「二月の陽がほかりと映して」（7巻 302頁）
◆堺
「もう真夏に近い炎天」（8巻 50頁）
◆岡崎
「夏の夜の灯」（8巻 81頁）
秋
◆京へ
「いつか秋だった」（8巻 129頁）
半年ワープ
慶長17年春
◆小倉へ
8巻 202頁
「慶長十七年、四月」（8巻 202頁）

十一年半のうちの二年半。四分の一にも満たない。こんなにも少なかったなんて。

慶長五（一六〇〇）年九月の関ヶ原から慶長十七（一六一二）年四月の巌流島（がんりゅうじま）まで、物語の上を流れた歳月は十一年半、うち叙述の対象になっている期間である。

前ページの図にまとめたようにストーリーはよくワープする。たとえば関ヶ原の翌春、武蔵は千年杉を舞台に暴れ回った挙げ句、姫路城の開（あ）かずの間（ま）に幽囚の身となって、

> 以来、もう幾星霜か。（……）武蔵は、まったく月日も忘れていたが、今度、天守閣の狭間（はざま）の巣に、燕が返ってくる頃になれば、それはたしかに三年目の春である。（1―230）

ぽーんと三年ワープ。その間、ストーリーはまったく動かない。あるいは、

> よくよく居心地がよいとみえ、お杉ばばが半瓦（はんがわら）の家に起臥（おきふし）を始めてから、月日はいつか一年半も巡っている。（5―334）

その年月のあいだ、武蔵や城太郎はどうしていたか、何ら言及のないままに、次のシーンはいきなり一年半後から始まる。

ぽーんぽーん、重ねたワープは、しめて八回、九年分。一例を除いてあとはすべて春へと飛んでいるのは、この季節を作者がよほど好んだか、それとも、少年には、ものみな萌える季節こそ似つかわしいと考えたゆえでもあろうか。

ともあれ、十一年半のうち九年はワープに消え、残る二年半だけが、この大作を流れる正味の時間ということになる。

ちょっと珍しい時間の流れかたである。もちろん、多事多難で賑やかな時と無事平穏で退屈な時とが入り交じりつつストーリーが進行するのが小説のつねではあろうが、両者の差がかくも甚だしいことは稀であろう。ここでは、ぎっしり事件が書き込まれた暦と、真っ白なまま飛び去って行く暦とが画然と乖離している。

結果、じつに目の詰んだ濃密な時間が提供される。たった一日のできごとが時には百ページ以上もの紙数を費やして微細に再現されたり、また時にはこんな珍現象も発生する。

慶長十一年正月、一乗下り松決戦前後の時間経過である。（3―165に「慶長九年除夜」とあり、これを信ずるならば、この決戦は慶長十年に設定されていることになるが、関ヶ原から半年ワープして宮本村の春、さらに三年ワープして姫路城の春、さらに一年ワープして京都の春、その翌年にいよいよ決戦、と順に数えてゆくと、ここは慶長十一年という計算になる。ちなみに、いちいち挙げないがこうした年の数え間違い、四年前のできごとを「三年前」としたり〈6―107〉、二十七歳のはずを「二十八」としたり〈7―229〉といったミスは全篇で二十ヵ所近く発見できる。）

武蔵は「正月の九日」（3―238）の蓮台寺野での果たし合いから「幾日も経たないうち」（4―54）に本阿弥光悦に出会い、誘われるまま彼の家に「四日も五日も泊」（4―55）った末に六条柳町の遊郭に出かけ、そこで「三日の仮の宿」（4―214）を過ごして「明後日の朝」（4―239）を決戦の日と約する。決戦から「十幾日目」（5―11）に身を寄せた叡山を逐われて瀬田に降りると「石山寺の残んの花もこれ限り」（5―101）、季節は既に「初夏に向って」（5―102）……。

あれれ？　そんなはずはない。3―238から5―102まで、ページ数こそ六百を大きく越えているけれど、時間はそんなに経過していないはずである。九日＋幾日＋五日＋三日＋二日＋十幾日、どう多めに見積もっても武蔵が瀬田に降りたのは二月初旬より前でなければならない。「残んの花」なんて、「初夏」なんて、そんなのあり得ない。

と、作者自身うっかり勘違いしてしまうほど、ここでの時の歩みはのろい。ぎっしり事件が詰まった充実した日々が、ゆっくりゆっくり経過し、その果てにぽーんとワープ、新たな春を迎えてまた長い一日がたっぷり語られ、しばらく経つと、またぽーん。類を見ない特異な時間の流れかたである。

したがってここでは、北国の春のように、何もかもが凝縮された短い時間のなかで一斉に花開くことになる。たくさんの登場人物が同時に舞台に上がり、あまたの出会いやニアミスやくんずほぐれつが、一斉にわっと堰を切る。ある朝の五条大橋に、武蔵も小次郎も朱実も城太郎もお杉ばばもいちどきに行き合わせて、そのことで各人の運命が大きく狂い出したり、

ああ、伊織は何でその手紙を、折角、親切な人へ、ちょっとでも見せないのか。(……)伊織が、彼女のすぐ前で、皺だらけにして握っている手紙は、お通にとって、七夕の星と星とよりも稀れに、ここ幾年、夢にのみ見て、会いも得ず、便りもなかった人の(……)ものではないか。(……)知らないということはぜひもない。お通もべつに、眼をとめて、見ようともせず(……)伊織は……「ありがとう」と、駈け出した。(6—201~202)

おなじみ、武蔵とお通の紙一重の擦れ違いが幾たびも繰り返されたり。凝縮された濃密な時のなかで賑々しく演じられる春の祝祭、とでも形容できようか。あかあかと庭燎（にわび）に照らされた舞台の上で、たくさんの袂が、重なっては離れ、離れてはぶつかり。「タラン、タン、タン、タン」。

主人公は武蔵ではなく、賑やかな脇役たちではないか、そんなふうに先ほど考えた。より正確を期するならば、個々の脇役たちと言うより、その関係、彼らがめまぐるしく演ずる有為転変、濃密な時を舞台に織りなす色とりどりの運命の綾、そうしたものがこの作品の主人公なのだと言えよう。「ああ、伊織は何で」、作者は自らの手で創造した数奇なめぐりあいに自ら身もだえする。

かくして、武蔵の成長物語などという通俗のレッテルから、はるかに遠いところにこの作品が位置していることを、そしてだからこそ、この作品が比類のない輝きを放っていることを、今はっきりと知る。

「あら、あら」

「あら！」

「まあ！」

顎十郎捕物帳──久生十蘭

眼も鼻も口もみな額際（ひたいぎわ）へはねあがって、そこでいっしょくたにごたごたとかたまり、厖大（ぼうだい）な顎（あご）が夕顔棚（ゆうがおだな）の夕顔のように、ぶらんとぶらさがっている。（朝日文芸文庫10ページ、以下同）

二十四話からなる花のお江戸の捕り物ばなし、たとえばこんなふうに始まる。

春霞（はるがすみ）。

どかどんどかどん、初午（はつうま）の太鼓。鳶（とんび）がぴいひょろぴいひょろ。

神楽（かぐら）の笛の地へ長閑（のどか）にツレて、なにさま、うっとりするような巳刻（よつ）さがり。

（44）

場面設定に効果音に照明にと、あたかもト書きのような語り出しで、のんびり芝居見

物でもしている気分になってくる。あるいは、

いちめんの枯蘆原。

水杭の根に薄氷がからみ、折蘆のあいだで、チチと鋭い千鳥の声が聞こえる。

（……）ようやく東が白んだばかりで、低い藁屋から寒そうな朝餐の煙が二すじ三すじ。（338）

そこへ、のそりと登場する我らが顎十郎。「いや、どうも、振るった顔で」（9）。「床柱などにもたれていると、そそっかしい男なら、へちまの花活でもひっかかっているのかと勘ちがいするだろう。ぼってりと嫌味に肉のついた厖大な顎がぶらりとぶらさがっている。馬が提灯じゃない、提灯が馬をくわえたとでもいうべき、珍妙な面相」（53〜54）である。なりも冴えない。「垢染んだ黒羽二重の袷に冷飯草履」（338）、「溜塗のお粗末な脇差を天秤差しにし」（122）、「衿元から手先だけ出して長い顎の端をつまみながら、高くあがった烏凧をトホンと見あげてござる」（299）。

北町奉行所のケチな木っ端役人に過ぎないそのトホンが、しかし恐るべき頭脳の持

ち主で、つぎからつぎへと難事件を解決してゆく。それも、

顎十郎は、ああん、と口を開いて、大がかりな捕物を見物していたが、やがて、ひょろ松のほうへ長い顎をふり向けると（……）

「これだけ見りゃもうじゅうぶんだ。（……）」（218）

「根が怠け者」（592）ゆえ、つねにうっそりと懐手を決め込み、「裾から火がついたように駈けずりまわっ」（653）たりは決してしない。もっとも口だけはえらく達者で、「どうも、あなたがしゃべりだすと、裾から火がついたようになるんで、手がつけられねえ」（293）と相方のひょろ松も音(ね)をあげる。

加賀さまのお氷

口の達者は作者も同じで、さきほどの「春霞。どかどんどかどん」の後段は、こんなふうに続いてゆく。

広縁の前に大きな植木棚があって、その上に、丸葉の、筒葉の、熨斗葉の、乱葉の、とりどりさまざまな万年青の鉢がかれこれ二、三十、ところも狭にずらりと置きならべられてある。羅紗地、芭蕉布地、金剛地、砂子地、斑紋にいたっては、星出斑、吹っかけ斑、墨縞、紺覆輪と、きりがない。(44)

きりがない。秋になれば「谷中藪下の菊人形。(……)四丁ほどのあいだに目白押しに小屋をかけ、枝を撓め花を組みあわせ、熊谷や敦盛、立花屋の弁天小僧、高島屋の男之助。虎に清正、仁田に猪。鶴に亀、牡丹に唐獅子。龍宮の乙姫さま」(590)。
また冬には、

冬晴れの真っ蒼に澄みわたった空いちめんに、まるで模様のように浮いている凧、凧。
五角、扇形、軍配、与勘平、印絆纏、盃、蝙蝠、蛸、鳶、烏賊、奴、福助、瓢簞、切抜き……。(292)

どかどんどかどん、にぎやかに物尽くしが繰り広げられる。しかも、単に江戸の風趣を点描する役割を果たしているだけではなく、万年青が萎れたわけ、菊人形の演目の不思議、烏凧に秘められたからくりといったぐあいに、それぞれの謎解きの骨格にしっかり食い入って構成されている。

なかでも、第七話「氷献上」の芯となった加賀さまのお氷の話が印象深かった。

本郷赤門の前田屋敷では、前年の寒のうちに雪を詰めた氷室でつくった氷を、土用の炎暑の候に取り出して将軍様に献上するならわしであった。桐箱入りのお氷を無事に早駕籠で送り出したあと、お余りの氷を下々にもお分け下さるというので、丼や蓋物をかかえた衆が「弥生町の通りを根津までギッシリと四列に」(173)並ぶ。時疫の愛息のために、どうでも氷が欲しい貧乏浪人も、その列についた。

ようやく、待ちこがれた自分の番。

帷子の袖で汗をぬぐいながら、顫える手で丼を差しだし、

「どうか、手前にも……」

氷見役は、金杓子を振って、

「お雪は……もう、ない」

「な、なんと言われる」

「お雪は、いまで、みなになった」(174)

逆上して駆け出す浪人者、ほどなく早駕籠が襲われて将軍様に献上するはずのお氷が奪われたものだから、誰もが犯人はかの傘張り浪人と睨んだのだが……。

江戸の暑さが伝わってくる。炎天下に二刻も並んでようよういただいても、「日本橋まで駕籠を飛ばすうちに丼の雪が溶けて水になる。(……)生温になった水でも、お氷が溶けた水だといえば、ありがたい気がする」(170)。江戸の人びとを照らした炎熱がじりじり伝わってきて、「この暑気では、役所詰めもおかげがねえでな、休みにした」(176)、例によってずる休みの顎十郎の科白も妙に説得的に聞こえたりする。

六十年前の現在形

江戸を感ずる。むかしを体感する。それは何も暑さのことばかりではない。典型的な一コマを切り取ってみよう。

「いよゥ」

と、入口で威勢のいい声がする。

みなが、なんとなくゾッとして、そのほうへ振りかえってみると、顎十郎が竿をかついでぬうと立っている。

ちびた袷をずっこけに着流し、そんなふうにして立っているところは、まるで堕落した浦島太郎のようである。

庄兵衛は、たちまち青筋を立て、

「野放図な、いよゥ、とはそもそもなんであるか。……見れば屋敷の中に釣竿なんぞかつぎこんで、これ、ちとたしなまッせい」

こちらのほうは立ったままで、

「相変わらず、ごろごろと、雷の多い年ですな」

と言って、けろりとした顔で、

「時に叔父上、潮ざしがいいから、釣りにでも出かけましょう。少し汐風にでも吹かれて、気保養(きやすめ)をなせえ」

庄兵衛は、いよいよ苦りきって、

「この御用繁多に、釣りなどと緩怠至極な」

顎十郎は耳にもいれず、

（……）

花世は、すぐ察して父のそばへにじりよると、

「ねえ、こんなところに獅噛(しが)んでばかりいずと、ちと、魚にからかわれておいでなさいませ、あんがい、変わった魚も泳いでいるかもしれません」

さあさあとひき立てるようにする。（132〜134）

二つ、気づくことがある。一つは時制がことごとく現在形で通されていることである。「声がする」「立っている」「ようである」「ひき立てるようにする」。珍しい。現代の小説なら、「声がした」「立っていた」と、なべて過去形で表現するところであろう。

ここに限らず、この作品の時制のほとんどは現在形である。「さて、その翌朝、（……）ボロ長屋でとど助がまだ高鼾(たかいびき)で寝くたばっているのを、アコ長が、ひどく勢いこんで揺りおこす」（480）。「さまざまに手をつくしてみたが、佐原屋はとうとう生きかえらない」（384）。過去形を連ねてできごとを叙述してゆく現代の語り口に慣れた耳には、少し落ち着かなくも響く。

けれど、そのぶん臨場感に恵まれる。「威勢のいい声がした」と過去形で語られる

より、「威勢のいい声がする」と現在形で語られたほうが、「いよゥ」がより身近に聞こえる。「声がした」「立っていた」と、ひとつひとつのできごとをきっちり完結させつつ先に進むより、「声がする」「立っている」と不安定なままずんずん進むほうが、その先へ、その先へと続きをうながしたくなるような勢いを感ずる。

いま一つ気づくのは、会話の際、主語にいちいち述語が用意されていないことである。「庄兵衛は、たちまち青筋を立て」と来るが、「たしなまッせい」で彼の科白が終わったあとに、「と叱りつけた」というような述語は見あたらない。顎十郎のほうも「気保養をなせえ」と科白を投げ出して終わる。

これも少し落ち着かない。日頃、主語があればきっちり述語で受けるという文章に慣らされているので、つい「と言った」はいつ来るのかと心待ちにしながら読み進み、その期待が宙ぶらりんのまま、会話がぽんぽん先へ転がってゆく。

けれど、よくよく思案してみれば、「たしなまッせい」と啖呵を切ったあとに、「と叱りつけた」なぞと、いちいちくだくだしくくっつけたのでは、せっかくの科白の勢いが削がれてしまうわけで、「庄兵衛は」「顎十郎は」「花世は」とそれぞれの科白の主語さえ明示されていれば、述語などないほうが、いっそすっきりする。

現在形、そして述語がない。ト書きなのだ。芝居の文体なのだ。そう思いあたる。

顎十郎　いよゥ（ト威勢のいい声で）
庄兵衛　この御用繁多に、釣りなどと緩怠至極な（ト苦りきって）
花世　ちと、魚にからかわれておいでなさいませ（トひき立てるようにする）

トこんなあんばいだろうか。ト書きなら現在形に決まっているし、科白のあとに、いちいち「と言った」などと、くっつけたりもしない。「春霞。どかどんどかどん」、なるほど舞台設定や効果音の叙述から始まるわけである。

こうした文体は、戯曲から創作活動をスタートさせた作者ならではの工夫によるものであろうが、また、より広く見れば、歌舞伎や浄瑠璃といった江戸の伝統の流れに棹さすものでもあろう。

六十年前、こんな日本語があった。あらためて歳月の移りゆきを思う。喪われてしまったのは、万年青や凧や加賀さまのお氷といった、いにしえの風物にまつわる蘊蓄ばかりではない。文体もまた、こんなにも遠く隔たってしまった。現在形を連ねて臨場感を醸しだし、述語を省いて小気味良い科白をはずませる。そうしたいなせな文体は、遠い日々のものとなってしまった。

なぜ、こうなったのか。過去形で一つ一つのできごとをきっちり完結させつつ語り進む、そして主語にきっちり述語を対応させるという現代の文体は、どうやって成立したのか。外国語の影響、翻訳文体の席巻といった事情が真っ先に浮かぶが、しかし、よその国のせいにばかりしてよいものかどうか。

とまれ、お氷のごとく珍なる六十年前の日本語、溶けないうちに召し上がれ。


「それッ、大先生の御用だ、早乗（はやのり）を二枚かつぎ出せ」

（……）顎十郎とひょろ松が、それへ乗る。

「それッ、行け！」

曳綱（ひきづな）へ五人、後押しが四人。公用非常の格式で、白足袋跣足（しろたびはだし）の先駈けが一人。

「アリヤアリヤ、アリヤアリヤ」

テッパイに叫びながら、昼なかのお茶の水わきをむさんに飛んで行く。（269〜270）

戦艦大和ノ最期――吉田 満

静寂。澄みきった静寂。

ワレ戦エリ、戦エリ――濁リナキ回想
アタリ閑(シズ)カナリ
傾斜計(けいしゃけい)ノ指針、コノ静寂ノナカヲ滑ル如ク進ム(講談社文芸文庫109ページ、以下同)

すべてが終わり、「傾斜復旧ノ見込ナシ」、伝声管を通して「スキ透ル」声が沈没の確実なることを告げる(110)。

わかっていた。こうなることは、始めからわかっていた。

「コンパス」ヲ握ル参謀ノ爪、力コモッテ白ク濁ル(11)

沖縄の海図に予定針路を按じながら呉を出港したあの日から、「ソノ使命ハ一箇ノ囮ニ過ギズ　僅カニ片路一杯ノ重油ニ縋ル」(42)、必敗の特攻作戦であることは、三千の乗組員一同、じゅうぶんに承知していて、それでも死力を尽して戦い抜いてきた。

「アタリ閑カナリ」

いや、静かなのは、最期を迎えたこの瞬間だけではない。

「射撃始メ」、急降下で襲いかかってくる大編隊に対し、「高角砲二十四門、機銃百二十門、一瞬砲火ヲ開」(72)いてより、魚雷の片舷集中を浴び、「隻脚、跛行、モッテ飛燕ノ重囲トタタカ」(91)わざるを得なくなり、猛爆にさらされて「防禦能力寸断サレ、艦一体ノ抵抗不能トナ」(99)り、「巨体ノ全細胞分裂ニ任セ、脈絡モナキママ、夫々死滅ヘノ一途ヲ辿ル」(101)に至るまで、時の経過にして二時間足らずの、しかし、長く熱い戦いの場面を通じて、本書の叙述からは、音がほとんど聞こえてこない。

なぜだろう。熾烈な戦闘シーンが詳細に描かれているのに、どうしてかくも静かな印象を受けるのだろう。

オノマトペ、擬声語の欠如のゆえだと思い至る。他の戦記を開くと、たとえばこんな叙述に溢れている。「艦尾方向から爆弾が斜めに、ばあーと自分の所へ落ちて来るような感じがした。（……）銃口を向けて〝ダダダダ〟と射つ。（……）敵の機銃掃射は（……）砲塔に当ってピイピイとはねた」（『ドキュメント戦艦大和』〈文春文庫〉210ページ、二十七歳の機銃員の証言）。同様の状況が本書では、

　機銃員ガ眼ニ、天翔ケル米機ハマサニ一ノ驚異、一ノ幻覚
　間断ナキ炸薬ノ殺到、ユルミナキ光、音、衝迫ノ集中ナリ（84）

この格調、この緊張。ばあーもダダダダもピイピイもなく、それゆえに「炸薬ノ殺到」「ユルミナキ」「集中」の凄烈さが、苛酷さが、より直截に突きつけられる。浸水間近なことを艦橋に伝える操舵室よりの電話は、「一瞬ノ破壊音トトモニ消息ヲ絶ツ」（106）。グワーンともゴボゴボとも具体的な音を与えられないぶん、いっそう断末魔の「破壊音」へと読み手の意識は吸い寄せられる。敵潜水艦の動きを追う電測士の如く耳を澄ますことを余儀なくされるのだ。

　全篇を通じてオノマトペは僅か二ヵ所のみ。「機銃弾キンキント背ヲ叩キ」（81）、「火花散り『キーン』ト室内ヲ一巡」（96）。〝無線封鎖〟は完璧に近い。

「総員戦死、コレ運命ナリシナリ」

音はしないけれど、声はする。文語体の硬質な律動に揺られていると、なまなましい声に突如抱きすくめられる。

「吉田少尉、今日ノ夜食ハ汁粉デス」(63)、「糸切歯ヲノゾカセテ手柄顔」に告げ来たる少年兵。ここは既に敵地、今夜の夜食時までこの艦が無事であるとは、とうてい望み得ないというに。

「ゲンキデヤレヤ」(77)、弾雨を衝いて走る自分を激励してくれた同期の高田少尉。数分の後、彼の守備していた機銃砲塔は跡形もなく、「深ク抉ラレシトコロ、タダ濛々タル白煙ノミ」。

「番頭ノ如ク篤実、酌ノウマカリシ君」(80)であったに。

生身の肉体ではなく、紙の上に記された声もまた、鋭く己れを主張する。

「一しよに、平和の日を祈りませう」、二世の中谷通信士に宛てて中立国スイス経由で届いたカリフォルニアの母からの「優シキ女文字」(15)。

「コノ大馬鹿野郎、臼淵大尉」、訓練さえ積めば従来の兵器でも米機を落とせると、あいかわらずの精神論を説く砲術学校よりの戦訓の上に書き殴られた「筆太ノ大書」（85）。

少し息苦しくなる。それぞれの声が発する悲しみが、あまりに強すぎて、狭い艦内にいたたまれなくなる。

著者にならって潮風に吹かれてみようか。決戦の朝の握り飯を、彼は「尋常無事ノ気分ニテ味ワウ最後ノ食事ナラン」と思い定め、「暗キ室内ニテ摂ルニ忍ビズ」、電波輻射用「ラッパ」の台上、「大空ニ包マレタル絶好ノ位置」まで攀じ登って頬張ったのであった（57〜58）。

その若い食欲は戦闘のさなかにおいても健在で、「昼食　戦闘配食ナリ（……）最後ノ飯ノ味ナランカ（……）イワン方ナクウマシ　コレヲ限リノ奢リナリ」（67）、「空腹ヲ覚エ、傾斜計ヲ睨ミツツ菓子ヲ食ウ　雨着ノ両『ポケット』ニ詰メタル羊羹、『ビスケット』ノ類（……）ウマシ　言ワン方ナクウマシ」（103）、「想イ出シテ『サイダー』ヲ呑ム（……）炭酸、咽喉ヲ弾ケテ快シ　舌ニ残ルソノ甘味」（108）と旺盛に続く。最後に巨艦轟沈の大渦に巻き込まれてすら、切れ切れによぎる「他愛ナキ想イ」は、「『サイダー』ガマダ十センチ程残ッテタ……菓子モ五袋ハアッタ……モウオソイナ」（131）であった。

その彼が、「総員上甲板」(121)の命を受け、「死生ノ関頭、二時間ノ運命ヲ託シタル、コノ七坪ノ空間」(122)、持ち場であった艦橋をついに離れ、既に傾斜九十度に達していた大和の「窓ヲヨジリ出デ」(122)て見た光景。

視界ノ限リヲ蔽ウ渦潮　宏壮ニ織リナセル波ノ沸騰
巨艦ヲ凍テ支ウ氷ニモ似タル、ソノ純白ト透明
更ニ耳ヲ聾センバカリノ濤音、一層ノ陶酔ヲ誘ウ
見ルハ一面ノ白、聞クハタダ地鳴リスル渦流(125)

湧キ上ル水圧、弾丸ノ如ク人体ヲ撥ネ飛バス
人体ムシロ灰色一点トナリ、軽々ト、楽シゲニ四散ス(……)
イビツノ鏡カト見紛ウ水(……)輝キツツ鼻先ニキラメク
夫々鏡面ニ人影ヲ浸ス　人影アルイハ跳ネ、アルイハ逆立チシ蹲ル(……)
精巧ナル硝子模様(……)点々チリバメタル真青ノ縞(……)
コノ美シサ、優シサ、ト心躍ル瞬時、大渦流ニ逸シ去ラル(126)

「軽々ト、楽シゲニ」、だがそこに四散しているのは「人体」なのだ。「美シサ、優シサ」、だがそこに藻掻(もが)いているのは「人影」なのだ。なんという美しい地獄絵。

「総員戦死、コレ運命(サダメ)ナリシナリ」(127)

「終焉ノ胸中、果シテ如何」

「畜生、浮キ上ッタカ、マタ生キルノカ」(133)

そこから、著者の懊悩が始まる。駆逐艦(くちくかん)に救助され、一夜が明けて、内地の山を前に重油で痛めた眼をしばたきながら、「陽春ノコノ明色、数無キ戦友ノ死ノ傍ラニ、ナオ生ヲ保テルヲ愧(は)ジ入ラシム」(158)、なぜ、俺だけが生き残ったのだ、と。なぜだ。彼は執拗に自問し続ける。死をくぐることで、自分は大きくなれたか。とんでもない。「コノ乏(とぼ)シキ感懐ヲ、死線ヲ越エタル収穫トイイ得ルヤ」(161)。いや、こんなものは「死ノ小実験」(161)にしか過ぎぬ。

死に直面したことを誇れないならば、せめて、あの状況のなかで、「ワレ日常ノ勤務ニ精励ナリシヤ　一挙手一投足ニ至誠ヲ尽セシカ　一刻一刻ニ全力ヲ傾ケシヤ」(163)。容赦なく畳みかけて、ああ駄目だ、「ワレコレラスベテニ過怠ナリキ」(163)、死した戦友に比して、何も誇るべきものはない。なのになぜ自分だけが生き残ったのか。「戦友アマタヨリ、ワレヲ別チ、再ビ天光ニ浴セシメタルモノ何ゾ」(163)。何なのだ。

ぎりぎりと問いつめて、けれど答えの得られようはずもなく、「思ウベカラズ」(163)、ふっと放擲する。「虚心ナレ　コノ時ヲシテ、常住献身ヘノ転機トナセ」(164)、結局そうやって自分をなだめるしか術はない。

夢から醒めたような。そう表現してよいだろうか。この落差。沈みゆく巨艦が巻き起こした「視界ノ限リヲ蔽ウ渦潮」の宏壮がまだ眼底に鮮やかだというのに、一夜明けた水面には、「乏シキ感懐」の小渦巻。

あらためて大和の巨大さを思う。かの艦上にあったればこそ、「空間ワガ眼前ニ停止シ、時間ワガ周囲ニ凍結ス」(114)、極限の感覚に恵まれ、「瞳孔、ソノ底マデモ純ミ切レルカ」(114)、透徹した視線をも獲得することができたのだ。「間断ナキ炸薬ノ殺到」、恐怖を直截にあらわすことも、「ゲンキデヤレヤ」、肉声を鮮やかに掬い上げることも、かの艦上に身を置いたればこそ、可能となったのだ。

その大和は既に海底。

徳之島西方二〇浬（カイリ）ノ洋上、「**大和**」轟沈（ごうちん）シテ巨體四裂ス　水深四三〇米（メートル）
乗員三千餘名ヲ數ヘ、還レルモノ僅カニ二百數十名
至烈ノ闘魂、至高ノ錬度、天下ニ恥ヂザル最期ナリ

「天下ニ恥ヂザル最期ナリ」、洋上に渾身の喇叭（ラッパ）を響かせる如く終わる。

実はこれは現在流布している版とは異なった、もう一つの「戦艦大和ノ最期」の結びの部分である。占領軍の検閲に遭い、ついに日の目を見ないままメリーランド大学附属マッケルディン図書館ゴードン・W・プランゲ文庫に眠っていたテクストで、江藤淳氏によって翻刻・紹介されたものである（『一九四六年憲法―その拘束　その他』〈文春文庫〉432ページ）。

いっぽう、現行版は次のように結ばれる。

徳之島ノ北西二百浬ノ洋上、「大和」轟沈シテ巨体四裂ス　水深四百三十米
今ナオ埋没スル三千ノ骸（ムクロ）
彼ラ終焉ノ胸中果シテ如何（165）

喇叭は姿を消し、「果シテ如何」、鎮魂の花束を波間にふわりと投ずるかの如く終わる。両者を比較した江藤氏は、この変化を「ある大きな時代の圧力によって、作者の心を支えていたものが無惨にへし折られたあとの、〝うなだれた形〟」(同書393ページ)と、結論づけておられる。

そうかもしれない。けれど、駆逐艦に救助されて以降の、たどたどしくはあるけれど真摯な著者の懊悩にずっと立ち会ってくると、喇叭を花束へと替えたのは、むしろ著者の内側から自然に湧いてきたことだったのではないかとも思えてくる。あの苛烈な体験の意味を、自分だけが生き残ったことの意味をいくら問うても、答えは出ない。「思ウベカラズ」「虚心ナレ」、そう打ち切って、生きてゆくよりほかにない。そんな自分にどうして喇叭が吹けようか。「天下ニ恥ヂザル最期ナリ」などと、おこがましくも死者を判定する資格が自分にあるだろうか。

そうやって、喇叭から花束への変更がなされたのではないか。この変更は、「時代の圧力」といった外側から来たものではなく、著者がいくたびも作品に手を入れ、いくたびもあの体験を反芻するうちに自然と生じたものなのではないか。

少なくとも私は、現行版の終わりかたのほうが好きだ。

「彼ラ終焉ノ胸中果シテ如何」

新・平家物語——吉川英治

背のわりに、頭が大きい。耳、鼻、口、造作すべてが、大振りなのが、この顔の特徴だった。眉毛（まゆげ）はふとく、それにともなう切れ長な眼じりが、下がり気味に流れているため、いささかは愛嬌（あいきょう）もあって（……）。（吉川英治歴史時代文庫1巻―18～19ページ、以下同）

緩々（かんかん）——

そんなさりげない言葉が耳底に消え残る。

馬は、緩々（かんかん）と、水郷の長堤を歩み、菜の花の黄に染まった春風は、若い坂東骨（ばんどうぼね）の面を弄（なぶ）って、春の果てへと、かすんで行った。（4―436）

といっても、物語のほうは、緩々、どころではない。壇ノ浦の帰趨を決した湍潮さながら、大小こもごもの渦と渦とがせわしく滾りあい、ぶつかりあい、からまりあって、匂いやかな花箙の公達も、長やかな黒髪の五衣も、おのがじしの生を懸命に波間に明滅させながら、終局へと運ばれてゆく。「あとの汀には、無数の矢柄や、折れた旗竿、武器、馬の屍などが、惨として、見えるだけだった」（13―65）。読点の多い、きっぱりした口調に乗って。

あざらか――

これはもう、ほとんど口癖と化し、後半にさしかかると頻出する。

「問題の小舟だけが、ただ一そう、まったくべつな色調の物みたいに、あざらかだった」（13―82）と、那須余一の弓的が形容されたり、「おう、鮮らかな」（12―317）、激浪の一夜を漕ぎ渡って迎えた旭日の眩さに武者声がしぼられたり。

そして、物語のほうも、あざらか、そのものである。大気の色あい、大地のざわめき、情景描写のすみずみまで精細な刷毛づかいがほどこされる。たとえば、火。

殿楼や玉舎、華廊の勾欄も、火の魔の乱舞には、曠れの舞台のようである。

泉殿の水も燃え、木々も燃え、石も地も、降りそそぐ火箭のあらしに、鳴り沸

っている。（2―321）

と、ごうごうたる阿鼻叫喚が描かれるかと思うと、都落ちに際して平家が放った火については、一転して、こんなふうに。

しかし、静かな、冷たくさえ思われるほど、じつに静かな、火の海であった。空には、一痕の残月。（……）立ち噪ぐ人影もない。（……）燃えるがまま、狂うがまま、火をして、火のなすままに委せてある相だった。万宝の都も、焼ける枯野と違わなかった。（9―257）

そこへ、人が配される。上御一人から凡下まで、勇将・豪将・怯将・狡将、深窓の芙蓉に野辺の竜胆に娼街の牡丹、大薙刀をぶん回す悪僧やら欲の皮をぎらつかせた豪商やら。無慮数百の個性が、鼎のごとく沸き立つ。

なかで、何といっても他を圧して、どしりと屹立するのは大相国清盛のすがたであろう。冒頭、破れ直垂に剝げ烏帽子で場末をうろついていた小倅は、時流に愛されて、しだいに雲の上へと昇り始める。保元の乱で敵にまわった叔父忠正を、雷鳴轟く河原で自ら処刑した酷烈な瞬間が、あるいは一転機でもあったろうか。

平常の感情の限界を、かれの感情は、馳け抜けていた。そこまで突き抜けてみると、白々と冷たい虚無の空間しか見まわせなかった。（……）頭のしんも、じいんと冷たい。（……）そして、清盛はその頭の中で、さっきまでとは別人のように笑って、忠正を見下ろしていられる自分を、ふしぎともせず、支えていた。手に、白刃を、ひっさげて——。（2—156）

爾後、老獪な法皇や旧弊な公家どもの首根を押さえて武門の隆盛を導き、大輪田の泊を拓いて、遠く宋からの風を我が懐に呼び込み、周囲に渦巻く凡慮と嫉視をはるか下界に見下ろして、この巨人はずんずん邁進してゆく。必然、「たれか自分と福原との別離の深情を知ってくれるものぞ（……）たれもありはしない。天下、たれひとり、それを知ってくれるものはないのだ」（8—114）との孤愁を道連れに。

そして、あの壮絶な死。火の病、「あた、あた」（8—290）と身のうちを灼く炎熱に狂いまわった果ての悶え死に。

みごとな造型、みごとな面目一新というほかない。脂ぎった悪入道という従来のイメージを吹っ飛ばして、「善心と鬼とが一つに住む空洞」（8—145）がゆらりと立ち上がる。まさしく、『新・平家』たる面目が燦たる光芒を放つ一瞬である。

判官びいき

だが。

物語はこのとき、ようやく道なかばに達したに過ぎない。清盛が逝ってのち、平家一門は長い長い滅びの時を歩まねばならないのだ。華やかな悲歌哀傷、それらは型通り描いてゆけばよいとして、前半をずんと貫いた清盛のような太い個性を、後半では、さてどこに求めるか。

当初、鎌倉の頼朝がそれに充てられる予定だったのではないかと推察される。蛭ケ小島にひそと春を待つ、この配所の貴人は、登場の初めは念仏三昧に女通い、茫洋とした相貌しか結ばない。大望実現のために、いざ蹶起してからも、無力な虜囚を満座のなかで辱めて「頼朝の真意は、たれにも分からなかった」（7—441）と訝られ、新府におけるその行政ぶりも、「峻烈かと思えば優しく、冷酷かと思えば温かそうでもあり、側近にしても、頼朝を繞りながら、どこが頼朝の真の姿か、たれもつかみきれていなかった」（8―67）と評されている。この曖昧さは、程なく逝く清盛に替わり、頼朝を孤独な巨人として立たせるために、用意されたものではなかったか。

ところが、そうは展開しなかった。いつの間にやら彼は、猜疑心がちの平板な漢（おとこ）へと固められてしまう。弟の九郎義経を勘当した処置を「果然、頼朝は、梶原の讒間（ざんかん）に乗った。いや、自分の弱点に自分で懸った」（14―324）と憐れまれ、その並みならぬ政治手腕も「覇者の座は、ままその覇者をかりて、蔭には途方もない凄腕（すごうで）の傀儡師（かいらいし）を住ませておくものでもある」（15―274）と、舅（しゅうと）の北条時政の手柄に帰されてしまう。

どうして、こうなってしまったのか。なぜ、〈第二の清盛〉の造立が頓挫するに至ったのか。

それは、一にかかって、作者の義経に対する偏愛のゆえではないか、と私には思える。鵯（ひよどり）越えに屋島に壇ノ浦、終盤をぐいぐい引っ張ってゆくこの若武者は、なんと、戦のさなかに、殊勝な道心を起こしてしまう。「義経の弓矢を、きょうよりは慈悲の矢とし、われに刃向かわぬ者なれば、平家のたれであろうと、苦患（くげん）の底から世の明るみへ救い取らせてやろう」（13―166）。

で、平家追討の任が果てて、走狗煮らるとばかり、頼朝に狩られる羽目になっても、その道心は堅固に保たれ、都を再び戦乱の巷にしてはならぬ、と無抵抗で逃げ回るばかりとなる。奥州平泉にて、ついに最期を迎えても、悟り澄ました行者のごとく涼やかに死に就く。「その死が、天に辱じぬなら、義経が本心、また世への祈りも、いつかは、あの兄にも通じるであろう」との思いを「しずかな眉にすえて」(16—339)。作者の肩入れ、物語の重心がこうも一方的に弟の側に傾いてしまったのでは、その弟を破滅へと追い込む兄を「善心と鬼とが一つに住む空洞」として造型することなど、所詮できぬ相談となり終わろう。

では、なぜ、あの牛若丸、序盤で猿(ましら)のごとく鞍馬の断崖を跳びわたって颯爽と現れた鼻っ柱の強い小天狗が、かくも生真面目な優等生に変身することとなってしまったのか。

長丁場の果てに、作者じしんが血に飽き、仏心に目ざめたということもあるかもしれない。が、それよりも。

かれの網膜(もうまく)に無数な白い妖虫(ようちゅう)にも似た光が掠(かす)め出した。それが暗天(あんてん)からチラチラと斜線の縞(しま)を降(ふ)らして来ると、見るまに、かれの凝視する世界は白々と斑(まだら)な夜に変ってきた。雪だった。ことしの初雪である。(……)針毛を立てた羆(ひぐま)のよ

うに、かれの眸は上へつり上がった。（10—83～84）

後白河院の隠微な締め付けに耐えかねた木曾義仲の荒ぶる野性が、とうとう暴発する場面である。義経像の成長・変容には、じつは、この義仲の介在が大きかったのではないか。倶利伽羅峠に火牛の計を炸裂させ、義経に先んじて花の都入りを遂げ、中盤で大暴れする一代の風雲児。その純でまっしぐらな男振りを力をこめて描き上げたあとだけに、次の義経には、別のかたちを与えざるを得ず、それが優等生像へと傾斜する結果となってしまったのではないか。

義仲との対比上、義経に道心を起こさせることとなり、そのため頼朝を敵役とせざるを得ず、よって頼朝を〈第二の清盛〉とする構想は頓挫する——このあたり、執筆七年全十六巻の長丁場ならではの作者の心のゆれと読んでみたい。

弁慶の泣きどころ

それにしても。

たくさんな人と人とが結びあい、纏れあい、伏線を引っぱりあって、織り上げられた、この絢爛たる大曼荼羅、綻びが異常に少ない。さすがである。「信西入道のさいごは、想い出すのもよい気もちではないので、以来、おれは野風を手にもしなかった」（3—362）ってしんみりしてらっしゃるけど、清盛さん、こないだ、「いまは信西入道の遺物となった琵琶〝野風〟を抱いて、清盛がまずい曲をかきならしていたとき」（3—89）があったではありませぬか、などという御愛嬌は、私にはあと二ヵ所、見つかったきりであった（13—12と41の「供御」、15—444と16—147の「土佐の君」）。

それでも気になることもある。弁慶の老母が義経に、じつは弁慶には姉がいることを明かす。

「名は」

「蓬といいまする」

「……蓬。……そうか、わしも心にとめておこう。（……）」（6—96）

あ、あの蓬のことだ、と読者はすぐにピンとくるのだが、待てど暮らせど、涙のご対面の場はついに訪れない。人買いに売られて離れ離れになった薄幸な姉と弟の縁結び役をつとめるはずの義経は、「蓬？　……。おう、それは麻鳥と申す医師の妻ではないか」(10―394)とちゃんと彼女に接触していながら、老母に与えた約束など、コロッと忘れてしまっている。

なぜ、この伏線、架空の、けれどかなり重要な役割を演ずる麻鳥・蓬夫婦と、弁慶とを結ぶ糸は、うち捨てられてしまったのだろう。生き別れた姉に思いがけずめぐりあい、鬼の弁慶の目にも涙、といったシーンは、なぜ放棄されてしまったのだろう。

うっかり忘れてしまっただけのことかもしれない。けれど、勘ぐってみるならば、架空の人物と実在の人物とを血縁という太い絆で結ぶことに、作者がどこかためらいを覚えたせいなのかもしれない。途上での進行役、そして終了時には幕引き役までつとめる麻鳥・蓬という新顔が、あまり無軌道に漫歩して、物語世界を踏み荒らすことを警戒したのではないか。

とすれば、思いも設けぬ律儀さではある。虚と実の線引き。想像力を存分に解き放っているように見えて、そのじつ、要所では手綱をきっちり締めている。

ひょっとして。思いはさらにめぐる。ひょっとして、そんな節度の埒内(らちない)に飼われたからこそ、清盛という悍馬(かんば)が、しんと黒光りする巨駒(おおごま)へと大成するに至ったのではないか。現に、埒外に育った麻鳥は、ずいぶんと目をかけてもらったにもかかわらず、平々凡々たる駑馬(どば)にしかならなかった。

歴史小説、歴史という埒の内側に小説という悍馬を飼うこと、そのあたりの機微は、まだ、よくわからない。先へと旅しながら思案を重ねてゆくこととしようか。

緩々と――

平将門――――海音寺潮五郎

浅黒い血色のよい顔に、眉のひきしまった、凜々しい感じの顔立ちであったが、目つきに沈鬱なものがあった。（新潮文庫上巻―15ページ、以下同）

「忘るるばかりに」弓を引きしぼる、とは……

小次郎は、嚇と激した。（……）五人張りの強弓に十三束三ツ伏せ、小さな鉾の穂先ほどもある鏃をすげた山鳥の羽をはいだ矢をつがえ、忘るるばかりに引きしぼって、フッと切ってはなった。（上―580、同じ言い回しは、あと一ヵ所、上―323にも登場する。）

矢をつがえたことを忘れてしまうくらい、思いっきり矯めに矯め、怺えに怺えた挙げ句に放つ、そんな感じであろうか。

などと頼りない当て推量をしながらも、視線はどんどん小次郎＝将門が放った矢の先へ、喊声渦巻く戦場へと吸い込まれてゆく。まこと、合戦こそ、この世界の華。

その描きかたが傑出している。勝敗の帰趨を彼我の勢いの差、勇怯だけで説明してしまうようなものぐさは決してしない。兵の数、熟練度、それを率いる将の技倆、戦場の地形やら風向きやら時刻やら、もろもろの要素がことこまかに書き上げられ、どれがどう原因し結果して勝敗が定まるに至ったのかが、緻密に辿られてゆく。

阿修羅となって突撃しているさなか、「おそるべきものを、眼前に見た」（上―583）、戦場のどまんなかにぽかりと空いていた深い凹地、不覚にもそこへ墜ちこんでしまった小次郎主従十騎が、わらわらと群がり来る百騎の敵勢にどう対したか。あるいは、「まことに足場が悪うござりますだ。入って行くべえ口は二つござりますだが、いずれも大軍を一時に通すべえ口ではござりましねえ」（下―550）という釣針形の沼地に拠った小次郎が、四百騎の手勢で四千の兵をどう迎えたか、などなど。

その果てにあってこそ、

> 寡勢を以て大敵を打ち破ったことは、これまでいくどもあるおれらだ。結城の近くで戦った時は、わずかに二百の勢を以て二千数百の敵を破っている。館にあり

あうわずかに十騎を以て敵の夜討を撃退したこともある。常陸で戦った時には味方は千しかなかったのに、敵の六千という大軍を木ッ葉微塵にたたき破った。

（下―573）

最後の決戦に臨んでの、そんな小次郎の述懐も、ああ、そうだった、たしかにあの時も、まさに、とつくづく沁みてくる。

そう、いずれも勝ってきた。痛快に豪壮に凄烈に、「さながらに疾風にのり雷雲に駕し、あらしの乱雲の中に閃電をなげうつ雷神であり、酣戦の中に荒れ狂う摩利支天であ」（下―585）るかのごとくに、勝ってきたのだ。

「勝ったぞ、勝ったぞ、それ、勝ったぞ！……」

「蹴散らせ、蹴散らせ、それ蹴散らせ！……」（下―584）

一の矢、二の矢、三の矢。矢継ぎ早に畳みかけてくる言葉の律動が、気分を昂揚させる。

同じように「さしつめ引きつめ、散々に射」（上―324）られた言葉の矢のあとは、戦場の外にも累々と連なっている。

「好晴の天気がつづき、稲は黄熟し、苅りとられ、収納され、広い坂東の平原は、夜毎の露にぬれ、月に照らされ、乾いた太陽に照りつけられ、木々は黄ばみ、草は枯れた。兵を行るの好季節だ」(中—110)と時の移りゆきを映したり、「至る所に、ヒソヒソ話があり、熱ッぽいささやきがあり、おさえつけたような女の含み笑いがあり、繁みのそよぎがあり、空気が神経質にふるえていた」(上—33)と嬥歌の夜の淫らな闇を照らしたり、「虚脱したような、ホッとしたような、おどろいたような、いかにも人のよげな老人の顔」(中—18)と人の表情をとらえようとして、おっと失敗、少しピンぼけになってしまったり。「ペラペラ、ペラペラ、ドックドック、ドックドック、前のことばがまだまだ相手の耳に入らないうちに次のことばが飛び出して来るといった工合であった」(中—510)。

ことに会話の際には、溢れるようにリフレイン。

「そうしてよいのか、そうしてよいのか、追いかえしてよいのか」

貴子はしがみついた。男の胸に頰をつけて言った。

「そうして、そうして。追いかえして、追いかえして」

小次郎はいとしくてならない。

「そうか、そうか、そうか。そうしましょう、そうしましょう。いつまでも、いつまでも、小次郎の所にいてくれますね」

「いますとも、いますとも。（……）」（中―286〜287）

踉蹌（よろ）めく新皇

どっくどっくと打ち寄せる、そんな言葉の律動の渦中に小次郎は立つ。「烏黒（からすぐろ）の駿足に、黒革縅（おどし）の鎧（よろい）を着、（……）十三束（ぞく）三ツ伏せの大矢を二十四本さしたエビラを林のように負うて」（下―554）、すっくと立つ。あっぱれ坂東一の武者姿である。

けれど、ひとたび戦場を離れると、この男、どうにも性根が据わらない。「男として、見殺しにはは出来ん」（下―196）と義理に引かされて旧知の友に与同し、ひと戦（いくさ）、例のごとく寄せ来る大軍を四分五裂に追い散らしたあと、「そなたは国司と合戦して、国府を乗り取ったのだ。（……）本ものの叛逆だ」と指摘されて、「顔から血の引くのを感じ」、「髪がさか立ち、目が光り、わないにかかった野獣のような表情にな」って絶句する（下―266〜267）。気を取り直して、「天命を奉じ、民の冀（ねが）う所に由って無道を伐つ」(下―286)のだと付け焼き刃の理屈を振りかざしてみたのも束の間、「自分が自分でないような頼りなさ」(下―292)に抱きすくめられ、堂々たる凱旋の隊列を率いながら、「胸にうそ寒い風が吹いている感じがあった。それは不満に似ており、寂寥に似ており、失望に似ており、飢餓感に似ていた」(下―296)などと煩悶するうちに、そのまま潮の流れに押されて、ずるずる新皇の位に昇ってしまう。

まったく歯がゆい限りである。いったん、ことを上げた以上、「この坂東が畿内になり、この石井が京になるのである。まことに前代未聞の大業と申すべきである。大いに期待してもらいたい」(下―367)くらいの景気良い科白は吐いてもよさそうなものなのに、この気炎は小次郎の傍らで軽躁にはしゃぐ興世王のものでしかない。

なぜだろう。作者はなぜ、こんな腑甲斐ない小次郎を選んだのだろう。もっと毅然と天命を引き受ける小次郎、よし敗れようとも、天下を救うてみせんとの清冽なる野望を坂東の曠野にはなばなと散華させてみせる、そんな小次郎のほうが、姿がよいのではないか。なぜ、我が小次郎を「軍事的には天才的な所もあ」るが「政治的には木強な田舎武人」(下―301)として仕立ててしまったのか。「正直すぎる。正直すぎる。図太さがないわ……」(下―440)と海千山千の豪族連に見限られるような。

失望と不信の雲が薄くたなびいてくるのを感じつつ、それでも、ここまで寄り添ってきたからには、彼の最期を見届けずにはおられない。それは、「勝ったぞ、勝ったぞ！」（下―590）と喚（おめ）いて敵陣を斬り散らし、敵将を追いに追って戦野を疾駆する小次郎に突然襲いかかる。

とどろしく空をどよもして、強い突風がドッと襲って来た。とたんに、吹きつけて来た砂塵が目に入ったのであろうか、小次郎の馬はにわかにおどろいて前足を上げておよがせ、漆黒の尾髪（おがみ）を乱し、棹（さお）立ちになった。（下―592〜593）

ところへ一条の鏑矢（かぶらや）が「強いうなりを放って飛んだかと思うと、右のこめかみ近い額にハッシとあたり、四寸ばかりも射こんだ」。「まっさかさまに、岩石をおとすように」落馬する小次郎（下―593）。

風がやみ、あたりが真暗になり、袋が破れたように、沛然（はいぜん）たる豪雨がドッとたたきつけて来た。（下―593）

孤独な末路へ

寒い。篠つく雨に叩かれる冷たい骸の傍らから、いつまでも心が去らない。「勝ったぞ」と信じ切ったまま、この世を駆け抜けていった小次郎。敵の肝をひしいだ無類の弓勢も、葭雀の囀りにほころんだ無骨な顔も、二度と再び帰らない。不条理な運命に巻き込まれ、振り回され、揉みしだかれた果ての、突然の結末。あんまりだ。作者はなぜ、こんなふうに小次郎を死なせたのだろう。なぜ、せめて坂東の新皇という栄誉ある旗でその骸を覆うてやらなんだのであろう。

かじかんだ掌を握りしめて、そんな繰り言をうつつともなく呟いているうちに、ふと気づく。もしや。

もしや、小次郎をこの無惨な敗死、名分も大義もなにもない、追物射に射たおされた野の獣のような死へと追いやったのは、作者じしん「本ものの叛逆だ」という指弾にたじろぐところがあったからではないか。「民の冀う所に由って無道を伐つ」「前代未聞の大業」などという美句に、「胸にうそ寒い風が吹いている感じ」を受けていたからではないか。

凍えた耳底に蘇る。

「（……）わが日の本は、天照大神の神勅によって天つ日嗣のうけつがれる道は定まっています。一時の勢いによって、自ら天位につくなど、道にかなわぬことであります。（……）」（下―361）。学問好きな弟のひたむきな諫言が。

「てまえはただ、空恐ろしいのでございます。唯今なさっていることは、天道にそむき、日本の民の道にそむいたおそろしいことであるとしか思われません。（……）きっと恐ろしい報い、恐ろしい罰が下ります。（……）」（下―361〜362）。古参の郎党の震える言上が。

作者じしん、彼らの声に共鳴するところが多かったからこそ、新皇となった小次郎に、凛々しい世直し人の姿を与えることができず、自らと同じ「うそ寒い風」を吹かせ、風のまにまに蹌踉めかせ、ついには、突風に乗った死の鏑矢という「恐ろしい報い、恐ろしい罰」を受けさせるに至ったのではないか。ずっと小次郎に寄り添い、暁天にこだまする勝鬨も、死地に墜ちての呻吟も、愛妾との痴話げんかに至るまで、すべてをともに過ごしてきて、さいごのさいごで、ついと彼を突き放したのではないか。

なるほど、それで政治に疎い「木強な田舎武人」とあいなったわけなのか。作者に見離されたために、ずんと信念を貫く剛毅な男ぶりでなく、孤影悄然、不満と寂寥と失望と飢餓感に肩をすぼめる、しおたれた新皇姿を終幕に曝すこととなったわけなのか。

「正直すぎる。正直すぎる。図太さがないわ」。安く踏まれる小次郎に感じた歯がゆさの舞台裏を、こんなふうに読み解いてくるにつれ、しだいに、寒風に蹌踉めく小次郎へと心が重なってゆく。作者と睨みあい軋みあい、そしてついには見離されて、「わなにかかった野獣」へと追い込まれる、その孤独な末路へ、ひたと視線が吸い寄せられてゆく。坂東の新皇という大義の旗をはためかせて曠野を颯爽と駆ける勇姿を見たかった、などという注文は、もう、かけらも感じない。

おもしろい。作者と主人公とのあいだに「うそ寒い風」が吹いた時、注文通りの英雄とは異なった、定形外の、それゆえにいっそう心を惹き寄せてやまない面影が浮かび上がってくる。歴史小説の場合、信長にぞっこん、とか、竜馬様ひとすじ、といった具合に、主人公に首ったけのことが多いが、なかには、こんな現象が生ずることもあるのだ。作者に見離された主人公。

かくて、十三束三ツ伏せの矢唸りが、よりせつなく、よりかなしく届く。

「忘るるばかりに」遠くはるかな、一千年の時の隔たりをかるがると越えて。

樅ノ木は残った――山本周五郎

彼は六尺ちかい背丈で、色の浅黒い、温和な顔だちをしている。濃い眉はやや尻あがりであるが、静かな色を湛えた眼は尻さがりであった。おもながで、額が高く、その額に三筋の皺があり、その皺が四十二歳という年齢を示しているようであった。（新潮文庫上巻―18ページ、以下同）

そんな。

終幕、一陣の刺客が走り抜けたあとの昏い舞台に転がる亡骸を前に、いつまでも座り込んでいた。

そんな、酷い、あんまりだ。

ここまで耐えてきたのに。「耐え忍び、耐えぬくことだ」（下―428）。そう彼は言った。お家のため、伊達家六十万石を守るためには、決して藩内に騒動を起こしてはならない。決して一ノ関の挑発に乗ってはならない。幼君の隙をうかがってお家乗っ取りをたくらむ腹黒き後見役。確かにそうだが、しかし、あやつの後ろには幕府が控えておるのだ。あやつは幕府に使嗾されている道具に過ぎぬ。うかうかとその誘いに乗って、藩内に政争の火を燃え上がらせてしまったら、お家取り潰しの口実を幕府に与えてしまう。「火を放たれたら手で揉み消そう、石を投げられたら軀で受けよう、斬られたら傷の手当てをするだけ、――どんな場合にもかれらの挑戦に応じてはならない、ある限りの力で耐え忍び、耐えぬくのだ」（下―430）。

だから耐えてきた。長い長い、十一年もの歳月をただひたすら耐えに耐えてきた。自分は敢えて悪役を引き受けよう、「一ノ関のふところへはいって、かれらの企図をつぶさに探り、（……）事を未然に防」（下―428）ぐ、その困難きわまる役を引き受けよう、彼がそう決意した時も、そこまでせねばならぬのかと唇を嚙みながらぐっと怺え、藩内に奸賊原田甲斐という指弾が広がるのにも耳を塞いで、じっと耐えてきた。

そうしている間にも、敵の攻勢はますます熾んになり、火はやがて眉を焦がし始め。

――八方から覗かれている。

と甲斐は思った。

——あの天床も、柱も、壁も襖も、みんな生きていて、その眼でおれを見まもり、その耳でおれの気息をうかがっているようだ。（下―48〜49）

——なにかが近よって来る。

と甲斐は思った。（……）遠巻きにしていたなにかが、しだいにその輪をちぢめ、力を加えて、彼の上にのしかかって来る、というような感じを、彼は殆んど肉躰にまで感じはじめた。（下―326〜327）

そして、ついに。

——まっすぐに奔走している。

甲斐はそう思った。

——断崖へ向かってまっすぐに。（下―505）

そこで、思うさま爆発するはずではなかったのか。公儀の裁きの場に引き据えられての敵の首魁との対決。この檜舞台で、これまでの怨恨を一挙に晴らす起死回生の大どんでん返しを見せてくれるはずではなかったのか。対決の日が迫るにつれて、「一と当て当てる」（下―516）、「敵の帷幄へ一と矢射こむ」（下―553）と勇ましい科白もちらほらしだして、ああこれでようやっとお天道様が仰げる、「傷の手当てをするだけ」の毎日から解放される、そう信じたのに。

　結局、さいごまで「傷の手当てをするだけ」、いや、それどころか、手当てすらかなわぬ刺客の一閃を無抵抗に浴びて、あっけなく彼は逝ってしまった。居並ぶ老中の面前で音吐朗々と敵の陰謀を暴く、といった胸のすく見せ場を目前にしながら、ついにそれも果たさぬまま。

　達成感がない。いくら六十万石が結果的に安泰だったと説明されても、こんな幕切れではちっとも喜べない。耐えに耐えてきたこの十一年の歳月は、いったい何だったのか。忍びに忍んできたこの千百ページの道行きは、いったい何だったのか。この終わり方はいったい何なのか。

　答えてくれない亡骸を前に、がっくりと座り込んでいた。

「こういうことは厭わしい」

　そこへ細い声が降る。宇乃、甲斐に寄り添って、ずっと歩んできた、あの少女だ。

「――おじさまははれがましいことや、際立つようなことはお嫌いだった」（下―586）

　え。不意を衝かれて、思わず立ち上がる。では。

　では、彼はこれで本望だったのかもしれない。隠忍自重の歳月を肥やしに花と咲く、あるいは花と散る、そんな華々しさで自分を飾る生き方は、もともと彼の望まぬものだったのではないか。

　たしかに。少しずつ確信が形をなし始める。振り返ってみると。

　振り返ってみると、彼じしん、己れの演ずる役回り、敵の陣営に入り、その与党を装いつつ、ひそかに火を揉み消して回る、という奇策に対して、ためらいを表明することのほうが多かった。「なんども云うとおり、私はこういうことは好かない、一ノ関さまの陰謀にしても、その陰謀に対抗する、こんどの計画にしても、私にとっては興味もなし、むしろ迷惑なくらいだ、私は誰にもかかわりなしに、そっとしておいてもらいたいのだ」（上—174～175）、「幾たびも云うとおり、私はこういう事には向かない人間だ」（上—282）。繰り返し、発言している。

私は一ノ関の諜者を逆に使ったのだ、と甲斐は云った。

「こういうことは、私には厭わしい」甲斐は眉をひそめた、「――じつに厭わしい」（下—429）

気負い立って敵陣営に潜入するのではない。嬉々として奇襲作戦を練るのでもない。ためらいつつ、首を横に振りつつ、やむにやまれず、割り振られた役を我が身に引き受けてゆく。

ふうむ。小さく息を吐いてみる。どうやら。

どうやら彼は、我こそはお家のために忠義を貫くのだ、人柱となって伊達家六十万石を救うのだ、といった定番の武士道とはおよそかけ離れた境地に立っていたようだ。むしろ、お家の大事と眦を決し、それこそ男伊達を競い合う周囲の侍たちを、「侍の意地とか面目とか、本分などということで自分を唆しかけ」（下―443）、「なんの統一も秩序もなく、われがわれがと自説を固執し、御家のためと云いながら自分の意志を押しとおそうとする」（下―512）困った輩だと、にがい顔で見ている。

国のために、藩のため主人のため、また愛する者のために、自からすすんで死ぬ、ということは、侍の道徳としてだけつくられたものではなく、人間感情のもっとも純粋な燃焼の一つとして存在して来たし、今後も存在することだろう。
――だがおれは好まない、甲斐はそっと頭を振った。（上―514～515）

「好まない」と頭を振りつつ、しかし自分もまた侍であることから逃れようとはせず、藩のために命を削ってゆく甲斐。「厭わしい」と眉をひそめつつ、しかし筆の軸に密書を潜ませてやりとりする日々を避けようとはせず、偽装と韜晦に明け暮れる甲斐。その胸底に抱えていた葛藤に触れるほどに、彼という人物が大きく見えてくる。そこらの月並みな侍とは違うのだ。「おれは独りだ」（下―446）。額に刻まれた皺が深い。

ならば。彼のあっけない死に波立った心が、しだいに静まってくる。あんがい。

あんがい、こんな終わり方で良かったのかもしれない。刺客の凶刃にかかっての横死。派手な身振りや啖呵や辞世の句や、そうしたもの一切なしに逝くなんて、いかにもあなたらしい。
あらためて彼の死に顔に目をやると、「額の皺が消え、硬(こわ)ばった表情がやわらいで、顔ぜんたいに微笑がうかぶようにみえた」(下―577)。

「世界が違うんだ」

侍であることにためらいを感じつつも、侍として逝った甲斐。そんな追憶に浸っていると、向こうで声がする。新八、侍であることをやめて、三味線弾きの道を選んだあの若者だ。

侍の世界はちがうんだよ(……)。侍というものは、自分や自分の家族よりも、仕える主君や藩のほうが大事なんだ。(……)おれたちにはあんな生きかたはできない。あの人たちからみれば、おれやおまえは堕落した賤(いや)しい人間だろう。おれたちからみれば、あの人たちはどこかで間違っている、この世にありもしないものために、自分や家族をいさんで不幸にしている、というように思える。つまり世界が違うんだ（……）。（下―278〜279）

世界が違うんだ。ぽんと割り切る。いや、ぽんと、ではない。ここに至るまでには、彼も長いこと懊悩のどん底でのたうちまわらなければならなかった。「風呂屋の売女におぼれたりして、役人に追われるような」（下―164）情けない境涯に身を貶し、「まったく、自分をみうしない、溶けて、地面のなかへ吸いこまれてしまう」（上―219）思いに苛まれながら、這い上がってきたのである。嫌ならやめてしまえばいい、額に皺を寄せてまで、気に染まぬ道を行くことはない、昔の侍仲間に嗤われたって構うものか。長い時間をかけて、ようやくそんな思い切りへと辿り着いたのであった。

（新八が登場したついでに、ひとこと。彼のいた道場で揉めごとがあって石川兵庫介が去った際、藤沢内蔵助は代師範として残ったはずなのに〈上―442〉、「藤沢が石川と共に去ってから」〈下―80〉という設定でその後のストーリーが展開しているのはオカシイぞ、というのが、この作品に私が見つけた唯一の〝ほころび〟であった。）

では、侍なんかやめてしまおうという、この新八の決心は、甲斐の眼には、どんなふうに映ったろうか。

彼は解き放されたのだ、と甲斐は思った。新八は安からぬ代価を払ったが、「主従」という関係や、階級や、武家の義理や道徳から解き放され、「自分」を手に入れたのである。自分の好むもののために生き、そのために死ぬことができる。

——そのほうが人間らしくはないか。（下—386）

そうだろうか。ほんとうにそうだろうか。すなおに同調できない。

新八と甲斐、私が惹かれるのは甲斐のほうである。「あの人たちはどこかで間違っている」などと小賢しいお喋りを奏でる「解き放された」三味線弾きより、軛（くびき）の重さに歯嚙みしつつ、しかしそれを解き放そうとはせず、黙って歩いてゆく侍の背中のほうが、何倍も大きく見える。「結局、彼がいちばん仕合せかもしれない」（下—387）と甲斐に呟かせるほどに作者は新八に入れ揚げていて、それがまた、いかにもこの書き手らしくはあるけれど、でも私は、「厭わしい」と額に深い皺を刻みながらも世界のこちら側に踏みとどまった甲斐のほうに、はるかに心惹かれる。

おや、ついムキになってしまった。ひょっとして、作者の術中にはまったのかもしれない。「人間らしい」だの「仕合せ」だのと甘い言葉で新八を飾ってみせたのは、甲斐の渋みを引き立てるためのたくらみなのかもしれない。

とすると、甲斐の額に皺を刻みつけることによって、薄っぺらな忠義の士とは異なった、もっと厚みのある人物像を彫り上げ、さらに「解き放された」新八という引き立て役を脇に配して、彫り上がった像が曳く影の濃さをより強く印象づける。内側と外側と、二つの方向から像に陰翳を付ける工夫が凝らされていることになろうか。

それにしても。「上背のある、筋肉質の逞しい軀」（下―420）を見つめながら、ふと思う。

それにしても、同じ武士なのに、十三束三ツ伏せの矢をつがえて坂東の野を疾駆した、あの懐かしい武者ぶりから、ずいぶんと遠くへ来てしまったものである。

かすかに矢唸りが響いたような気がして見上げると、甲斐がいつくしんだ樅ノ木の尖った梢が、しんと蒼穹に揺れていた。

眠狂四郎無頼控 ―――――― 柴田錬三郎

異人の血でも混っているのではないかと疑われる程彫のふかい、どことなく虚無的な翳を刷いた風貌の持主であった。（新潮文庫1巻―8ページ、以下同）

うっそり――

いつも、そんな現れかたをする。「男は、ひょいとふり向いて、あっとなった。眠狂四郎が、うっそりと、そこに立っていたのである」（2―19）。「うっそりと彳んだ眠狂四郎は、無表情で」（1―119）、「ふところ手で、うっそりと立っていた」（3―235）。

服装も、いつも同じ。

悸っとなって振りかえった縫殿助は、更に大きな衝撃で、息をのんだ。

家斉の背後に、黒の着流しの浪人姿が、異相に微笑をふくんで、うっそりと立

　っていたのである。（3―229）

いつも「黒い着流し」（1―187）、「黒羽二重着流し」（1―8）、「黒衣痩身の浪人姿」（2―285）で、たとえば、敵役のひとり、白鳥主膳の

　亀屋頭巾に、長羽織、優腰にふさわしい思いきり細身の大小の落差し。（3―298）

　片手には、ぽってりと厚い大きな花弁を開いた白木蓮の一枝を提げていた。（3―106）

「匂うように伊達ないでたち」（3―298）からは、はるかに遠い。

「異相」すなわち「血の半分が、異人の」（1―73）「ころび伴天連のものである」（4―15）ゆえの「彫深い面貌は（……）近よりがたい暗い翳を刷いて」（4―144）「冷たく、血の色を引かせ」（2―203）、「全身に返り血を匂わせて、うっそりと、幽鬼のごとく佇んでいた」（6―532）。

如法闇夜

そんな男だから、陽光のほうでもこれを避けるのか、「闇に、さらに濃く、黒影を滲ませて」(3—166)行動することが多い。「如法闇夜の円月殺法だ。来いっ!」(3—79)、地摺り下段に構えた無想政宗の切尖が血煙を曳いて舞うのは、おおむね夜である。

試みに数えてみた。各話ごとのクライマックス・シーンが昼か夜か。全二十話からなる第一巻は、なんと十六話までが夜である(「躍る孤影」「修羅の道」「盲目円月殺法」「嵐と宿敵」の四話のみが昼となる)。「——来たな。月光の中に、くろぐろと浮かびあがった人影ひとつ——」(1—169)。

さすがにこれでは単調になり過ぎると懸念されたのであろうか。以後、茜雲さす船上での異人との決闘(2—295)、水煙かすむ鍾乳洞での鋭槍との対決(4—161)など、変化が加えられるようになり、夜の占める割合は少しく減じるが、それでも第二巻二十話のうち十一話、第三巻同じく二十話のうち十二話、第四巻同じく九話、第五巻同じく十話、最後の第六巻は三十話のうち十六話、トータルで百三十話のうち七十四話と、過半は夜が主舞台の話となる。

その「如法闇夜」のただなかに彳む狂四郎の総身を吹き抜けるのは、「どうにもならないこの魂の曠しさ」（2—361）である。

虚無——これこそが、この「黒い着流し」の男を截り取るキーワードとなる。「虚無の徒」（2—32）、「孤独な、虚無に生きるこの男」（5—318）、「さらに一層深まさった暗澹たる虚無の業念」（1—296）。繰り返し繰り返し、同じ言葉でその心匠が象られる。


狂四郎は、おのれの気力の量を、死魔とのたたかいに、賭けていた。それが、虚無の男の、生けるあかしをたてんとする無慚な現実への反逆であった。（1—386）

かくして、通例の颯爽たる剣のヒーローとは全く異なる主人公が、「ふところ手で、うっそりと」立ちあがる。

彼は「無表情」に述べる。


わたしには、剣をふるって妄心を払い、極意開眼などという料簡が、毛頭ない。立合って、のちに残るのは、むなしさばかりと申上げなければならぬ。無明から生まれて、無明に去る男と思って頂きたい。（6—219）

「一剣に拠って、無明を払わんと心掛けたおぼえなど、ただの一度もない」（5—281）。こう言い切る時、狂四郎の、いや作者の胸中にまざまざと映じているのは、まぎれもなく宮本武蔵のすがた、とりわけ吉川英治の筆になるそれであろう。「虚無に囚われて（……）駄目と思う自分を鞭打って励まし、無為の殻を蹴やぶって（……）驀しぐらに一つの道を突き進む」（吉川英治『宮本武蔵』8巻—89ページ）。そんなあいつとは、俺は違うのだ、俺は「無為の殻を蹴やぶ」らんとする情熱家ではなく、「無明から生まれて、無明に去る」「虚無の男」に過ぎぬのだという、ひそやかな、けれど誇りかな矜持。

そんな武蔵への対抗心は、たとえば、

「皆の衆！　見とどけて下されっ！　こ、この古稀のばばが、有難や、観世音菩薩のおかげで、十年ぶりに、せがれの嫁と不義密通を働いた下種浪人めを、とらまえたのじゃ！（……）」（4—10）

身の程をもわきまえず、息子の仇と狂四郎に斬りかかるという、まさにかのお杉ばばそっくりの設定の辰野おばばなる人物を、ちらりと作中に配してみせた茶目っ気にも滲む。

黒衣、闇、虚無、反武蔵……「異相」の男のみごとな誕生である。

贋狂四郎

ところが。

うっそりと彳むこの「虚無の男」の影が、ふと揺らぐことがある。時を重ね、嫋(たお)やかな「女房」(3―334)を迎えたり、「青い瞳(ひとみ)と褐色(かっしょく)の髪毛」(3―254)の幼児を抱きとったりと、いくたの人びととの交わりを結ぶにつれ、「すこしずつ、その虚無の心匠を易(か)え」(3―353)始めるのである。

――おれも、人間臭くなったものだ。

その感慨が、湿ったものだった。(4―158)

周囲もその変化に気づき、「狂四郎も、どうやら、人間くさくなり居ったわい」（3―342）。そして、

はじめて――左様、この長い物語がはじまってから、いまはじめて、この虚無の男の双眸から、熱い泪が、あふれ出たのであった。（3―251）

虚無の風に吹かれて如法闇夜のなかに彳む黒い着流しの孤影は変わらぬながらも、時として「人間臭」い感慨を湿らせたり、稀には「熱い泪」を溢れさせたり。それは、誌上に登場するや、予想をはるかに超える人気を、その「痩軀」（1―187）に一挙に引き受けてしまった狂四郎が、必然くぐらなければならなかった道なのかもしれない。読者の熱い視線を浴び続ければ、いつまでも、

――くだらんことだ！

並び茶屋のひとつ「東屋」に入って、盃を口にはこび乍ら、狂四郎は、なんともいい様のないおぞましい気分だった。

いつの間にか、江戸の人気者にされているのだ。町人たちは、まるで、自分たちの代表者であるかのごとく受取ってしまっているではないか。迷惑なはなしである。（1―259）

と横を向いてもいられない。「世間のまともなくらしの埒外で生きているようにみえて、いざとなると、人間の一番大切なものがこれだと示す鮮やかな機宜に出てくれることへの信頼」（6―335）を裏切れなくなってゆく。「無学で、やくざな金八にとって、狂四郎の行動こそ、生きて行く上での規範となり、それが自身のよろこびともなっていたのである」（6―335）。

「生きて行く上での規範」とまで熱っぽく見上げられては、「くだらんことだ！」と払いのけもならず、「あの娘を、おれが殺したことになるのだろうか」（6―161）、煩悶する「沈鬱な横顔」（6―163）すら時に覗かせながら、如法闇夜を歩いてゆく狂四郎。「そうでなくてさえ血の色に乏しい貌が、一層蒼く沈んで、暗い」（6―10）。

そんな狂四郎の沈鬱を替わって散ずるかのように、

小鳥を愛でるやさしい心を持ち乍ら、夜な夜な、なんの理由もなく、藁束でも斬

るように生き胴をまっぷたつにしている。生れ損いというよりほかあるまい、この若い男は……。（3—293）

白鳥主膳が江戸の夜を震撼させる。

あるいは、

源八郎が外出していた昨夜、その妻は、素裸にされて、高手小手に縛りあげられ、道場の板の間の中央にころがされていたのである。そして、その白い腹部に、墨くろぐろと、「眠狂四郎、これを犯す」と記してあった、という。（5—24）

「贋狂四郎」（5—7）が跳梁する。

ほんもの狂四郎の「熱い泪」と、にせもの狂四郎の残虐と。揺らぐほんものと潔いにせものとが縺れあって、江戸の夜はいよいよ妖しく、物語の興趣はますます深まってゆく。

春色梅暦

おや。

いつもの癖で、〝暦〟をつくっていて、ちょっとおもしろいことに気がついた。

正編百話、続編三十話、あわせて百三十話の上を流れる時間は六年間。「文政十二（一八二九）年の今日」（1―18）とたった一度だけ告知されて、かろうじて年表の上に繫ぎとめられてはいるが、物語のほうは歴史上のできごととは、ほとんど関わりなく進行する。（ちなみに余計な口を挟めば、6―172および233に「四年前」とあるのは、いずれも「五年前」の数え間違いであろう。）

その六年間の歩みを区切ってゆくと、春の話が特異な動きを示すことに気づく。まずはデータを並べてみると――

一年め。「花見の季節」（1―7）に始まって「仲冬」（1―296）に至る。計十五話。うち、春は「初夏の風」（1―70）の直前までと見て三話。

二年め。いきなり「季節は、めぐって、暑月が来ていた」（1―316）と飛び、「大晦日」（2―132）に至る。計十二話。もちろん、春の話はゼロ。

三年め。「ちらほらと咲いた梅」(2—153)に始まって「五月のなかば」(2—381)までで途切れる。計十二話。うち、春は「なまあたたか」(2—371)になるまでの十一話。

四年め。「正月が過ぎ」(2—402)で始まり「年の暮れ」(5—81)に至る計四十六話。うち、春は「白山吹」(3—258)が咲くまでの十四話。

五年め。「早春の靄(もや)」(5—100)に始まって「青い麦畠(むぎばたけ)」(5—370)に終わる計十五話。すべてが春の話と見てよい。

六年め。続編となる。「早春」(6—9)に始まり「菊花」(6—517)に終わる計三十話。うち、春は「辛夷(こぶし)」(6—315)の花が咲くまでの十八話。

こうやって整理してみると、初めは薄かった春の影が、三年め以降、きわだって濃くなってくることがわかる。一年めは十五話のうち三話、二年めは春をすっぽり飛ばしていきなり「暑月」から入る、という状態だったのが、三年めは一転してほとんど春の話で終始し、四年めも四十六話のうち十四話とやや多め、五年め、ついにすべてが春の話で埋め尽され、続編の六年めも三十話のうち十八話と過半が春の話、という次第である。集計すると、百三十話のうち六十一話が春の話ということになる。

中途から、にわかに濃くなる春の影。「春は、いいですな!」(5—229)。どうして、こうなったのであろうか。

偶然とか、作家の気まぐれとかによるのではなく、やはり作品の気分と響きあってのこと、作中を独歩して行く狂四郎の気分と通いあってのことであろう。では、それはどんな気分か。

振り返ってみる。「すこしずつ、その虚無の心匠を易(か)え」。ひょっとして、あれと連動しているのではないか。徐々に「人間臭」い感慨を湿らせるようになった狂四郎を立たせるには、「寒月の冴えた夜」（1―306）よりも「十六夜(いざよい)のおぼろ月」（3―106）の下のほうが、冷たく澄んだ大気よりも、あたたかく湿った空気のなかのほうが似つかわしい。そんな作家の感覚がおのずと働いたのではないか。「煙のように春雨の降っている真夜中の庭に、花の匂(にお)いがあった」（6―278）。

かくて、虚無の闇の底から、ほんのり「花の匂い」が漂ってくる。そして、

> 一糸まとわぬ純白の素肌が、滑らかな陰翳(いんえい)を刷(は)いて、春の夜気にさらされた時、狂四郎は、つと立って、梅花一枝を手折(たお)ると、ぽんと投げ与えた。（5―153）

その闇のなか、女たちの「真紅の蹴出(けだ)し」（3―228）が、「赤い裳裾(もすそ)」（3―176）が、

「緋鹿の子の長襦袢」(1―111)が、「花びらを撒いたように」(3―228)乱れ舞う。

黒衣・闇・虚無、けれども「花の匂い」。そうやって狂四郎が出来上がってゆく。狂四郎イコール「虚無の男」、ついそう型押ししてしまうけれど、それは、あたたかく湿った虚無、花の匂いが漂う虚無、定型のものからは、ずいぶんと離れた虚無なのだ。

闇なれども春、春なれども闇。狂四郎の魅力は、たぶんそこだ。

――骸骨の上を粧うて、花見かな。

八分ばかりに咲いた桜の花の下に仰臥して、眠狂四郎が、ふと、胸のうちで、呟いたのは、鬼貫の一句だった。

一樹だけ、遠く、ぽつんと離れて、咲いていた。(6―215)

柳生武芸帳——五味康祐

抛り上げられた十兵衛の編笠が柞の梢に引懸っているのが仄かに見える。(新潮文庫上巻—34ページ、以下同)

ざわざわ庭で熊笹が鳴った。(上—155)

違う。ふつうの語順なら「庭で熊笹がざわざわ鳴った」だろう。ところが、「ざわざわ」という音がまず聞こえ、そのあと「熊笹」という主語が姿をあらわす。

ゆっくり、兵庫介は歩き出した。(上—485)

これもそうだ。「ゆっくり」、動きがまずあって、「兵庫介」という主語はあとからついてくる。「疾風のように、再び、千四郎がその跡を追うた」(上—317)。

さきに動き、あとから主語。独特の文体である。練達の剣のように、いきなり核心を抉る文体といってもよい。「微かに、どろんとした眼に生気が甦る」(下―178)、核心は「微かに」、死の直前の光芒のかそけさをこそ際立たせたいのであり、「賀源太はたえずそんな姫から三歩後れて従う」(上―141)、かなめは「たえず」、掌中の珠にぴたりと寄り添う従者の一念をこそ印象づけたいのである。

ある種、悪文でもある。「福女は人にすぐれて嫉妬深かった。稲葉佐渡守の彼女は後妻だが」(上―170)。「彼女は稲葉佐渡守の……」とつなげないと、「福女」イコール「彼女」だと読みとるのに、いささか戸惑いが生ずるのだけれど、それでも「稲葉佐渡守」が前に来る。「嫉妬深かった。」で一息ついて、次の文を起こそうとする際、まっさきに脳裏に浮かんだ「稲葉佐渡守」をぽんと冒頭に投げ出したということなのだろう。

こうした破格の文体が、命と命が斬り結ぶ緊迫の場面に独特の律動を与える。

微かに、天井裏に物音がして、突立った儘の槍がヒクリと動いた。(……)音もなく血が槍の柄を伝い落ちて来る。

(……)

――途端。

「あっ。」
声にならぬ叫びを一同あげた。（下―596〜598）

微かに……音もなく……声にならぬ。何がという主語を置き去りに、音が、動きが、ぐいぐいと情景を引っ張ってゆく。「ようやく、同心達は己れに返り」（下―192）、「思わず、そうして棒立ちになった」（下―296）。引きずりこまれて、もう抜け出せない。さすが手練れというべきか。

気儘頭巾の老武士は

さきに動き、あとから主語。それは文体だけのことではない。

熱田神宮の神殿で対坐している二人の武士があった。
一人は深編笠を傍らにした覆面。他の一人は気儘頭巾に顔をつつんだ武士。
（上―504）

たいていこんなふうに幕が上がる。登場人物はいずれも面を包んでいて、どこの誰とも知れない。

ヒラリと跳躍して武蔵は芒の叢がりを背に、つと停った。くるりと振向く。
「やっぱり兵庫か」（下―481）

ひとしきり情況が動いたあとに、ようやく正体、すなわち主語が明かされるのである。それも一人二人ではない。

点々と後方に跟いて来ている。（……）虚無僧姿あり、女装あり、一団となった編笠の旅の武士もいる。（下―655）

天蓋をすっぽりかぶった虚無僧が大名の姫君だったり（上―397）、鉄漿の口元をほころばせる老女の指に竹刀だこが出来ていたり（下―607）、いやもう誰がだれやら、いちいち詮議している暇もなく、大立ち回りが始まってしまう。

しかのみならず、

「お主、千四郎かい、た、たさぶろうかい？」(上—163)

千四郎に多三郎、瓜二つの双子の忍者まで跳梁して混乱に輪をかけ、「その衣裳をゆずって下さらぬか。」(上—461)、行きずりの夕姫と清姫は互いの衣裳を取り替えて、いやがうえにも事態を紛糾させる。

深編笠に鉄漿に双子に衣裳替えに。とりどりの手だてが駆使されて主語が隠蔽される。顔が隠されたまま、白刃だけが闇夜に舞う。

狭川新九郎に向って『七騎落』を謡いながら、気儘頭巾の老武士は近寄っていった。

（……）

新九郎は又跳び退った。

「……そうか」臓腑を絞るような悲痛な声である。

相手が何者か、もう新九郎には分っているのだ。

（……）

不意に老武士の唇から、謡曲でない一声が洩れた。

「………」

声にならぬ叫びが闇の中におこり、もう謡曲は歇んでいる。闇夜に白刃の交叉するのを慥かに諸役人は見たが、ずい分長い沈黙があったと思われた後に、バサリと、頭上で切られた梢の落ちて来る音がした。（……）良あって、（……）低い、鬼気迫る声が謡いながら静かに此の場を立去ろうとするのである。（下―190～192）

老武士の正体は死にゆく新九郎にしか知らされない。周囲をびっしりと取り巻く諸役人も、むろん読者も、何も知らぬままに固唾を呑んで闇に閃く白刃を見つめるしかない。低く流れる謡いの節回しばかりが耳底に残り、「読めたぞ（……）そ、それは（……）柳生但馬に相違ない」（下―196）と判明するのは、老武士が去ってずいぶんあとのことになる。

同じ構造である。謡う声がさきに流れ、柳生但馬という主語はあとからゆっくり現れる。「ざわざわ庭で熊笹が鳴った」、「ざわざわ」という音がさきに響き、「熊笹」という主語があとから現れるのと、まったくパラレルな構造である。

ここが核心だ。たぶん。

手からキリリ……と鉄扇が

この作品は、よく要約不可能と評される。三巻の柳生武芸帳を争奪する柳生一味と山田浮月斎一党との死闘の物語なのだと、なんとか括ろうとしても、善玉・悪玉の別もなければ、軸になる主人公も存在せず、そのうち味方が味方を斬り、敵でも味方でもない人物があまた右往左往し、そのあいだも屈強の男どもが次から次へと登場しては斬られ登場しては斬られ、話の筋はこんがらがり、もつれあったあげく、未完のまま途絶する。たしかに、あらすじ紹介を許さない特異な作品である。

では、どうしてそんなかたちになったのか。今こうして、「ざわざわ庭で熊笹が鳴った」、動きを先に置く文体と、「気儘頭巾の老武士は」、人物の正体を明かさないまま進むストーリー展開とがパラレルなのだと気づいてみると、その謎が解ける気がする。

核心は「ざわざわ」なのだ。その「ざわざわ」の主語が庭の熊笹だろうが闇夜の梢だろうが、そんなことは二の次、どうでもよくて、ひたすらどんな「ざわざわ」だったか、作家はそれのみを思いつめ、ことばに写そうとしているのだ。

その時覆面の左で龕燈（がんどう）の明りの輪に白刃が躍り込んだ。

「！……」

白刃を摑（つか）んだ刺客は（……）どうと倒れる。

慌（あわ）てて左右に激しく移動した光りの輪が再び庭石の影に映し出した相手は、全身に返り血を浴び、脇差（わきざし）を左手、新たに血の滴（したた）る太刀を右に、ピタリと諸（もろ）下段に構え、

「当方は敢（あえ）て殺生（せっしょう）は好まぬ。退（ひ）け。（……）」（上―278）

この場合の覆面は山田浮月斎なのだが、別にそれが宮本武蔵でも、あるいは柳生一族の誰かでも構わない。刺客の一団に囲まれた覆面が、いかに凄まじき太刀捌（さば）きを披露したか、それをおぼろな龕燈の光に照らし出したいという欲求があるだけなのである。

面（おもて）をさらして戦われる場合でも、同じである。

何か答えれば、瞬間、呼吸の吐かれた出鼻を打たれ十兵衛は敗ける。相手の言葉のおわろうとする寸前を、わざと、だから浮月斎の傍らへ跳び寄った。（……）十兵衛の横薙ぎは外れた。併し浮月斎の手からキリリ……と鉄扇が空に打上げられ、墜ちるときパッと開いて真二つになった。浮月斎の手くびから血の吹き出るのを友矩は見た。（上―379）

息づまる対峙から瞬間の交錯へ。宙に舞う鉄扇、ほとばしる鮮血。それだけを、主語抜きの動きだけを作家の眼は追いたいのだ。

だから、主語が置き去りにされることになる。命と命が斬り結ぶ刹那の緊張をクローズアップするためには、登場人物の個性や体臭は邪魔でしかない。だから彼らはわざわざ覆面や衣裳替えをして己れの匂いをすっぽり隠蔽し、つめたく光る一振りの刃と化して舞台中央に進むことになる。

そういう仕組みであったのだ。この要約不可能な未完の大作の無類のおもしろさのわけが、あわせてこの作品が、いかに特異な実験をおこなっていたかが見えてくる。主語を消してしまう。そのことで動きだけを、剣戟の緊迫感だけをクローズアップする。したがって特定の主人公は置かない。逆に次から次へとたくさんの人物を登場させ、かつ気儘頭巾をかぶらせたり、衣裳替えをさせたりして、それぞれの人物の個性をなるべく殺してしまう。

その工夫は、みごとな成功をもたらした。しのびやかに謡う声、激しく揉みあう龕燈、虚空に打ち上げられた鉄扇。主語抜きの動きだけが、ぐさりと突き刺さる。

そうなった時、ストーリーもまた、作品にとって無用のものとなり果てる。人物の個性やストーリーで引っ張ってゆくのではなく、謡いや龕燈や鉄扇や、それぞれの場面のするどさのみが作品の推進力となるからである。かくて誰がだれやら、あやめも分かぬ覆面の集団に踏みしだかれて、話の整合性はどこかへ見失われ、ただ白刃だけがくりかえしくりかえし闇に閃いて血を吸うこととなる。

これが動きを動きをと求めた剣鬼の行きついた極北であった。必然、作品は未完に終わらざるを得なかったのだ。

ほんの一時交叉して

勝敗は一瞬のうちにつく。

十兵衛と多三郎の太刀が交叉したのはほんの一時（いっとき）である。多三郎の方から不意に駆け出して行って、鋭い気合が双方の口からほとばしり、ついで、両者はとび離れた。

「十兵衛どの」家六が叫びかけた。

庭の暗闇（くらやみ）にぼんやり二つの影が対峙している。

燈籠（とうろう）か何ぞのように、じっと動かない。そばへは如何（いか）な家六にも近寄れなかった。勝負は既に決している！　いずれはどちらかが、倒れる。（下―231〜232）

達人どうしの対決は「ほんの一時」で勝負がつく。「声にならぬ叫びが闇の中におこり、もう謡曲は歇んでいる」。その「ほんの一時」を積み重ねてできあがっているこの世界では、時も特異な流れかたをする。

たとえば、ある一日。「翌朝」（上―372）と宣言されて、その日は始まる。浮月斎一派と十兵衛兄弟の対峙、謎の虚無僧の出現があって、「それから一刻（いっとき）余り後」（上―382）、こんどは娘虚無僧が登場し、「半刻（はんとき）もせぬ間に」（上―393）大名の家臣と行き遭って一悶着し、「それから小一刻（こいっとき）――ようやく暮色のせまりはじめた東海道を」（上―402）となる。

すなわち一刻プラス半刻プラス小一刻で、この日はわずか二刻半、五時間にして日が暮れてしまったことになる。ずいぶんと短い一日だ。

季節の移り変わりにも同様の現象が生じている。

江戸を「晩夏」（上―369）に立った物語は、「翌朝」（上―372）から東海道の宿々に泊まりを重ねながら西へと進み、「四日目」（上―404）に岡部泊、さらに「掛川の宿場から袋井、田原と」（上―412）三泊して浜松のあたりで「秋草の咲き匂う」（上―426）季節を迎える。すなわち、晩夏の江戸を立って九日後に秋となる。ここまではまあよい。

が、その「翌日」（上―464）に「一両日」（上―471）を重ねて尾張に到着した「翌朝」（上―526）、すなわち「秋草」から四日ほどで、なんと「紅葉した欅の葉のそよぎ」（上―554）をみる「晩秋」（上―562）となっている。晩夏から十三日後に晩秋になるなんて、そんな無茶な。

で、たちまち「十二月はじめ」（上―614）になり「桑名」（上―628）から道を急いで「奈良」（上―670）を経由し京に入ったのが「三月十二日」（下―97）の二日後、ここも長くて十日程度のはずがいきなり三ヵ月も経っている。

以後、物語はしばし京に逗留し、ふたたび江戸へ戻って、「八月十四日」（下―416）から「約半月」（下―423）の「明日」（下―490）の「翌日」（下―506）が「九月十二日」

（下―529）。おや。

不備をあげつらおうというのではない。一日が五時間で暮れ、三ヵ月が十三日間で経過する。そのこともまた、この作品の屹立した特異性のあらわれではないかと思うのである。

黄金の時の滴り、そんな感じだろうか。「ほんの一時」の太刀の斬り結びを精細に描写しようとすれば、スローモーションのようにのろのろと時計の針を動かすしかない。そのことに傾注するあまり、ときとして整合性への配慮が犠牲にならざるをえなかったということなのだろう。

すごい実験であったのだ。「ざわざわ庭で熊笹が鳴った」、語順を変えて「ざわざわ」を強める。「気儘頭巾の老武士は」、人物の顔を隠して白刃だけを大写しにする。「交叉したのはほんの一時」、瞬間の描写に没入して、時の歩みすらとめてしまう。そうやって、類をみない剣戟空間がぞくりと立ち上がる。すごい試みであったのだ。

「（……）船が出るぞオ。」（下―701）

この未完の大作の最後にしるされた言葉である。

甲賀忍法帖 ―― 山田風太郎

色白で、ノッペリとして目がきれながで（……）一見、三十になるやならずとみえるのだが、そのくせひどく老人のような気がする。（……）異様な老齢を思わせる魔性の印象が、この男にあった。（薬師寺天膳初登場のシーンより　講談社ノベルススペシャル48ページ下段〜49ページ上段、以下同）

「その口からビラビラビラビラ――と無数の糸のようなものが」（61上）わあ、蜘蛛男だあ。「見よ、見よ、道をこえてむこうの杉木立へ、風か、息か、かぎりもなくみだれつつ、ながい糸が張られてゆくではないか」（61下）。この世ならぬ光景。でも、子細らしくちゃんと解説がくっつく。

風待将監の吐く物質はいったい何なのか。それはやはり唾液であった。人間が一日に分泌する唾液は千五百ccにおよぶ存外大量のものである。思うに将監の唾液腺は、これをきわめて短時間に、しかも常人の数十倍を分泌することを可能としたものであろう。しかもそれにふくまれる粘素が、極度に多量で、また特異に強烈なものであったと思われる。（62上～62下）

そんな講釈が流れているあいだにも、ひぇー、巨大な蜘蛛の巣が、「ははは、伊賀虻三匹、いざ、その名を削って（……）甲賀へ土産とするか」（62下）と迫ってくる。

あれはなんだ。空を覆う一道のつむじ風、（……）蝶だ。蝶だ。幾千羽ともしれぬ夜の蝶、（……）たちまちあたりを霞のごとく銀の鱗粉でつつんでしまった。（63上）

助かった。「一念、人間の感覚の識閾外の何かを放射して」「地上のありとあらゆる爬虫昆虫を駆使する」（63下）娘のおかげで、見よ、糸の粘着力はすべて無効となり、「暗天にゆれ、三日月にふるえる蜘蛛の巣型の蝶の大輪花」（64上）となり果てたぞ。「さすがの将監が茫乎としてただ息をのむばかり」（63上）。

かくて蜘蛛男は干からびた骸(むくろ)と転がった。が、彼は「敵にみせてもまずさしさわりのない、いちばん手軽なやつ」(22下)に過ぎない。まだまだまだ、とてつもない、「茫乎としてただ息をのむばかり」の秘術の持ち主が甲賀・伊賀、あい搏(う)つ両陣営からつぎつぎに繰り出される。

塩に溶ける忍者、「塩の中に体液が浸透して、塩とともに皮膚も肉もドロドロに溶けて、半流動の物体に変化」(74下)し、ぬるぬるひたひた、どんな隙間にも忍び込む恐るべき暗殺者と化す。あるいは、体色を自在に変ずる大入道、「その寒天色のからだが、そこの灰色の壁にはりつくやいなや、まるで水母(くらげ)みたいにひらべったくなり――ひろがり――透明になり――ふっと消えてしまった」(118上~118下)。牝豹(めひょう)のようにしなやかな娘は、「筋肉の迅速(じんそく)微妙なうごめきによって皮膚のどの部分でもが、なまめかしい吸盤と一変」(110上)して、はだえに触れた男たちの血をさわさわと容赦なく吸い上げるし、泥の上に刻された顔型さえあれば、相手そっくりの顔かたちに変身できる百面相男も。

いずれ劣らぬ人外(じんがい)の魔物たち、「四百年、血と血をまぜ合うて、闇の中にかもしあげた魔性の術」(25下)が、今ここに、甲賀卍谷(まんじだに)十人衆と伊賀鍔隠(つばがく)れ十人衆と、敵と味方と十人ずつの精鋭にあい分かれて、ついに宿怨の闘いの幕を明ける。

「ふびんや、しょせん、星が違うた！」（25上）。伊賀組の頭領のお婆の嘆きは、落日のかなたに消えゆく。彼女の孫娘朧は甲賀の正嫡弦之介と、春の恋をはぐくんでいる真っ最中であったのだ。「おたがいに卍谷と鍔隠れの谷をしめつける鉄環をとりのぞいて、まッとうなひろい天地と風をかよわせるのだ」（71下）との弦之介の決意も、かくなっては、そう、駿府の大御所様のご下命とあらば、是非もない。運命に従うて、十人と十人、最後の一人が果てるまで闘うのみ。

「おもしろい！　うれしいぞ」（51上）、奮い立つ両陣営。

闇から闇へ

すべては闇のなかで進行する。

冒頭、家康の眼前での試技だけが、「眩めく初夏の雲を背に」（10下）披露されるけれど、あとの闘いはすべて、まるで明るい陽射しを恐れるかのように、黄昏の、もしくは夜のなかで進行する。順に辿ってみると――

試技の直後、「まっかな夕日にぬれて」（24下）の両頭目の凄絶な相搏ちシーン、引き続いて「月光がいく千匹の夜光虫のように浮動するのみの、無数に林立する杉の山」（35下）を舞台に「骨の鞭」と「肉の鞠」（36下）との死の追っかけっこ、それに「暁の春光にみちた」（46上）なかでのアトラクション若干が加わり、ほどなく「夕焼けの鈴鹿峠の山路」（53上）へ。すなわち昼の描写がすっぽり抜けたまま、第二夜へと突入する。

以後も同様で、「夕闇ただよう街道」（56下）での激闘が果てて「闇の山河」（67上）を妖風をひいて馳せ戻ってきた一団が、「夜明けの卍谷」（89上）にすべりこむと、次のシーンはすでに夕刻、「銀いろの雨がななめにしぶいているばかり」（101下）の往来での扼殺（やくさつ）。ついで、「夜明け前」（106下）の塩蔵（しおぐら）の中での組んずほぐれつ、及びそこから派生したいきさつののち、いきなり「雨はあがったが、暗い黄昏が迫っていた」（126上）。

後半、物語が甲賀・伊賀の地を離れて、東海道を東へ東へ、駿府の家康めがけてさまよい出でてからも、背景は黄昏と夜ばかりである。

伊勢湾には夕霞（ゆうがすみ）がおりて、船のひく水脈（みお）のはてに朱盆（しゅぼん）のように浮かんだ落日の妖異で豪華な美しさは、艫（とも）の間（ま）に坐った人々の心を恍惚（こうこつ）とさせた。（160下）

　この世のものならぬ死闘の終わった駒場野に、風の音のみのこった。（……）ただ蒼白い月の鎌が、銀色の草の波を刈っているかにみえるばかりであった。
（182下）

揺れる船中での蛞蝓男とカメレオン入道の大立ち回り、草の穂を薙ぎつつの猫眼呪縛と鎌鼬の激突、趣向はさまざまに変ずれども、刻限はつねに黄昏か夜。ラスト、「青い月明の駿河灘」（241上）に幕が下りるに至るまで、指おり数えると十二の夜が、ぬばたまの夜ばかりが連ねられてゆく。

　加えて、「おまえの目は、七日七夜とじて開かぬ」（129上）、あの恐ろしい秘薬。朧と弦之介と、それぞれの陣営の若きエースの通力は、いずれも瞳に秘められている。朧のは破幻の瞳、「彼女が、ただ無心につぶらな目をむけるだけで、あらゆる忍者の渾身の忍法が、紙のように破れ去る」（70上）。弦之介のは黄金の瞳、その閃光に射すくめられた敵の「術はおのれ自身にはねかえって」「忘我のうちに味方を斬るか、あるいはおのれ自身に凶器をふるっている」（123上）。

　ところが、この無敵の通力は、闘いが始まるとほどなく封じられてしまう。運命をかなしんだ朧はみずから、かの秘薬をまぶたに塗り、翌晩、弦之介も奸計に墜ちて同じ秘薬を顔に浴びせられてしまうのだ。「恐ろしい瞳は消えた。どうじに鍔隠れの太陽も消えた」(129下)。両陣営とも太陽を失ったまま、闘いに突入することとなる。太陽を失ったまま、たがいに「目がふさとじられている」(214下)頭領を擁したまま。そして闘いはいつも夜。ふかぶかと重なり縺れる闇と闇。

闇夜の月

あのときは、闇に手綱が付いていたのに。

思わずふりかえる。『新・平家物語』。架空の人物と実在の人物とが入り乱れ縺れ合う一大絵巻を操りながら、作者はさいごのさいごで架空と実在のあいだに厳然たる一線を画することを選んだ。弁慶という実在の人物に蓬という架空の姉を引き合わせることを、ぎりぎりのところで断念した。

また、これは後に見ることになるが、『真田太平記』での真田幸村と草の者お江のあいだの緊張関係も示唆的である。奔放に天翔ってゆこうとする闇の力お江を、幸村という御者が歴史の地平にがっちり繋ぎとめ、そうした両者の鬩ぎ合い、葛藤が作品世界を支えてゆく。

ところが、ここでは闇がほしいままに跳梁跋扈する。大御所家康は闇を御するどころか、むしろ闇を解き放つ側に回る。愚鈍なる兄の竹千代と聡明なる弟の国千代と、さてどちらに徳川の家を嗣がせるか、迷いに迷って、しからば甲賀と伊賀の忍法争いで決着させよとべらぼうな号令を発してしまったのだから。

かくて「四つの手足で、巨大な狼のごとく疾走し」(59下)きたり、「宵闇の底に海鼠のごとく模糊とうごめいて」(57下)、おもての光ある世界、歴史の晴れ舞台とはまったく無縁の異形の者どもが、闇から闇へ、敵を殺す、ただその本能のみに駆られて、てんでに跳び、舞い、刺す。

と言って、まったくの野放図、場外乱闘ではなく、闇には闇なりのひそやかな秩序がこめられている。

たとえば、散り逝く者の員数。甲賀・伊賀あわせて総勢二十名の忍びの者がこもごも闘いつつ、しだいしだいに斃れて、その数を減じてゆく運びとなるが、夜ごとの闘いで斃れた者を数え上げてみると、第一夜、相搏ちにてまず二名、第二夜、三たびの闘いにて三名、第三夜もやはり三名、一夜置いて、第五夜から第八夜までは毎晩きっちり二名ずつ、二夜置いて第十一夜にさらに二名が逝き、第十二夜、さいごの夜には両陣営ひとりずつの生き残り、朧と弦之介が対峙するに至るという、なかなかきれいな減少曲線を呈している。

しかも、二十名それぞれにきちんと見せ場が用意されている。たいていの者は一人ずつ獲物があてがわれ、存分におのれの技を披露する機会が与えられる。なかには一人で四名も屠る猛者がいたりするので、獲物にあぶれる者も出るが、そうした場合にも、試技や小競り合いを演じさせるなど、なんらかの手だてによって、どの術者も一度は舞台中央で凱歌を奏でることができるように配慮されている。見渡したところ、伊賀組の小豆蠟斎だけが、ちょっとやられっぱなしでかわいそうかな、と気づかわれる程度である。

かつ、これらのすべてが、星取り表をつくって子細に検討しなければそれと意識されないほどに、ストーリーは奔放不羈に跳ねまわり、あまたの小道具や伏線をめまぐるしく手玉にとって、終幕の若いふたりの対決へとなだれてゆく。みごとである。二十名もの大人数を一冊に乗せて、毫も破綻や窮屈を感じさせない。まったくもってべらぼうな手腕である。

でも、やった！　一ヵ所だけ、「七日七夜」つづく秘薬の効力が切れる瞬間まで周到に計算に入れて緻密精妙に組み上げられたこの宇宙に、たった一点だけ、ほころびを発見したのだ。

月、である。朧に弦、ふたりの主人公の名前にもとられている月。第一夜、日が沈んでまもなく「青い三日月」（27下）が出、「夜明け前」には「糸のような三日月が、西の山脈に沈みかかっていた」とある（28下。ほかに29下～30上にも「三日月」）。第二夜でも星がまたたき始めた頃あいに、「また竹林に三日月がのぼった」（58下。ほかに64上・73上・79上にも「三日月」）。

ところが第七夜、またしても「糸みたいな月がのぼって」（169下）「うすい月光」（170下）を撒く。「蒼白い月の鎌が、銀色の草の波を刈」る（182下）。

そんなバカな。三日月の六晩のちに「糸みたいな月」がのぼるなんて。第十二夜が「五月七日」（236下）とあることから逆算すると第七夜は五月二日。もちろん陰暦のはずだから、この夜の「糸みたいな月」のほうが正しくて、第一・二夜が間違っているのである。だいいち、夜明けとともに沈む三日月なんて、この地球上ではありえない。

この地球上ではありえない。そう、ここは人外の魔境。とてつもない奇想がくろぐろととぐろを巻き、史実という大地の引力などものともせず、悠々と闊歩する。

彼の足はほとんど土をふんでいない。片手に一刀をひっさげたまま、その髪は

樹々の枝に蛇のごとくからみついて、そのからだを空中に浮かせつつ移動してゆくのだ。(146上)

茫乎としてただ息をのむばかり。

竜馬がゆく――司馬遼太郎

「異相じゃな（……）あんたのお名は、なんと申される」

「坂本竜馬だ」

「眉間にふしぎな光芒がある。将来、たったひとりで天下を変貌させるお方じゃ」（文春文庫第1巻―28ページ、以下同）

「お見やーン」

京都池田屋の二階に甲高い気合が弾ける。来襲した新選組を迎えて、今しも血戦の真っ最中。あれは竜馬の塾生、土州人の亀の声だ。

「お見やーン」

と素っ頓狂な気合をかけては、踏みこみ踏みこみ踏みこみして斬りむすび、やがて路上にころび出たときは、手傷と返り血でぐしょぐしょになっている。（5―108）

ほどなく衆寡敵せず、志士側は全滅という惨たる結末に至るのだが、それでも、この掛け声がどこか剽(ひょう)げた余韻を残す。「お見やーン」。

いったいにそんな感じを受ける。この長い作中を旅していると、血しぶき吹きすさぶ重々しい史劇のはずなのに、あっちこっちからドタバタ喜劇の匂いが漂ってくる。

そう言えば、竜馬自身が襲われた時には、旅宿の娘のおりょうが風呂から裸で飛び出して急を知らせに来てくれたのだった。びっしり槍ぶすまを構える捕吏を前に、竜馬は笑っておりょうに向かい、「お前(まん)にその姿でうろうろされてはこっちは真面目に客人と応答できぬ。着物のある場所までおさがり」（6―258）。しかるのち、壮烈な斬り合いへ。

あるいは、「幕兵がもし押し寄せてくれば、島津七十七万石の実力と名誉にかけて一歩たりとも入れるな」、伏見の藩邸を出陣する薩摩の大将は下命する。けれど、

> 藩邸で居残って幕兵をふせぐべき人数は、一人であった。一人にこれほどの「大命」を凜々(りんりん)とあたえるところが、薩摩の家風をほうふつさせておもしろい。（6―276）

といった調子で、「いよいよ大芝居がはじまる」（8―236）と緊張して観客席に坐った心が、いつしかほころんでくる。

そして、「この大芝居には、適役は坂本さんしかありませんね。千両役者ですよ」（6―147）、と囃されて颯爽と舞台に駆け上がる「千両役者」がこれまた。

蓬頭垢面、「空をむいて鼻の穴でもほじくっているような風情」（8―88）の大男、「羊かん色の紋服、よれよれの袴」（4―392）、「やがて竜馬は用足しをおわり、手についた小用のしずくを、両びんの毛をかきあげてこすりつけた」（4―186）、「あいかわらず、きたない」（3―334）。議論に熱中すると羽織の紐を解き、その房を嚙み、かつ振り回す癖があって、「房から、つばがとぶ。相手は、雨に遭っているようなものだ」（3―403）。

つばと一緒に、その口から迸り出るのは突拍子もない法螺である。聞きかじった西洋事情を種に、「おらァ、ニッポンという国をつくるつもりでいる」（3―272）、「アメリカでは、大統領が下駄屋の暮らしの立つような政治をする。なぜといえば、下駄屋どもが大統領をえらぶからだ。おれはそういう日本をつくる」（3―414）と途方もない夢を膨らませる。何しろ、「おれは、この六十余州のなかでただ一人の日本人だと思っている」（7—384）のだから大威張りだ。たしかに、志士のなかでは「とびぬけて異例」（7—398）な「あだたぬ者（間尺にあわぬ者）」（7—259）である。

その竜馬が珍しく人前で泣いた。

晩熟の千両役者

（なにごとぞ）

と、一同は竜馬の膝の上の後藤の文章をのぞきこむと、なんと大政奉還の実現がありありと報じられているではないか。

（……）

やがて、その竜馬が顔を伏せて泣いていることを一同は知った。

（……）

大樹公（将軍）、今日の心中さこそと察し奉る。よくも断じ給へるものかな、よくも断じ給へるものかな（……）

（……）竜馬は自分の体内に動く感激のために、ついには姿勢をささえていられぬ様子であった。（8—307〜308）

ずっと笑って生きてきた男であった。権柄(けんぺい)ずくの役人に怒鳴られても、「この男のくせで、ただだまってにこにこ笑っている」(1—177)。攘夷論者の横行を「ああいう神がかった馬鹿者(べこのかあ)どもの理屈には、おれはなっとくできんぞ」と眺めながらも、無用な論戦を好まず「いつも愚のごとくにこにこ笑っている」(3—165)。剣戟(けんげき)のさなかにも「くすくす」(2—73)笑って相手の殺気をするりとはずし、父の訃報に接しても「へらへらと笑っている。妙な男でこういう顔つきをする以外に、いまの悲しみを堪える方法を知らなかった」(1—376)。「にやり」(2—240)「にたにた」(1—367)「うふっ」(3—211)「わっ」(2—166)「げらげら」(3—344)「『あっははは』と、馬鹿笑い」(4—180)、ずっとそうやって生きてきた。

その彼が泣いている。同志の注視するなか、「体を横倒しにし、畳をたたき」(8—307)「声をふるわせつつ」(8—308)泣いている。「『わっ』と竜馬の周囲に歓声があがった」(8—309〜310)。

とうとうやった。法螺から真(まこと)が飛び出した。竜馬のやつ、ほんとうに歴史を動かしてしまいよった。「あのおひとは、御政道を京都様へ献上するなどと大法螺を吹きやるが、(……)将軍(くぼう)さまの御代(みよ)が、どうひっくりかえるものかい」(2—352)。そう笑われ続けてきたのに、武力倒幕でなく大政奉還によって政権の移譲をはかるという「大法螺」をとうとう実現しおおせたのである。

思えばここまで、長かった。「まったく晩熟（おくて）である」（3—211）。「多くの同志が、天誅の血に酔っているときに、この天才的な剣客は、航海術に熱中していた。およそ激動する時勢と歩調があわず、一見、道草を食っている駄馬にみえた」（7—259〜260）。過激派志士が無惨に散った寺田屋の変の際も、

（馬鹿）

竜馬は、暁闇（ぎょうあん）の天を見あげた。（……）

（まだ、早すぎたのだ、時期が。――）

無駄に命をすてた連中への、言いようのない怒りである。（3—59）

「人が事を成すには天の力を借りねばならぬ。天とは、時勢じゃ。時運ともいうべきか。（……）時運はまだ来ちょらんぞ」（4—301）。「時機が、わるい」（5—62）。「時運を見ぬかねばならぬ」（6—100）。幾とせ待っても同じ。「また竜馬の時運論か」（7—126）。

そうなると、法螺ばかり吹いて、ふわふわと海の夢を追っかけている竜馬より、

「半平太、おれは土佐をあきらめちょる。河原の石っころ地とおなじだ。お前がいかに耕しても、物は植わらんよ」

「その石っころを一つ一つとりのけるのだ」（2―371）

竜馬があっさり見限った土佐藩にあくまでしがみつき、血塗れになって「石っころ」と格闘しつつ逝った武市半平太や、あるいは、きりきりと「国事」（3―211）に奔走する長州の桂や薩摩の西郷らのほうが、ずんと凜々しく見えてくる。じっさい、「読者諸氏。いましばし竜馬から眼を離して頂きたい」（4―145）、物語はしばしば竜馬を置き去りにして進行する。

それが、さいごのさいごで「千両役者」のもとに戻ってきた。「若者はその歴史の扉をその手で押し、そして未来へ押しあけた」（8―374）。潮に灼け、街道埃にまみれた無骨な、洋服のボタンすらはめることができなかった（7―234）掌が、「ニッポンという国」への扉を押しあけた瞬間。「ぱっとあたりに光明が走り、東方の暁闇に朱が点じた。見るみる赤光を滴らせつつ陽が昇った」（4―375）。「血のさざめき立

つような感動」（6―139）。

人よりも一尺高く

その「千両役者」が、あるとき、「幕府は砲煙のなかで倒す以外にないぞ」と息捲く同志にこんなふうに諭した。「しかない、というものは世にない。人よりも一尺高くから物事をみれば、道はつねに幾通りもある」（8―25）。「人よりも一尺高く」。身のたけ五尺八寸、「当時としては人目を驚かすほどの大男」（3―345）であった竜馬らしい科白である。

そして、竜馬のほかにもう一人、この「人よりも一尺高く」を実践した男がいる。しかも「近視の目をそばめ」（7―258）て見ていた竜馬より、はるかによく利く目を以て。

作者である。「時運」の行く末をしっかり見据えたその筆は、つねに事柄の先へ先へと回って、読者を懇切に導いてくれる。その灯火があるから、安心して維新前の「無明長夜」（6―271）を渡ってゆける。おりょうの宿で竜馬が襲われた時も、のちに竜馬が兄に書き送った手紙ではこの場面をこう書いているといった叙述が初っぱなに置かれ（6―256）、読者は、なるほど、百人からの捕り方に囲まれたのに、竜馬は無事にこの場を切り抜けられたのだなと安堵して、じゅうぶんに活劇を堪能することができる。

個々の事件だけではない。幕府、長州・薩摩・土佐・会津ら雄藩、京都の朝廷、在野の志士、さまざまな勢力がてんでに沸き立ち、離合集散を重ねる複雑な幕末の政治情勢も、千葉道場の塾頭をつとめた竜馬さながら、すぱりすぱりと小気味よい比喩で斬りとってみせてくれる。薩長の反目は「二ひきの恐竜の尾のように、すさまじく歴史のなかでのたう」ち「そのために何百の人が死ぬ」（4―158）と。長州藩の都落ちは、「天皇も公卿（くげ）も、惚れられて憎かろうはずがない。はじめは長州藩に好意的であった。が、しだいに長州藩の惚れかたが、当時の地口（じぐち）をかりれば、『悪女の深情け』に似てきて」（5―7～8）と。

史眼、と呼んでよいだろう。これがあるから叙述にぴしりと筋が通る。「余談ながら」（7―261）と断って挟（さしはさ）まれる数限りない「閑（ひま）ばなし」（8―56）、この藩では以前こんな事件があった、この人は明治になってからこんな人生を歩んだ、といった具合に、たわわにぶら下げられたエピソードも、ぴしりと聳える幹を隠すことはない。

じっさい、「人が蔓（わご）っちょるようじゃ」（7―136）、これだけ多数の、しかも錯綜した人間関係を織り上げておきながら、一筋の破綻も見せない仕事ぶりは驚異と言うほかない。全篇くまなく探索してみたけれど、おや、家臣に「おい、おれはいつ将軍になるんだ」と維新後に間抜けな質問をしたのは、3―58では毛利のご当主になってるのに、7―397では島津のお殿様になってる、ヘンだな、という、たった一点の綻びしか私には発見できなかった。

ただ、この史眼、「一尺高」いだけに高飛車になりがちでもある。明君を以て聞こえた土佐の山内容堂も、「智者容堂は、英雄の風ぼうをもっている。しかし不幸にも、自分の智にとらわれている」（4―40）、「この殿様の欠点は、自分自身の利口さ、度胸に陶酔しきっているという点だ」（3―263）と宣告されてしまう。薩摩藩を率いる島津久光など、先君の「斉彬（なりあきら）とくらべれば人間と泥人形ほどの差があり、その泥人形が、（……）風雲のなかに打って出ようとしたのである」（5―32）と、さんざんである。「策謀家とはいえ、（……）しょせんは出羽の戦国以来の旧家育ちのお坊ちゃん」（4―100）と斬って捨てられた志士もいる。「泥人形」だの「お坊ちゃん」だの、あの酷烈な時代に生身を曝して命限りに駆け抜けた人間に対して書斎から贈る言葉としては、いささか礼を失しているのではないか。

どうやら、作者自身にもこの性癖への自省があるらしく、ある土佐藩士を紹介する途上で、「筆者は、佐佐木三四郎の人柄に一種の悪意を感じているらしい。書きながら、そのように気づいてきた」と述懐し、なぜに自分はこの男を好まないのかと自問して、今まで登場してきた「圭角（かど）のある、傾いた、どこかに致命的な破綻（はたん）のある人物」とは違うからだと自答したりしている（8―38）。

かつて竜馬は言った。

「男子はすべからく酒間で独り醒めている必要がある。しかし同時に、おおぜいと一緒に酔態を呈しているべきだ。でなければ、この世で大事業は成せぬ」（8―109）

「独り醒めている」境地に佇み「人よりも一尺高く」から透徹した史眼を光らせる作者。しかし同時に、土佐や薩摩のお殿様がたとも「一緒に酔態を呈して」放歌高吟して欲しかった気がする。そうすれば、「泥人形」と筆先であしらうよりも、さらに深みのある世界が構築できたのでは。

けれど、そうなると、

いや、度しがたい。徳川時代の階級制、身分制、封建的権威主義ほど日本人をわるくしたものはない。（4—231）

あの独特の啖呵の勢いは失われてしまうかもしれない。醒めることと酔うことと——とりどりのスタンスで「大芝居」を打ち続ける手だれの作家たち。

「お見やーン」

そっと呼びかけてみた。〝菜の花の沖〟に届くように。

国盗り物語——司馬遼太郎

貌は、異相であった。（……）顔は面ながで、ひたいは智恵で盛りあがったようにつき出ている。下あごは、やや前に出、眼に異彩があり、いかにも機敏そうな男である。（新潮文庫1巻―8〜9ページ、以下同）

——うそだ。

そんな谺を道連れに、庄九郎は思うさま疾駆する。

冒頭、麻の襤褸に野太刀一本引っ提げ、さて、かなたのあぶれ牢人どもをぶった斬って運を開こうとする、その刹那、手下を鼓舞するために胸をそらして。

「（……）おれはあの北斗七星をみて、（……）将来の将来のおれの相をみた。

（……）」

「あなたさまの将来は、どうなるので」

「不滅の名を英雄列伝にのこす、とある」

　うそだ。（1—16〜17）

出世街道の途次、美濃へと流れ、この見知らぬ土地におのれの根を喰い入らせるべく、ところの名族土岐頼芸の御前にうやうやしく伺候した折にも。

「おもしろい男だ。朝、登城するときにその日の運命がわかるのか。いったい、人間には運命というものがあるのか」

「ござる」

　うそだ。（1—359）

　徒手空拳、三寸の舌と才覚だけを頼りに素牢人から油問屋の大旦那へ、大旦那から青鈍色の肩衣も涼やかな知行取りへ、くるりくるりと変化して、ついには主を唆して大乱を巻き起こし、まんまと美濃一国を我が手に収めるまで。庄九郎、のちの斎藤道三の国盗り双六が、ずんずん繰り展べられてゆく。

その疾走感に文体もひたと寄り添う。「庄九郎、馬上。」（2―216）「庄九郎。」（1―130）単簡きわまる言葉で場面をぴしぴし転換させていったり、あるいはこんな例も。

庄九郎は大掛矢（おおかけや）をとりあげ、柄（え）のはしをにぎり、ゆるやかに虚空（こくう）に弧をえがきはじめ、やがて弧をえがく速度がはやくなり、うなりを生じて回転したかとおもうと、

ぐわあーん

と門を打撃した。（2―96～97）

「庄九郎は」と始まったセンテンスの主語が、中途で「大掛矢」に化けたかのような、やや不安定な一文となっている。かと言って、律儀に「と、その大掛矢は門を打撃した」などとやっていたのでは、この一文の勢いは死んでしまう。さかまく疾走感が文を流線形にしたとでも言おうか。

「その変報をもたらしたのは、手代の通夜のあけた朝であった。耳次がもたらした」（2―150）。これなども、「変報がもたらされたのは」と、文法通りにもたもた受け身で表現していたら、切迫感が蒸発してしまおう。勢いのなかにあるからこそ許され

る、真似のできぬ不思議な破格と嘆ずるよりほかない。

類似の現象はストーリーを連結する際にも発生する。土岐頼芸から愛妾深芳野（みよしの）を槍の賭け物として巻き上げた際、せめてひとこと別れの言葉を、と追いすがる頼芸を庄九郎は「ご未練でござる」と冷たく遮って、さっさと彼女を連れ去った（1―388）。うかうかと寵姫を奪われた、鈍重な殿様の情けない阿呆面（あほう）が大写しになる。が。

「あの男には」

と、頼芸は、深芳野を離すとき、ひそかに彼女にささやいた。

「秘めて云（い）うな。その胎内の子はあの男の子であるがごとく、生め」

やがて男児が出生した、ことはすでにのべた。（2―179、同様の叙述は2―348にも見える。）

阿呆面だったはずの頼芸が、いつのまにか隠微な復讐鬼へと変じてしまっている。齟齬と難ずれば確かにそうなのだけれど、しかしストーリーの流れからは、かの時は阿呆面が、この時は復讐鬼が、やはりどうしても欲しいわけで、これはおそらくは齟齬であることには、ほとんど頓着せず、辻褄合わせより物語の勢いのほうを優先した、その結果なのであろう。（同じようなストーリーの歪みを、あと二ヵ所見つけた。1―111と126と146有年峠の件を告白した時期、3―147と157「廃嫡」。）

センテンスを撓め、ストーリーを軋ませる。それほどに、この大旋風の膂力は凄まじい。

ののさま、つややかに

その大旋風に、時おり艶めいた香りが立ち混じる。庄九郎の生涯の想い妻、お万阿の白い肢体が、砂塵舞う美濃の原野のかなたに浮かぶ。

出遭ったばかりの有馬の湯壺、縁にひろがる苔のしとねの上で。

庄九郎はざぶりと湯から半身をあらわし、お万阿を抱きあげた。（……）

「見て進ぜるゆえ、動くな」

「厭や」

といったが、臥かされてしまっている。（……）

「これが、ののさまか」（1—111～112）

いくめぐりもの年を経てのち、闇に沈む破れ御堂で。

「お万阿、診て進ぜる」

と、庄九郎はやさしくつぶやいた。（……）

庄九郎は力をこめてふたつの脚をひらかせ、そのあいだに燈明皿をさし入れ、両脚のつけ根にある隆起と窪みに明りをあたえた。（……）

かつてお万阿は、たわむれてこの場所を、

「ののさま」

とよんだ。仏さま、という意味の童女のことばである。（2—288）

もし、このつやめきがなければ、国盗りの覇業をいかにあざらかに成し遂げてみせても、庄九郎の一生は、はるかに索漠たるものとなり終わったろう。「人間、善人とか悪人とかいわれるような奴におれはなりたくない。善悪を超絶したもう一段上の自然法爾のなかにおれの精神は住んでおるつもりだ」（2—255）などという自負も、そらぞらとしか聴こえなかったろう。お万阿という香袋を懐中したればこそ、国をひとつ盗ってみしょうわい、という稀代の男ぶりも、けざやかに匂い立つ。

　よしや、〈我が子〉に背かれて非業の死を迎えることになろうとも。


「くだらぬ双六だったと思うか」

「さあ」

「人の世はたいていそんなものさ。途中、おもしろい眺めが見られただけでも儲けものだったとおもえ」（3―184）

光秀、謹直に

　ここで、風が歇む。物語は後半へ。織田信長編と銘うたれているが、じつの主人公は明智光秀である。信長、「けーえっ」と叫び（3―196）、「デアルカ」と頷き（3―65）、いたって口数少なく、「どういう神経でできあがっているのか、つねにおなじ表情のしゃっ面をぶらさげていっこうに動じた様子もな」（4―387）い、この奇矯な男は、「光秀はなかば（……）憂え、なかば興味をもって、光秀自身がその秘かなる才能の競争相手としている信長の出方を見守っていた」（4―376）と、光秀の目の高さから見上げられつつ、描かれゆくこととなる。

それは、「妙なものだ。筆者はこのところ光秀に夢中になりすぎているようである」（3―429）と、作者にとっても、やや意想外の運びであったようだが、信長という巍々たる山頂へと歯噛みしつつ攀じてゆく光秀の形相が大きく迫り上がってくることで、桶狭間に姉川、長篠に本能寺といったよく知られたストーリーに、あたらしい陰翳が加わることとなった。

庄九郎の薫陶を受けた謹直の士が、「秘かなる才能の競争相手」と目していた、いやむしろ「所詮は、出来星大名か」（4―11）と軽侮すらしていた人物のとほうもない巨きさに打ちひしがれ、「相手の金銅仏のように重々しい像に威圧され、あやうく自信を圧殺されそうにな」（4―473）り、やがて「神仏をも蹴殺したくなるほど凶暴な気持」（4―536）に衝き上げられ、ついに「自分の生命を一個の匕首に変えて他の生命へ直進する単純勁烈な暗殺者」（4―562）と化するまで。こちらも一幅の、なかなかに興趣ぶかい双六となっている。

けれど。

「おれはか丶らりとせぬな」（4―251）

作者をも感心させた庄九郎。その突き抜けた明朗さの対極に光秀はうずくまる。

光秀じしん苦笑している。「からりと」（2―113）、「あっははは」（1―389）と、とにかくよく笑った庄九郎。「なるほど、あんたの行為はいつも晴れている」（2―151）と

だから、風が吹かない。心が舞わない。大旋風に吹きなぐられた前編の爽快さが身のうちに強く残っているだけに、いくら精妙に光秀の懊悩を彫琢（ちょうたく）してみせられても、気分はいっかな昂揚してこないのである。お万阿も洛外の小庵に隠棲してしまったし、ええいもう、「朝倉氏は、近い将来にとうてい京へ出ることは絶対ない、といえる」（4―65）、そんな些細な表現のたゆたいにすら、尖った眼を向けたくなる。果ては、信長のように、光秀の金柑（きんかん）頭を摑（つか）んで振り回したくなる。

（うっ）

と、光秀は堪（こら）えた。

（……）

「百年、汝（うぬ）と話していても結着はつくまい」

信長にとって、光秀の頭を摑み砕きたいほどにやりきれないのは、光秀が平俗きわまりない次元の住人のくせに、（……）賢(さかし)らにも自分を説きたがるところである。

「阿呆っ」

信長は光秀の頭をつかんだまま、力まかせにころがした。これが、信長の「言葉」であった。信長は、つねに言葉をもたない。（4―394）

では、「平俗きわまりない次元の住人」ではなく、かの巨(おお)いなる革命児のほうを主人公に据えたなら、後編にもごうごうたる颶風(ぐふう)が吹き荒れることとなったろうか。わからない。が、かなりむずかしかろう。信長という人物には、既にあまたの画家の手で入念な彩色が施されてしまっている。癇性(かんしょう)、酷薄、傾(かぶ)き者、合理主義者。共通したイメージ、色あいでひとびとの心中に固定されてしまっている。その生涯も、いつどこで何をしていたか、日々の詳細な年譜が提供されてしまっている。どうあがいても、庄九郎を描いたように、まっさらな絹布に思うさま画筆を叩きつけるような芸当はできそうにない。絵筆の奔放な走りを呼び物とすることはできそうにない。だからこそ、「言葉をもたない」巨人を光秀の低みから見上げる、という新手の描法(びょうほう)が案出されることとなったのだ。

とすると。

歴史小説に風を吹かせるには、庄九郎のような、まっさらな漢(おとこ)を捜してくるのが一番、ということになる。

ならば。思考がついと跳躍する。古代に材を索(もと)めてみる、というのはどうだろう。時を遡るほどに史料は少なくなる。かなりの細部まで光があてられてしまっている中近世と違って、名のみ高いけれど、その事績は茫々たる記憶のかなたに霞んで、という英雄たちが、かの地には静かにさんざめいているのではあるまいか。

用心棒日月抄 ―― 藤沢周平

又八郎は長身で、彫りが深い男くさい顔をしている。痩せて見えるが、肩幅は十分に広く精悍な身体つきだった。そのうえ人を斬って国元を出奔し、世を忍んできた月日が、二十六歳の風貌に若干の苦味をつけ加えている。（新潮文庫13ページ、以下同）

青江又八郎には冬が良く似合う。

又八郎は（……）夜具をはねのけて起きあがると、爪先が破れている足袋をはいて、腰に刀を帯びた。尾羽打ち枯らした感じの浪人者の姿が出来上がった。（……）台所の隅の米びつをのぞく。暗い光の中で、底に散らばっている米を手で掬ってみた。

――ざっと二食。（……）それも粥にして二食である。事態は急迫している

（……）。

外へ出ると、寒気が身体を包んできた。灰色のいまにも雪でも降り出しそうな寒空が、江戸の町の上にひろがっている。（320）

行く先は口入れ屋、「どちらにお勤めでございました?」「北の方のさる藩じゃが、わけあって申しかねる」（9）、藩内の政争に巻き込まれてやむなく許婚の父を斬り、国元を出奔してきた又八郎が貰える仕事は、せいぜいが日銭稼ぎの用心棒、ときには素草鞋でもっこを担ぐ人足でも否やは言っていられない。

そうやって又八郎は待っている。国元から送られてくる刺客を幾たびか斬り伏せながら、いつか許婚の由亀が自分の前に現れ、父の仇と名乗りかけてくる日を。そのときは「斬られてやるしかあるまい（……）かつての許婚として、してやることはほかに何もない」（321）、そのことで「ただ糊口をしのぐために生きているような日日に、何らかの形でけりがつくだろう」（321）と、その日が来るのを、あてどなくただ待っている。

けっきょく予想外のかたちで「けりがつく」までの、ほぼ二年にわたる又八郎の江戸での用心棒暮らし、そこで行き逢ったさまざまな人模様が、折しも世間を騒がせた赤穂浪士の一件を絡ませながら、十話に分けて綴られてゆく。

冬の話が多い。第一話、春なのに「どことなく寒ざむしい」(8)口入れ屋の格子戸の内に足を踏み入れたところから始まり、「日射しが、まぶしい」(52)第二話、「まぶしいが日射しはそれほど暑くな」(78)い秋となった第三話を経て、第四話は「日暮れ前から風が吹き出して、寒かった」(134)、第五話は「外は氷るような月夜で」(182)と、いずれも冬となる。そして「早春のかすかな冷えが入りこ」(203)む第六話のあと、第七話ではいきなり「秋の日」(244)のもと「川は寒ざむとした光をたたえ」(280)、ついで「冬近い日暮れの空を映した」(300)第八話、「いまにも雪でも降り出しそうな寒空」(320)の第九話と続き、みぞれが去って「硬く、寒ざむとした」(373)星あかりに照らされる第十話で締めくくられる。四・五・八・九・十の五話が冬、春と秋の話も「寒ざむしい」空気に包まれており、夏の話はひとつしかない。

それが、又八郎に良く似合う。口入れ屋の板敷の上り框に初めて腰をおろし、「たちまち尻の下から冷えが立ちのぼって(……)みじめな気がし」(8)て以来、犬の番、手習いに通う町娘の付き添い、大名屋敷の臨時警護など、定めなき雇い先を転々としながら、米びつの底を覗き覗きのその日暮らし、「窮迫すると、考えることまで小さくかじかんでくる」(319)と自嘲しつつ、「生きのびるために人を斬って」(321)

ゆく、そんな姿に、「いまにも雪でも降り出しそうな寒空」が良く似合う。
凍てつく寒さのなか、それでもさいごに明るみがひと刷毛（はけ）。ようよう国元に立ち戻った又八郎は、留守をまもってきた祖母に向かい、

「苦労かけましたな、ばばさま。しかしもう安心でござるぞ。今夜からは、ゆっくりおやすみなされ」

口になじんだ科白（せりふ）だと思ったら、江戸であちこちの用心棒をひきうけたとき、胸を張って言った言葉だった。（377〜378）

温暖化現象

しだいに寒さが緩んでくる。

『用心棒日月抄』（以下、Ⅰと略す）は読者の人気に支えられてシリーズ化し、『孤剣』『刺客』『凶刃』（いずれも新潮文庫、以下、Ⅱ・Ⅲ・Ⅳと略す）と続編が書き継がれることとなったが、巻を逐うにしたがって、しだいに日脚が伸び、寒さが緩んでくる。

まず、Ⅱ＝『孤剣』。いったん国元におさまった又八郎は、内密の任務を与えられ

て、やむなく脱藩し、懐かしい江戸の口入れ屋を再訪する羽目となる。用心棒で日銭を稼ぎながらまる一年、何とか使命を果たして帰国するまでの顚末が八話構成で語られてゆくが、その季節ごとの内訳をみると、「春 酣」(Ⅱ—26)の第一話、「梅雨に入って」(82)第二話、「釣りしのぶ」から水がしたたる(131)第三話、「秋の夜」(198)に第四話、「木の葉が色づいて」(224)第五話、「凩が吹き過ぎて」(287)第六話、「師走の夜空」(335)に第七話、そして第八話で春に戻って「あたたかい日射し」(379)と、ちょうど四季に各二話ずつ、きれいに割り振られている勘定となる。寒風に打ち震えてばかりいたⅠとは、ずいぶんの違いである。

Ⅲ＝『刺客』で、寒さはさらにやわらぐ。国元におさまった又八郎が、半年もたたず、またまた内密の任務のために脱藩し江戸へと、お馴染みの筋立てで始まるⅢも八話構成である。第一話で「北国の秋」(Ⅲ—9)を発って江戸へ、第二話には〝季語〟が見あたらないものの、第三話でまだ秋の「椎の実が落ち」(104)ているのに、第四話ではもう「木の芽がほぐれ」(133)、第五話で「梅雨」(175)に降り込められ、「蚊がとび回って」(212)第六話、第七話には「明るい秋の日が降りそそぎ」(274)、おしまいの第八話のみが「白っぽい裸木に覆われて」(329)冬、という次第となる。冬は、たった一話きりになってしまうのだ。

Ⅳ＝『凶刃』に至り、針はとうとう対極へと振れる。十六年後、またしても秘密の任務を帯びつつも、今度は江戸詰の近習頭取という堂々たる役付きで出府した又八郎の活動は、話を分かたず、ひとつながりの筋として辿られてゆくが、「二月に入って旬日が過ぎた」（Ⅳ―5）頃に幕を開け、「むっとするほどに暑い照り返し」（113）、「暑い日が容赦なく頭上から照りつけて」（239）と、もっぱら炎熱に炙(あぶ)られながらの道行となり、「秋が深まって」（363）終息する。

冬に閉ざされたⅠから、バランス良く四季が配されたⅡへ、冬が一話きりに減ったⅢを経て、さらに暑熱のⅣへ。きれいに段階を踏んで推移してゆくわけだ。なぜに、こうした〝温暖化現象〟が生ずることとなったのか。

それぞれの作品ごとに又八郎が置かれた境遇の変化と連動しているのではないかと思う。

Ⅰで、いつかは許婚に斬られてやろうという漠然とした結末しか思い描いていなかった又八郎の状況は、Ⅱ以降、がらりと変化する。同じく空き腹をかかえて江戸の町をさまよいながらも、

――なに、帰ろうと思えば帰れるわけよ。

任務を投げ出して、黙って帰国したら、中老はおれをどう扱うかな、と考えてみる。(……)おれをほうり出すことは出来まい。(Ⅱ—166)

任務遂行という、くっきり目に見える目的があるし、もし中途で挫けても「帰ろうと思えば帰れる」のである。

Ⅲになると事情はさらに好転し、又八郎の江戸行きは、理不尽な中老の頤使(いし)によるのではなく、Ⅱで又八郎を助けた女忍びの佐知(さち)の危急を救うためという朗々たる名分を掲げてのこととなる。

Ⅳに至っては、近習頭取という役付き、「いや、ごりっぱになられましたな」(Ⅳ—69)、古馴染みの口入れ屋に見上げられての江戸入りで、もう用心棒づとめに齷齪(あくせく)することもない。

そうした又八郎の境遇の変化と、各作品を流れる季節とが、ひそやかに響きあわされているのではないか。そうやって、同じ登場人物、似通った舞台設定のシリーズでありながら、いや、そうであるからこそ、作品ごとに気温を変化させてみようとしたのであろう。手練(てだ)れらしい、こまやかな芸である。

でも。

やはり私は、寒風に震えながら米びつの底を覗いていた頃の又八郎が、いちばん好きだ。何かの目標に向かってというのではない「あてもない日日」（Ⅰ―321）の底知れぬ寂寥に痺れるせいであろうか。

女のぬくもり

日脚が伸びるにしたがって、女の影が濃くなる。佐知だ。Ⅱの冒頭、「表情の固い美貌と、落ちついた物腰」（Ⅱ―36）で又八郎の前に現れた女忍びの佐知は、しだいしだいに又八郎の心に深く影を落とし、ついに、

「今夜は、泊ってもかまわぬのだな」

「はい」

又八郎は、匂（にお）う女体を深々と抱きこんだ。（……）料理茶屋さざ波はことごとく灯を消し、子（ね）ノ刻（午前零時）の闇の中だった。闇の中にかすかに風の声がした。（Ⅲ―298）

北の故郷に残してきた由亀、その「藩内で評判の美貌」（I―179）の白い顔が「おぼつかなく遠く思われる」（I―321）のみであったIでの日々に比べて、華やぎがさす。が、「かすかに風の声がした」、その華やぎは所詮つかのま揺らめいて消えゆくものでしかない。由亀と佐知、ともに「堪えに堪えて感情を表に出さない」（IV―206）合わせ鏡のような二人。名付け親の含意は幸（ゆき）と幸（さち）でもあろうか。つかのまの、儚（はかな）いさいわい。

その儚さをより際立たせようというのだろうか。いったいに、この作品世界の女たちはうつくしい。半月ひと月の短いつながりしか持たない仕事先で又八郎が出会うのは、「思慮深げなきれいな眼（……）光沢のある白い肌」（I―201）の商家の内儀や、「浅黒い瓜実顔（うりざねがお）で、ととのった目鼻だち」（II―130）のおきゃんな少女や、「眼もと口もとに、人眼を惹（ひ）く色気がある」（III―214）囲われ者や。

用心棒仲間である髭面の大男の細谷を狭苦しい裏店（うらだな）に訪ねて、意表を衝かれたこともあった。

やたらに子供ばかり生むと細谷がこぼすので、又八郎は細谷の妻を、年中青い顔をして、頭に頭痛どめの鉢巻でもしめている、貧にやつれた女のように考えていたのである。

だが想像ほどあてにならないものはない。細谷の妻女は、ごく丈夫そうな美人だった。（……）血色のいい頰、黒く澄んでいる眼は娘のようで、どう見ても二十半ば、細谷とは十近くも差がありそうな若い女だった。（Ⅰ―164）

これも又八郎の仕事仲間で、「余分なほどに長い顎」（Ⅱ―39）をした貧相な浪人米坂の妻女も、「やつれてはいるが上品な、若いころはさぞ美貌だったろうと思われる女である。およそ似つかわしい夫婦とは言えない」（Ⅱ―280）。

うらぶれた男たちに、うつくしい女たち。「およそ似つかわしいとは言えない」こうした不均衡が、つかのまの華やぎにいっそう儚さを添え、別れの非情さをいやましに募らせる。


見送っていると、およねはしばらく行ったところで、向う岸に見える越前屋を振りむいた。そして今度は足ばやに遠ざかり、その姿は河岸の人通りに紛れた。（Ⅱ―120）

歳末にむかう、どこかあわただしい人の歩みの中に紛れて、小さく遠ざかるおりんのうしろ姿を、又八郎は欄干によりそって立ちながら見送った。

後を追いたい気持が動いたのを、又八郎はこらえた。追わない方がいいと思ったのだが、それは重い気分になって胸に残った。（I―318）

佐知は（……）深ぶかと一礼し、すぐに背をむけると足早やに宿（しゅく）の中に引き返して行った。背をまるめ下うつむいたその姿は、やがてかすむような濁った光に包まれている宿の雑踏にまぎれて見えなくなった。（II―386）

誰ひとり、浅い縁（えにし）に終わった女も深い契りを結んだ女も、誰ひとり又八郎を振り向かない。

鬼平犯科帳――池波正太郎

ときに長谷川平蔵は四十二歳。
小肥(こぶと)りの、おだやかな顔貌(がんぼう)で、笑うと右の頰に、ふかい笑(え)くぼが生まれたという。（文春文庫1巻―27ページ、以下同）

大川（隅田川）が、中天からの春の日をうけてとろりとしていた。（6―77）

全百三十六話の駘蕩(たいとう)たる流れを、ゆっくりと漕ぎ下るにつれ、さまざまな人生模様が打ち寄せては退いてゆく。

たとえば、間取りの万三(まんぞう)。「お元の、うすい胸乳(むなぢ)の上へ、万三は、ごぼごぼと血を吐いてしまった」（5―8）、仕事先の商家の間取り図を盗賊に売る労咳(ろうがい)病みの大工が、鬼平こと盗賊 改(あらためかた) 方長谷川平蔵に命を拾われ、「お前、あと三月(みつき)も保(も)てばよいほうだな（……）死にぎわは、きれいにしろよ」（5―41）、小判を与えられて追っ放されるに至る。

たとえば、討ち入り市兵衛。「こいつはね、長谷川さま。盗人どうしの大喧嘩でごぜえやすよ」（21―144）、人を殺めてはならぬという掟を守り抜く「本格の盗賊」が、血なまぐさい畜生ばたらきの外道めがけて「脇差を躰ごと突き入れ」（21―163）、みずからも果てる。

たとえば、大川の隠居。「日増しの焼竹輪のような」（6―188）老船頭が、じつは元盗め人、「おれの腕も、これで鈍っちゃあいねえ」（6―195）、豪胆にも平蔵と智恵比べに及び、さてその顚末は。

あとからあとから、たくさんの人びとが訪れては去ってゆく。

消えた暦

おやと思う間に、ふっと時が巻き戻った。

この大川に漕ぎ出でて、ほどなくのことである。天明七（一七八七）年の春から起こされた筆が、平蔵の活躍を一事件一事件、年を逐ってするする説きすすんで、二十三話め「五年目の客」で寛政五（一七九三）年の秋まで下り、次の「密通」に至って、ふっと「それは、天明八年（西暦一七八八）十一月末のことであったが……」（4—84）、時が巻き戻った。そこからまた、こんどはぐっと速度を落として、時が新たに刻まれ始める。

これはもちろん、連載の進行とともにひろく支持を集め始めた鬼平さんを末永く栄えさせるべく、当初の構想が変更され、それまで一話で一年進むこともあった時の流れをいったん堰きとめて、あらためてゆっくり大切に時を刻み進むこととしたからであろう。

以後、桜花（はな）が散って（14—88）、春雨がけむって（14—139）、若葉が薫って（14—140）、梅雨に降りこめられて（14—188）、といった具合に、一話ごとに季節はゆったり移ろいゆく。

そしていつしか、時を刻むことも忘れられて。じっさい、「寛政四年の正月を迎えて」（7—41）のちは、「明けて元日」（7—199）、「年が明けた」（9—125）と、ただ単に年の移り変わりが辿られるのみで、いつの年と特定されることは絶えてなくなる。暦が消える。

となると、歴史家の血（？）が覚えず騒いだりして、いったい何年分の歳月が流れ去ったのか、ある日、生真面目にページを繰って数えてみた。前記の寛政四年以降の年の変わり目を順に押さえてゆくと、7—199、9—125、11—300、13—146、17—9、19—186、21—75、22—349、24—48、都合九ヵ所、すなわちさいごの年は寛政十三＝享和元年にあたると知った。

すると、二ヵ所ほど、あれれ？　が見つかる。密偵のおまさが「七年前」に盗みをしたと述べられている箇所（13—147）は、寛政八年正月に該当する計算になるけれど、おまさが盗みの世界から足を洗って平蔵の密偵となったのは八年前の天明八年十月のこと（4—136）だから話が合わないぞ。それから「十年前」には盗賊改方はまだ平蔵ではなかったと述べられている箇所（21—210）は、寛政十一年春に該当する計算になるけれど、平蔵の就任は天明七年九月（1—27）で、以来十一年半が経過しているから、これまた話が合わないぞ。

いずれも時の経過が実際より少なめに見積もられており、作者じしん、かほどに長き歳月が作品の上を流れ去ったとは、よも思わなかったのではあるまいか。

（ことのついでに、小さなあれれ？　を少しだけ。与力の佐嶋が平蔵の配下に入ったのは、1—143によると寛政元年、平蔵の盗賊改方就任から二年後だから9—254で「就任すると同時」と説明されているのは誤り、3—96「男鬼の駒右衛門」は二十年前、平蔵の父の代の安永年間の盗賊なので、3—136・182で当代のこととして語られるのは誤り、それから22—271のは？）

「お吉」は「お峰」の誤り、と私がようよう見つけたのは三ヵ所だけでしたけれど、皆さま

消えた少女

ふっと時が巻き戻って。

以後、同じ流れに棹さしているように見えながら、よくよく水底を透かしみると、二すじほど、ささやかな乱れが渦巻いているのが目にとまった。

一つは――

時が巻き戻る以前、「京には、いろいろとなつかしげなこともござりましょうほどに、ゆるりと行っておいでなされませ」（3―39）、妻女の久栄に送り出されて、平蔵は激務の骨休めに上方へと旅立ったことがあった。寛政五年の春から初夏にかけてで、京に奈良に大坂、旅先でも「いくつかの事件にかかわり合い、だいぶんにはたらく」（3―269）く、そのさまが四話ほどに分けて綴られている。

が。

巻き戻されたのちのストーリーが、ふたたび寛政五年の「桜花も散りつくし」た頃

合いに差しかかっても、平蔵は「風邪をこじらせ、七日ほど床につい」て、「なあに、案ずるな。疲れやすめのつもりでいるのだ」（8―25）、寝床のなかでのんびり骨休めを決め込んでいるばかり。

一見あれれ？　なのだけれど、でも私には、作者はこの齟齬をじゅうぶん承知の上で平蔵を江戸から旅立たせなかったのでは、と思える。以後の長い長い歳月のなかで、平蔵はほとんど江戸を離れない。いちどだけ熱海に湯治に赴いた（13―7）ほかは、甲州街道を西へ府中の宿まで「一夜泊りの短い旅」（8―250）をしたのと、多摩川を渡って丸子の宿（現川崎市）まで出張った（15―253）のが、目につく程度である。

変化を嫌ったのではないか、そう思える。ここは暦を失った世界、「同じだ。いつも、同じ顔だ」（21―78）、だから十年一日のごとく、同じ町なみを舞台とするのが似つかわしい、そんな判断だったのではないか。亀戸天神の「総門前の鳥居を潜り（……）門前通りを西へ（……）天神橋をわたると（……）横十間川に沿った道を南へ」（18―84）、あるいは「小体で品のよい料亭や水茶屋などが立ちならん」（12―205）だ池ノ端仲町の裏通りをぶらぶらと、あるいは松蟬鳴き頻る秋葉大権現の参道を、「白い帷子を着ながしにして、塗笠をかぶり、（……）大刀を落し差しに、例のごとき浪人姿の市中見廻り」（20―174）の平蔵が、今日もゆく。家並みのかなたに大川がとろり。そんな身になじんだ世界から動きたくなかったのではないか。

　さて、いま一すじの乱れは――

　お順は（……）養父母の平蔵や久栄にも馴つき、六歳のいまが可愛ゆいさかりであった。その、お順の姿が見えなくなったというのだ。（3―273）

　孤児となった盗賊の子お順の薄倖を憐れんだ平蔵は、これを手元に引き取り、わが養女として大切にはぐくむ。ところが、お順はこの誘拐事件から助け出されてほどなく、時が巻き戻ったのを境に、ふつりと消息を絶ってしまう。

　なぜだろう。平蔵夫妻とともに役宅に引き移り（4―15）、家族の一員として暮らしていたはずの彼女は、なぜ何の挨拶もなく消えてしまったのか。

　うっかり忘れられたというのではあるまい。これも私は、作者がじゅうぶん承知の上でわざとしたこと、と思えてならない。似たようなケースを、もう一例、目撃できるからである。

消えた犬

犬である。雪の本門寺、曲者(くせもの)の白刃に斬り立てられて、あわやという危難をはからずも救ってくれた行きずりの柴犬を引き取ってクマと名付けた平蔵は、

ちかごろは平蔵、朝、庭先で吠えるクマの声に目ざめるのが、たのしみで仕方がない。(9—186)

喜楽煎餅(きらくせんべい)など食べさせながら(9—290)可愛がっていたのだが、役宅詰めの同心たちにしばらく愛嬌を振りまいていたこの犬も、11—218を境に、ふつりと姿が消えてしまう。

お順もクマも、いったんは平蔵の懐に抱きとられた小さくいとけなき命は、なぜに中途であっさりと放り出されてしまったのか。

その愛らしさのゆえではないか、と考えてみたい。お順を平蔵の手元に置き続ければ、やがて蕾が開き、匂いやかな娘ざかりを迎えさせなければならない。あかるい輝

きがそこに備わってしまう。おそらく作者は、それを嫌ったのではあるまいか。

なにしろ、この世界の女どもときたら、「小肥り(こぶと)の、盤台面(ばんだいづら)で、わしなんか金をもらっても嫌(いや)だとおもうような」（10―246）のは少し極端としても、「げじげじ眉毛(まゆげ)に金壺眼(かなつぼまなこ)」（12―248）の妓(おんな)だの、「狆(ちん)ころが髪を結(ゆ)っていやがる」（14―45）とからかわれる下女だの、「二十五、六の女の化粧気もないきりっと引きしまった顔だちの、その鼻のあたまにかなり大きな黒子(ほくろ)がついている」（2―94～95）とあれば、まあ上等の部類に属そうかという按配で、うっかり可憐な乙女など配したら、たちまちに均衡が崩れてしまう。

男も同様である。盗賊改方を翻弄した美形の妖盗(ようとう)葵小僧(あおいこぞう)ですら、

大鏡台の前へすわり、（……）銀製の耳かきのようなもので鼻のつけ根をいじりはじめる。

するとが……彼の高く美しい鼻が、ぽくりと顔から剝(は)がれた。

つけ鼻なのである。（2―171）

といった体たらく。平蔵も「年寄りに、雨は苦手(にがて)よ。腰が痛んでな」（14―223）、ぼや

きながら、臥床(ふしど)に腹這って「亡父遺愛の、後藤兵左衛門作の銀煙管(ぎんぎせる)」(20―214)をくわえている。およそ颯爽などという形容からは程遠い姿である。

おとなの世界なのである。少女のお順はおろか、犬のクマすら入り込めない、ごつごつしたおとなの世界なのである。


「これ、駒造」

「へ……?」

「お前、その野良猫(のらねこ)のような目の光を消せ」(17―271)

ここでは、誰かひとりが、きわだって輝くことは許されない。

走る密偵(いぬ)

おとなの世界。同じことを、もう少し理屈っぽく言うと、こうなろうか。

「人間(ひと)とは、妙な生きものよ」

「はあ……?」

「悪いことをしながら善いことをし、善いことをしながら悪事をはたらく(……)」(8―129)

あるいは「人という生きものは、だれしも多かれ少かれ、悪事をはたらいているものさ」(20―224)。

悪事をはたらく者とそれを懲らしめる者、盗人と捕り方、悪と善とがきびしく対峙する場にもかかわらず、いやそうした場だからこそ、両者がきわどく浸潤しあう。盗賊のなかにも、血を流さぬ「本格」と「皆殺しが一番いいのだ。痕跡が残らねえからのう」(1―107)とする「畜生ばたらき」と二派の流儀がせめぎ合い、かたや捕り方の主力は、

ここにあつまった六人ほど腕の利いた、しかも長谷川平蔵のためには、

「いのちも惜しまぬ……」

という者は、他にいない。(12―159)

相模の彦十、小房の粂八、おまさら、いずれももとは盗賊の身で、「てめえ、狗に成り下りゃあがったか」（18—66）と元の仲間に蔑まれながらも、平蔵のために挺身することを選んだ密偵たちなのである。

そして、その彼らを率いるのが、「いまのわしは、若いころの罪ほろぼしをしているようなものじゃ」（21—226）、若年時には放蕩無頼で鳴らした平蔵、という構図となる。

ふむ、きっとそれで、

「御頭が何故、凝と辛抱をなされ、やつらを泳がしておいでなのか」（22—287）

「（……）お頭は、来年の夏ごろに最後のお盗めをなすって、足を洗い、江戸へ来なさるつもりだ」（7—59〜60）

平蔵も盗賊の頭領も、ともに「おかしら」と呼ばれているのであろう。

いや、こんな小理屈、「口に出しては味ない、味ない」（18—78）か。気の向くまま、艪の向くまま、「小体な気安い料理屋」（15—29）に船を舫って、極上のひとときを過ごそう。

酒の肴（さかな）は、芹（せり）の新漬（しんづけ）に、蛤（はまぐり）と葱（ねぎ）の饅（ぬた）であった。

ちょっと芥子（からし）のきいた味噌の味かげんもよい蛤の饅を口へ運んだ長谷川平蔵が、

「春だのう」（21―174）

剣客商売──池波正太郎

ちらりと小兵衛(こへえ)の眼が開き、やさしげに閉じられた瞼(まぶた)の底から針のような光がのぞいた。そして、すぐにまた両眼が閉じられた。(新潮文庫1巻─17ページ、以下同)

「その秋山(あきやま)小兵衛という老人は、さほどに手強(てごわ)いのか?」(16─161)

そのことである。

「何しろ、とんでもねえ爺(じじ)いで……」(15─175)

「ばかめ」

すっと身を退いた小兵衛の腰から、国弘の一刀が鞘(さや)走った。

「ぎゃあっ……」

一人が、翻筋斗(もんどり)を打って転倒する。

(……)

くるりと小兵衛の、細くて小さな老体がまわったとき、またしても一人が、

「むうん……」（2―277）

強い、強い。時には腰の物すら抜かず、「傍らの薪をつかんで、ひょいひょいと五人へ投げつけたものである。それは、鳩へ豆でもあたえるように気軽な動作に見えたのだけれども、小兵衛の手をはなれた薪はするどく空間を疾（はし）り、曲者どものひざがしらを襲った」（1―52〜53）。

時には強敵あいてに剣術の奥義を披露し、

「見たか、大治郎（……）無外流（むがいりゅう）・居合のうち、霞（かすみ）の一手じゃ」（16―246）。

その「とんでもねえ爺い」も、四十歳年下の妻おはるにかかると、手もない。


今朝早く、白くふとやかな大根を洗っているおはるに、小兵衛が、

「ほう……お前がお前の足を洗っているようだのう」

と声をかけ、

「先生のばか」

おはるから、ひどく叱られたものだ。（2―78）

あるいは、おはるに舟を漕がせて大川を行きながら、「わしと夫婦になってから、船頭ぶりもあがったぞ」「そうですかあ」「そうとも。腰の入れぐあいが、見ちがえるようだよ」「先生のばか」（3―256）

鰻坊主

「ばか」と叱り叱られつつ、齢六十を越えた小兵衛をめぐって、さまざまな事件が起きては熄み、起きては熄みして八十七の話が繰り延べられてゆくわけだが、じつはこの小兵衛、どんな容貌の持ち主だったのか、どこにも言及がない。人並みはずれた「矮軀」（12―35）であること、そして「この日の小兵衛は愛用の軽衫ふうの袴をつけ、大小の刀を帯び、竹の杖を手にしている」（13―9）といった具合に、その折々の出で立ちについては丁寧に述べられているのに、顔の造作については「白髪あたま」（1―13）以上のことは述べられない。

少し意外である。というのは、一話ごとに小兵衛の前に現れては消えゆく者たちの容貌については、じつに手あつい描写がなされるのが、つねだからである。

日に灼けた顔にしわが深い。五十を五つ六つはこえているだろう。
ひろく張り出した額の下の眉毛だけはくろぐろとして、両眼の眦が耳のあたりまで深く切れこみ、鼻は長くふとい。
そのくせ、下唇がたれるほど厚い口もとの下から急に、顔の肉が刮げ取られたように細くなり、顎の先が尖っている。（5―225）

一話かぎりで姿を消す浪人について、これだけの描写が費やされる。「若者の額はぐいと突き出し、その下の両眼が、これに負けじとむき出されている」（2―131）。「濃い眉の下に、木の実のように小さな眼がまたたいている。ふとい鼻の、その左の小鼻傍に大豆の粒のような黒子が一つ。齢のころは三十五、六」（14―8）。たくさんの顔が明滅する。

男は動物にたとえられることが多いようだ。「まるで蟇蛙が、そのまま人間になったかのような」（11―150）、「獅子頭のような顔を泪だらけにして」（10―217）、「鰻坊主」（4―218）、「先生。（……）二日酔いの狸さんが来たよう」（4―7）。

女もさんざんで、「ふっくらとした色白の顔」（11―185）とあれば上出来、「眉・眼・

鼻・口が何やら四方へ飛び散っているような顔の造作」（12―59）だの、「色、あくまで黒く、骨の浮いた細い躰の乳房のふくらみも貧弱をきわめてい、（……）頬骨の張った、妙な顔つき」の「牛蒡のお松」（10―96～97）だの。で、そのお松が掠れ声に言うのだ。「お饅頭の餡の味は、食べてみなけりゃあ、わかりませんよ、旦那」（10―97）。

賑やかこの上ない。蟇蛙に、狸に、牛蒡に、さまざまな顔が賑々しくさんざめき、渦巻く。なのに、渦の中心にある小兵衛については、まるで言及がない。なぜか。

書き手の視線のありか、ということなのだろう。小兵衛は見る側、蟇蛙や狸や牛蒡は見られる側なのである。見られる側の蟇蛙や牛蒡は、斬ったり斬られたり、騙したり騙されたり、出会ったり別れたり、そんな「辻褄の合わねえ生きもの」（16―35）ぶりをぞんぶんに発揮してみせて、「世の中というものは、さてさて、おもしろいものではないか」（7―58）、「さすがの秋山小兵衛も、ちょいと、びっくりしたわえ」（16―41）と小兵衛に嘆声をあげさせる役回りなのである。だから、眉から黒子から乳房のふくらみまで、微細に見つめられ、事こまかに描写されることとなったのであろう。

霞の剣

しかし、作者の視線はつねに小兵衛とともにあるわけではない。時として、小兵衛をすら置き去りにしてしまう。

いきなり、松崎浪人が小兵衛の頰を平手で叩いた。
「何をなさる」
おだやかに咎めたものの、おどろいたことに小兵衛は逆らわぬ。(14—104)
「おどろいたことに」。作者はここで小兵衛を離れ、一観客として舞台上の小兵衛を見つめる側にまわっている。

（……）
小兵衛は（……）ふたたび麴町の通りへ取って返した。
いうまでもなく、船頭の長吉は、これを見張っていたが、秋山小兵衛は気づい

ていたか、いなかったか、それは知らぬ。(15―170)

「それは知らぬ」。小兵衛に迫る危難をやきもきと見つめる観客は、ぽんと突き放される。

自らが作り出したものであるにもかかわらず、どこかよそに見ているような、ひとごととして眺めているような、そんな感じが漂う。「おどろいたことに」、そう記した時、作者は読者と一緒におどろいているのだ。「それは知らぬ」、そう呟いた時、作者はほんとうに小兵衛の胸中を知らずに、読者と一緒にやきもきしているのだ。もはや自らの筆先から物語を捻り出してゆくというよりは、あれよあれよと眼前に展開する光景を、夢中で追いかけて書きとめているといった体(てい)である。

柳喜十郎は四十五歳。(……)二人の女の子は十歳と七歳だそうな。してみると喜十郎、晩婚らしい。(5―276)

こんなさりげない箇所でも、「喜十郎は晩婚なのである」とは書かれない。「晩婚らしい」。少し離れて見つめる視線である。

少し離れて見つめる。その間合いの取りかたが絶妙である。遠過ぎても近過ぎても敵は斬れない。黒子の位置までありありと分かるほどに手元に引き寄せながら、さいごのさいごで「それは知らぬ」、すっと身を躱す。まさに練達の技。「見たか、大治郎（……）霞の一手じゃ」。

結果、ひとりの主人公にいちずに寄り添い、ひとりの眼で見てゆくのとは微妙に異なった世界が立ち上がってくる。事件の渦中にぐいぐい引き込まれながらも、さいごのさいごで、すっと距離を置くことができる。「人の世には、はかり知れぬことがあるものじゃ」（4―157）とくらくらしながらも、どこかよそごととして観ずるゆとりに恵まれる。もしかして蟇蛙に狸に牛蒡と醜男醜女ばかりを取り揃えたのも、読み手の感情移入を拒む工夫であったのかもしれない。

おかげで、

「毎日が退屈になるばかりでござるなあ」
「そのこと、そのこと」
「たまさかには、こうした事件が起ってくれぬと……」
「生きているたのしみもありませぬ（……）」（7―228）

のんきに事件をたのしむことができる。

卯の花腐し

よく降る。

天神社を出るころから、何やら雲足が怪しくなってきたので、小兵衛は足を速めていたのだ。

それが、落ちて来たかとおもうと、たちまちに驟雨となった。

「こりゃあ、いかぬ」(5―221)

で、雨宿りに駆け込んだ小屋の中で思いもかけぬ事件に遭遇することに……と話は続いてゆくわけだが、ほかにも「その朝、いかにも春めいた雨が降りけむっていた」(3―7)、「薄日がもれていた空が急に掻き曇ったかとおもうと、雨が疾って来た。秋時雨である」(4―173)、「あ、雪……」(4―264)などなど、じつによく降る。

こころみに数えてみた。四つの長編を含む全八十七話のうち、どこかで雨ないし雪が降っているものは六十話もある。うち、「このとき、さあっと雨が降ってきた」（13—219）、いよいよ斬り合いだとか事件が急展開するといった話の山場で降っているものも、三十五話の多きを数える。「狐雨」（8—58）、「時雨蕎麦」（11—179）、「卯の花腐し」（15—213）など、各話のタイトルにもよく取られている。

なぜだろう。なぜ、こうもしげく降るのだろう。


　昨夜は雨になったが、今朝は晴れわたって、しかも暖かい。

「先生。今日は、いい日和でございますねえ」

「千造。こんなに心地よい日和は、一年の内、数えるほどだ」

「ほんとうに、さようでござんす」

「人の暮しと同じことよ。よいときは少ない」

「まったくで」（16—60）

「人の暮しと同じことよ」。短い人生にたくさんの雨が降る。しとしととけむる雨、さあっと疾る雨、さまざまな雨が降る。剣客である小兵衛が立ち会うのは、そうした暗い局面であることが多い。だから、ストーリーの中でも、ついつい雨が降りしきることとなったのではないか。

あるいは、「雨で、ずぶぬれになっていた小兵衛の両眼が、じわりと、うるみかかった」（4―125）、短い話の中で、実直は実直なりに、無頼(ぶらい)は無頼なりに、おのが生をいっぱいにふくらませて逝った者たちへの、ひそやかな手向けの思いも含まれているのかも知れない。

あわせて気づいたことが、もう一つある。

夏が短い。

物語は一話ごとに少しずつ季節を刻み、安永六（一七七七）年の初冬から天明五（一七八五）年の春へと至る。その移ろいを辿ってゆくと、「その日。秋山小兵衛は、今年はじめて、苗(なえ)売りの声をきいた」（3―124）、初夏の話や、「来る日も来る日も、降りつづいている」（3―211）、梅雨の話はいくつもあるものの、かんかん照りの真夏の話は八十七話のうちの八話と、ずいぶん少ないことに気づく。梅雨を過ぎるといきなり秋が来てしまう年も安永九・天明三・天明四と三度もある。なぜか。

「これからすぐに暑くなるのう。年をとると、冬よりも夏がこたえる」「冬は炬燵(こたつ)があるものねえ」（13―106）。小兵衛は夏がきらいなのである。夏の暑さは「裸になってしまったら、あとはもう、ふせぎようもないわえ」（13―108）。だから夏は滅多に外出(そとで)をしない。やむなく出かける際も、「暑いときは、昼寝していなさるがいいとおもうのだけどねえ」「わしだって、そうしたいさ」（7―312〜313）、しぶしぶである。

真夏の太陽は、年寄りにはまぶし過ぎる。真夏の太陽は、雨がち、しめりがちの全篇のトーンに似つかわしくない。そんな感覚が知らず知らずはたらいて、真夏の話が少なくなったのではないか。

とすると。

秋山小兵衛とある。妻はおはるである。息子の秋山大治郎(だいじろう)が、やがて迎える嫁の名を三冬(みふゆ)という。秋に春に冬。夏だけが欠けている。果たして偶然なのだろうか……。

さて、さいごに、その三冬の話をしよう。

女武芸者

颯爽(さっそう)と登場する。

髪は若衆髷(わかしゅわげ)にぬれぬれとゆいあげ、すらりと引きしまった肉体を薄むらさきの小袖と袴につつみ、黒縮緬の羽織へ四ツ目結の紋をつけ、細身の大小を腰に横たえ、素足に絹緒の草履といういでたちであった。

（……）

濃い眉をあげ、切長の眼をぴたりと正面に据え、颯爽と歩む佐々木三冬を、道行く人びとは振り返って見ずにはいられない。（1—40～41）

池波作品にはほとんど類を見ない、まぶしい美貌の女性が冒頭にいきなり登場する。三冬は齢十九の「女武芸者」（1—7）である。

美しい三冬の顔が稽古に紅潮し、裂帛の気合声がひびくとき、

「ああ、もう、おれはたまらぬ」

「拙者、気が遠くなりそうだ」（11—154）

そうやって多くの読者を魅了しつつ、作者は今までに手がけてこなかった、この新しいタイプの女性をたのしみに育ててゆこうとする。「白麻の小袖に夏袴」（1—277）、「御納戸色の小袖、茶の袴」（5—73）、「紅藤色の小袖に茶宇縞の袴」（6—59）、こま

めに着せ替えて、今まで得意としてきた「牛蒡のお松」タイプや「小肥りの肌が意外に白く、三十女の脂をねっとりと浮かせてい」（13―150）るタイプとは全く別の女性を育ててみようとする。冒険してみたわけである。

では、その冒険はどう転がっていったか。

小兵衛の息子大治郎と夫婦にするあたりまでは、何とか運んだ。その後もしばらくは、「うしろへ垂らした髪を束ね、その先を紫縮緬をもって包んだ三冬の、水木結びにした細目の帯、短袖の小袖など、いかにも古風な姿がめずらしくもあり、美しくもおもわれて」（6―312）と、ういういしい新妻ぶりを披露している。

けれど、ライバルが出現する。二十六歳の「手裏剣お秀」（5―121）である。

黒髪を無造作に束ねて背へまわし、洗いざらした紺木綿筒袖の稽古着に黒の袴をつけた若い女の体は、のびのびと発達している。（……）まったく化粧の気もなく、日に灼けた顔の黒く濃い眉、大きな両眼。女にしてはふとやかな鼻すじ。一文字に引きむすばれた唇。

この女にくらべれば、まだしも佐々木三冬のほうが、

「女らしい……」

といえるし、美しさにおいても格段にちがう。(5—139)

「美しさにおいても格段にちがう」。にもかかわらず、お秀のみごとな手裏剣技をまのあたりにしたおはるは、小兵衛の耳もとにささやくのだ。「先生。私、このひとのほうが、三冬さまより、ずっと好きだよう」(5—169)。

おはるのひとことを作者は忘れなかった。一話かぎりで消えるはずのお秀は、みるみる出番を減らす三冬と入れ替わるかのように再登場し(8—258、9—149)、「春の嵐」(10—5)、「二十番斬り」(15—33)、「浮沈」(16—5)と三つの長篇では小兵衛の片腕となって縦横に活躍する。さいごには恰好の伴侶にまで巡り合わせてもらう(16—47)。

作者のお秀に対する好感度の上昇ぶりは、登場回数のみならず、その料理の腕前への評価によっても測ることができる。「何しろ、大治郎。手裏剣の名人がこしらえた味噌汁には閉口したよ。お秀は毎朝、あんなに薄い味噌汁をやっているのかねえ」(8—269)と初めは小兵衛に酷評されていたのに、

朝餉は、杉原秀が仕度をした。

白粥（しらがゆ）である。

「うむ。何よりじゃ」

秋山小兵衛が、満足そうにうなずいた。

秀は（……）根岸流（ねぎしりゅう）・手裏剣の名手だ。

ゆえに、真剣勝負の日の腹ごしらえについては、よくわきまえている。

秀がつくった白粥は、おはるのそれよりも薄目で、そのかわり、塩がきいていた。

さらさらと、粥を腹におさめた小兵衛が（……）。（15―213〜214）

なんと、ついにおはるを、小兵衛の専属料理人にして、「卵の黄身を落した濃目（こいめ）の味噌汁」（14―99）やら、「鰹（かつお）を刺身にし、冷たい木ノ芽味噌をかけた豆腐」やらで「三冬の、およぶところではない……」（13―60〜61）と大治郎を唸らせたおはるを超えるのだ。

「三冬さまより、ずっと好きだよう」。こうして、三冬からお秀へと作者の筆は移る。冒険は終わる。三冬のまぶしさは、この世界には、蟇蛙や狸が棲み、雨がちで夏の短いこの世界には、ついに受け入れられずに終わる。

赤い夕空に、鳥が渡っている。

暮れかかる川面から吹きつけてくる風は冷たかった。

口を一文字に引きむすんだ小兵衛は、落日の光りを左半面に受けつつ、怒ったように、何か狂おしげに突きすすむ。（13―308）

夕映えに霞む小兵衛を、いつまでも見送っていた。

真田太平記

池波正太郎

両眼は細く、いつも、たのしげな笑いをたたえてい、面(おも)だちはふっくりとしてい、躰つきも十六歳にしては肥えて見える。そうした容姿の特徴は、かなり父・昌幸のそれとかけはなれているといってよい。

それなのに、似ている。

だれが見ても、

「父子(おやこ)」

と、わかるのである。（新潮文庫1巻―151ページ、以下同）

「――い、」

ささいな言葉づかいが、忍びの者が放つ投げ爪のように、心に引っ掛かった。

「灰色の雲が空を覆ってい、」（4―411）、「関ヶ原の小盆地には濃霧がたちこめてい」（7―271）、「地炉（じろ）ノ間は二間から成ってい」（6―38）、あるいは、「両眼に青白い光が凝ってい」（6―72）、「髪には、いくらか白いものがまじってい」（12―15）「うつぶせに倒れてい、息が絶えていた」（12―415）。

「――い」軋んだ、きびしい響き。

いつしか、この長大な作品世界を貫く音のように聞こえてくる。紀州九度山（くどやま）に隠忍の歳月を強いられた真田幸村（さなだゆきむら）の嚙みしめた唇。地に潜って気配を絶ち、じっと再起を待った麾下（きか）の草の者（くさもの）集団の辛苦。徳川家康という、すなわち時代という巨大な敵を向こうに回し、勝ち目はないと初めから知れてある戦に挑んだ「運命に逆らいぬいた」（7―126）男たち。

どうして彼らは、かくも困難な生を選びとることとなったのか。

「さほどに負け戦をするのがおもしろいか？」徳川方に与（くみ）した兄信之（のぶゆき）の問いに、「わかりませぬ」、答えを逸（そ）らしつつ（11―95）、いざ大坂夏の陣、戦場に臨んだ幸村の胸中には、

ただ一つ、真田の兵法を、

「天下にしめしてくれよう」

その一念が、あるのみとなった。（11―271）

「こたびの戦陣では、左衛門佐様(すけ)（幸村＝引用者注）は小細工をなさらぬ。関東の大軍と正面から当たり合い、真田の兵法の真髄を天下にしめすおつもりなのだ」（11―239）。小者(こもの)の末にまで、幸村の気概は行きわたる。

そして、赤備(あかぞな)えの精兵を率いた幸村は、

ぎりぎりの限度まで敵を引き寄せ、これを、

（一気に打ち破る！）

このことであった。（11―402）

あたかも彼の生涯を凝縮したような戦法を用い、乱軍のなか、巧みに兵を操って、家康の本陣へときびしく肉薄してみせ、「激しく強烈な満足をおぼえ」つつ、「手柄(てがら)にせよ」、敵の雑兵(ぞうひょう)にゆっくり頸をゆだねて逝く（11―475～476）。

（もはや、すべては終わった……）

このことである。（12—8）

炎天、草いきれ、乾いた血糊をこびり付かせた緋縅の鎧。

お江の腕

いっぽうに、闇がある。草の者たちが伏せ、走り、跳ぶ闇。

右手の闇の底を、何かが疾った。

風ではない。（……）あきらかに人の気配であった。（4—69）

（闇が押して来る……）

ように、お江には感じられる。

闇の中にこもる殺気が、こちらへ向かって押して来るのだ。（4—84）

なにげない日常のすぐ裏側に、日に五十里を駆け、怪鳥のごとく宙を跳び、指文字や読唇で意思を交わしあう異能の者たちの織りなす世界がくろぐろと広がる。京の賑わいの一隅、三条大橋の袂には、十余種の声を使い分けられる変装名人の老爺がさりげなく蹲り、甲賀の館の奥深く、音もなく開閉する隠し扉をいくつも通り抜けた先には、眼光鋭き敵の頭領が端座する。

わけても、お江、

　逃げるお江の右側から、また、蛇縄が飛んで来た。

　お江は跳躍し、われから、蛇縄を投げた忍びへ躍りかかった。

「むう……」

　山中忍びの、苦悶の呻きがきこえた。（4―112）

鍛え抜かれた五体の力を極限まで振り絞って絶対の死地をいくども潜り抜けてきた、かの逞しい女忍びの面影は、ひときわ忘れがたい。面影と言っても、冒頭から終幕まではほとんど出突っ張りで活動する彼女の容貌を描写した箇所はじつはどこにもなく、だいいち「顔も手足も日に灼けつくし（……）あまりにくろいので眼鼻立ちも、はっきりとわからぬ」（1―14）のだけれど、瀕死の深手がようよう癒えたばかりの「痩せおとろえた肌身は生色を失っている」(8—29)状態から、回復して「背骨の両側に、ひろびろと白い肌がもりあがる」(8—406)に至るまで、あるいは、湯煙のなか「みごとな双の乳房」(2—412)で男を惑乱した女盛りから、「醜うなってしもうて」(8—564)と俯く老いの坂まで、その肉体の変遷ぶりが丹念に象られ、つよい印象を刻む。繰り返し立ち現れる「ふとやかな腕」(1—6)「ふとやかな、双腕」(8—562)。

そう言えば。

ふと気づく。ここには、繊妍たる姫君や艶麗なる女人は一人も登場しない。幸村の父は愛妾を「どう見ても、まずい女じゃ」(2—6)と評し、幸村の兄も「それほどの美女ではない」(11—85)六十路の貴人に熱い恋情を寄せる。「大蠟燭の灯影に浮かびあがった淀君の顔は、その濃い化粧のゆえか、何やら化け物じみて見えた」(10—223)。

敢えて美女を配さない。『鬼平犯科帳』『剣客商売』に見られたこの作者の特徴は、舞台を戦国に移しても引き継がれているのである。

かくて、絢爛たる歴史絵巻という常套句からは、はるかに遠い、岩絵具を擦り付けたような荒々しい手触りの画幅が繰り延べられてゆく。

といって、肌理が粗いのでは決してない。周到に埋め込まれた伏線は、一すじ一すじ丁寧に拾われてゆく。初っぱなで「おもいもかけぬところにあらわれてくるとおもう」（1―100）と予告された小畑亀之助が、幕切れ間近にきっちり戻ってくる（12―404）、といった具合に。

それでもさしもの長丁場、若干のほころびは避け得ないところか。

私が見つけたのは、6―229で「母は（……）子を身ごもったそうな」と既に承知している佐助が、8―40で母の懐妊を告げられて「まことで？」と驚くのはオカシイぞ、ほか計五ヵ所であった。（ちなみに、あとの四ヵ所は、3―402と5―312の「角兵衛」、4―72と7―250の「飛苦無」、12―275と282の「侍女」、それに、4―414、5―72・84・92・117・423と続く長曾根の忍び宿の番人をめぐる一連の混乱。）

なお、「幸村の杞憂が的中した」（3―386）なる表現は、「杞憂」という言葉の使い方の誤用であろう（他に9―470、12―434）。

家康の首

さて、陽射しのもとに佇む幸村と、闇を疾駆するお江は、しばしば接触する。たとえば、こんなふうに。

お江の肩を抱いている幸村の腕にちからが加わってきた。

「たがいに、爺と婆じゃ」

「…………」

「恥じることは、いささかもない。たがいのことじゃ」(11—38)

そして、一度だけ諍う。上洛する家康の不意を襲って首を討ってしまおうとの草の者たち決死の計画を、幸村が止めた時のことだ。「わしも、機来らば、大御所の首を討ち取ってみたい。(……)なれど、戦陣において討ち取りたい。(……)よいか、ここが肝心のことなのだ」(8—568)。「わしが願うことは戦陣において関東勢を打ち破り、(……)天下に武士の有りようをしめす。この一事にある」(8—569)。

お江がひれ伏して、嗚咽を洩らしはじめた。

お江が、泣いている……。

泣くお江を、幸村もはじめて見た。

「もうよい。泣くな」（8―569）

「このまま、手をつかねていては、じりじりと息の根を止められてしまう」（8―481）、「いまこそ、草の者の真髄を見せなくては」（8―482）、「そうするよりほかに、道はない」（8―503）。幾晩もの熟議の末に思い究め、練りに練って周到に準備した襲撃計画の中止を命ぜられて、無念の涙をほとばしらせるお江。なぜに、この熱い願いが叶わぬのか。みごと大御所の首を搔っ切って果てられれば悔いはないに、なぜに、殿はお許し下されぬのか。

その嗚咽に、ふっと作者の呟きが重なったような。

……なぜに、この熱い願いが叶わぬのか。お江の一太刀を浴びて地に転がる家康の白髪首が描ければ、どんなにか胸がすくだろうに、なぜにそれは許されぬのか……。

顧みれば、一度だけそんなシーンが描かれたことがあった。

槍は生きもののように疾った。

その槍の穂先は、あまりにもあざやかに、徳川家康の胸もとへ吸い込まれ、突き立った。

大きく口を開け、仰向けに輿の上へ倒れる家康を、奥村弥五兵衛はたしかに見とどけた。（7—221）

直後に実はこの家康は影武者だったと説明され、辻褄が合わされはしたけれど、草の者たちを自在に跳梁させて、物語の行く末を思うさま操ってみたいという誘惑に、作家ならば、しかも、お江をここまで育て上げた作家ならば、とうぜん取り憑かれるに違いない。

けれど、「もうよい。泣くな」、誘惑に抗し、歯を食いしばって踏みとどまる。その枷をはずしてしまったら、史実という縛りをはずしてしまったら、歴史小説としての構えが崩れてしまう。煩いくらい史料を渉猟して積み重ねてきた営為が、無に帰してしまう。お江よ、許せ。家康は、元和二（一六一六）年四月十七日の巳の刻に駿府で病死せねばならぬのだ。「ここが肝心のことなのだ」。

「大きく口を開け、仰向けに輿の上へ倒れる家康」を見たいと泣き伏すお江と、「もうよい」ときっぱり横を向く幸村。奔放に天翔ってゆこうとする力と、それをがっちり繋ぎとめようとする力。

なるほど。

この二つの力の拮抗、鬩ぎ合いが、長い長い作品世界を緊張させ、分け入る者を引き寄せて離さない、かくも強力な磁場を発生させることとなったのではあるまいか。正極と負極と、針はどちらか一方に振り切れてしまわない。中途でぐいと踏みとどまる。闇を裂いて跳ぶ影に心躍らせつつも、炎天下に転がる屍をしんと見つめ。

「――い、」

また、あの音が軋む。

幸村は両眼を閉じ、

「去れ」

やや、きびしい声でいった。

その幸村の唇へ、お江の唇が、ひたと押しつけられた。

どこかで、軍馬が嘶いている。

お江の唇が、ゆっくりとはなれた。

幸村が眼をひらいたとき、お江の姿は小屋の中から消えている。

そして、微かに、お江の肌の匂いがただよい残っていた。（11―384）

幻燈辻馬車――山田風太郎

ふりかえると、駅者であった。(……) 年は四十七、八だろうか。彫りは深いが、渋味というより、生活の苦労がしみついている顔だちであった。ただし、いかにも善良そうな笑顔だ。(河出文庫上巻―14～15ページ、以下同)

「父(とと)!」

幼い声がまっすぐに立ちのぼる。

そのとき、雪の虚空に銀鈴をふるような細い声が走った。

「父(とと)!」

駅者の左腕に抱かれた女の子のさけんだ声であった。

「きて、たすけて、父(とと)!」

(……)

しずかに動いている馬車の戸があいて、そこから一人の男が下りて来た。(上―23)

猛り狂っていた俥夫(しゃふ)たちの「眼が凝固」するなか、誰もいないはずの馬車から下りて来たのは、「蠟を刻んだような顔をして(……)こめかみから、血をしたたらせ」(上―23)、血まみれの白刃をひっさげた若い軍人であった。「舞いちる雪片の中に、彼は義眼のような眼で、まわりを見まわした。(……)『……わっ』(……)形容のしようもない恐怖のさけびをあげて、その兵士のちかくの、四、五人が背を見せると、俥夫たちはみんな、つんのめりながら逃げ散った」(上―24)。

幽霊なのだ。危急に際して幼女が呼んだ時にだけ出てくる幽霊。「どうして倅(せがれ)めが、あの世から出て来るのか、私にもわかりませぬ」(上―26)。馭者の息子、幼女の父にあたるその幽霊は、「戊辰(ぼしん)の復讐」(上―40)と叫んで西南の役で戦死した折の、血に濡れた軍服姿のまま登場して、悽愴たる鬼気を振りまく。稀には、「母上、お助け下さい!」(上―51)、自分の母、すなわち馭者の亡妻まで加勢に呼び出したりして。

なぜ「戊辰の復讐」か。彼らはかつて会津の侍だったのである。「それじゃあ瓦解(がかい)の年に、落城の憂目を見なさった口だね?」(上―28)、問われて馭者すなわち、干潟干兵衛（ひがたかんべえ）の鈍重とも見える顔に、苦い笑いが浮かんだ。

「……いや、ひどくやられました」

と、いった。

口も重いたちらしい。（上―28）

故郷を失い、つづいて息子をも喪った干兵衛は、独り残されたあどけない孫娘を連れ、帝都の片隅で古ぼけた辻馬車を動かして、ほそぼそと口を糊している。時に明治十五年。

辻馬車はめぐる。まあたらしい煉瓦（れんが）街を照らすガス灯の下を、建設途上の鹿鳴館の横を、「キイクル、キイクル」（上―26）、おんぼろ車輪を軋ませて雨の日も風の日もめぐる。「馬車には、さまざまな人々が乗り、また下りてゆく」。干兵衛にとっては、それらは「無数の幻影」に過ぎない。「しかし、去来するおびただしい客の中には、そんな干兵衛の重い血を、ときに他動的にゆるがせる男がある。女がある。そして、事件がある。運命がある」（上―100）。

とりわけその「錆びて沈んだ血」（下―125）を大きくゆるがせたのは、折しも帝都に吹き荒れる自由民権の嵐であった。「自由党が自分を追っかけて来る」（下―124）。「決して好まないのに、自由党や会津が自分にくっついて来る」（下―83）。「決して好まない」、あくまで「他動的」でありながら、向こうは「政府に叛旗をひるがえす自由党、とくにその若者たちに好意を持ってい」（下―124）るこちらの気持ちを見透かしたかのように、馬車の中に飛び込んでくる。その颶風に煽られて、あわや転覆という刹那、「父！」、銀鈴をふるような声。

降水確率

「諧謔味」（上―54）が加わったというところだろうか。同じ作家の前作『警視庁草紙』と並べてみての印象である。「怪談は、開化先生方はおきらいなさることでございます」（上―7）、その開化先生が嫌う幽霊噺を、新趣向の明治物シリーズの中核にあっけらかんと据えてみせた洒落っ気。しかも、その幽霊噺は、馬車だの軍服だのハイカラ趣味にふちどられているのである。「なにが御一新でえ。」（『警視庁草紙』河出文庫上巻―314ページ）、元岡っ引きや元同心や元町奉行といった「江戸の残光ひときわ濃い」（同321）人びとの新政府への反発が前面に出て、そのぶん少し息苦しかった前作よりも、ひとつ突き抜けた感じである。

その前作に、こんな風景があった。


両国橋に雪がけぶっていた。夕暮の黒い大川へ、幾千万の鵝毛がふりそそいでゆくように見える。

煉瓦作りの店やペンキ塗りの看板や、橋をゆく馬車や俥や、洋服を着て蝙蝠傘をさした通行人や――急速に東京の町を染め変えかけている文明開化というやつが、その雪に消されて、遠望すれば、広重の描いた江戸の景色とちょっとも変らない。(『警視庁草紙』下巻―85~86ページ)

「文明開化というやつが、その雪に消されて」。ふと思いあたる。冒頭、銀鈴の声が初めて走ったのも「雪の虚空」であった。開化先生を驚かす幽霊は、雪とともに出現するのか。

ページを繰って、調べてみた。「父!」という呼び声に応えて幽霊が出現したシーンは、どんな天候であったのか。すると、いずれも常ならぬ空模様だったことに気づく。

あるときは雨。

はげしい驟雨が、その一瞬、その一劃だけを、滝壺に変えたようであった。馬車は真っ白なしぶきにつつまれた。その中で、

「——父！　父！」

という透き通るような細い声を、干兵衛だけが聞いた。(上—227)

馬車は雨煙につつまれながら、粛々と向うへ去ってゆく。軍服の若者は背を見せて、それと並んで歩いていた(……)またひとしきり、銀のような水しぶきがけぶり、そして薄れた。雨は去った。——そして、あとにその男の姿はなかった。(上—229)

あるときは靄。

町を海のようにひたす珍しいほどの濃い夜靄であった。稀に町へ出た人々は、東京が異次元の銀灰色の世界に変ったような気がした。そしてさらに稀に、その馬車にゆき逢った人々は——靄の中から現われ、完全無音のまま走りぬけて、また

靄の中へ消えた馬車を、怪しむよりも自分が見た幻覚だと思った。（下―289〜290）

ああ、消えてゆく。（……）亡霊がこの世にとどまれる刻限が迫っているのだ。（……）声はすでに靄の中にあった。わずかに地上に薄く漂っていた靄が、そこに集まって一塊となっているようであった。（……）やがてその靄がながれて消えたあと（……）姿はそこになかった。（下―306）

「異次元」は、こんなふうに呼び込まれ、かつ消え去る。干兵衛の回想によれば、そもそも、この幽霊が初めて彼の前に登場したのは、「季節はずれの大嵐が来て、長屋の屋根の一部がはがされ、雨が滝のように家の中にふりそそいだ」（上―48）折のことという。雨と一緒に天から落ちてきたのかもしれない。以後も、「雨の夜」（上―200）、「夜の細雨の中」（下―179）、「雪は幻の蛾みたいに舞って」（下―57）と、つねに雨や雪を伴って現れ、さいごのお別れも、「風は空にうなり、雨は地に鳴って（……）雨つぶが一つ一つ、それ自身螢(ほたる)みたいに光を持っているかのように、天地の間にふしぎに蒼白な光がある」（下―327）嵐の夜であった。干兵衛に慈雨。

ひとつだけ例外は、鬼県令三島通庸(みちつね)の別邸、土蔵の中に囚われた幼女を救うために出て来た時である。そこで幽霊は、はからずも昔の女に出会う。


「それにしても、あなたはどうしてここへ？」

「この子が呼ぶと、おれは出て来るのだ」

（……）せっかくドロドロと出て来たのに、なんとなく出鼻をくじかれた顔である。

「行って下さい」

「え？」

「いまさらあなたに逢いたくはありません。もう出て来ないで下さい」（下―229）

昔の女にすげなく袖にされ、すごすご退散する幽霊。「せっかくドロドロと出て来たのに」。ここに、ひとしずくの雨も落ちないのは、むべなるかな。

台風一過

幽霊が連れてくる、あるいは幽霊を連れてくる雪や雨や靄。それは、洗い流すためなのだと思う。血である。辻馬車がめぐる先々で、いとも無造作に人が殺される。

警部はふりむこうとしたが、遅かった。（……）頸にふとい右腕がまわされた。（……）武藤警部は、露八の腕の中からズルズルとくずおれた。

横たわった肉塊の、血を流し出した鼻孔に手をあてて、

「ホイ。……おれは少し腹を立て過ぎたようだ」

われに返って、さすがに露八は水を浴びたような顔色になった。

「くたばりやがった」（上—294〜295）

このくらいなら、まだしも、

赤井景韶（かげあき）はそのまま、そこに立っていた老俥夫の背後から首に片腕をまわし、いっきに絞めあげたのである。

鼻口から血をたらしながら、苦悶というより驚愕の表情のまま、俥夫は崩折（くずお）れた。（下—321）

口封じのためだけに行きずりの俥夫を殺したとあっては、寝覚めの悪いことこの上なく、さらには、

眼の前に、いきなり閃光が走り、真っ赤な血の霧がひろがった。

柿ノ木義康の洋杖（ステッキ）からきらめき出した刀身が、いきなり高安宗助の左肩を袈裟（けさ）がけに斬ったのである。（下―117）

廃刀令もものかは、仕込み杖がいくたびも宙に舞い、女たちも、

蔵にはいった彼らは、そこに半裸の眉輪（まゆわ）と麻子が舌をかみ切って、血まみれの白蛇のように抱き合って絶命しているのを発見したのだ。（下―274）

潔く死に赴いて、「幽霊が四人になったらどげんすッか？」（下―279）、さしもの鬼県令をたじろがせる。

これら「血に酔っぱらったような」（下―306）惨劇のあとを洗い流すのは、干兵衛はもちろん、「ふっさり垂れ」（上―11）たお河童（かっぱ）の幼女の手にも余る。そこで、

「父(とと)」が呼び出され、雪がけむり、雨がしぶき、靄が立ちこめることとなったのではあるまいか。

ふたたび前作を引き合いに出すならば、あそこでの数多の血痕は、「水のような微笑を浮かべ」(『警視庁草紙』上―100)た大警視川路利良(かわじとしよし)によって薄められていたわけで、その点でもこちらのほうが、より劇的である。

しぜん、幕切れも豪雨のなかとなる。「おれの残生の捨場所は、これからゆくところにあるのかも知れない」(下―335~336)。千兵衛は孫娘を残し加波山へ向かう。

「急げ。……玄武! 青龍!」

鞭をふるう干潟千兵衛の姿は、すでにその女房や息子と同じ燐光にふちどられていた。爆裂弾を乗せた辻馬車は、水天わかちがたい夜の武蔵野を、まっしぐらに翔けていった。(下―336)

「祖父(じじ)! 祖父(じじ)!」(下―334)

日出処の天子——山岸凉子

（白泉社文庫5巻―110ページ、以下同）

というのだから恐れ入る。聖徳太子、いや、この物語のなかでは、そんな仰々（ぎょうぎょう）しい名は冠せられない、厩戸王子（うまやどのおうじ）、が高く高く天に舞う。
端正（きらきら）しい——

そんな表現がよく似合う王子である。「あれほどに形容の端正しい者だもの」（1―24）、出遭ったばかり、まだ王子が何者かも、そして、おのれがどんな数奇な縁で王子と結ばれているかも知らぬ蘇我毛人は頰を染めて嘆じ、時を経て、これまた数奇な運命の綾によって王子の妃となった毛人の妹刀自古も潤んだまなざしで見上げる。「女であるわたしから見ても／憎らしいほど端々しいお方」（6―36）。

天もその端正しさを嘉したもうたのか、満開の桜樹の下、王子が佇むだけで、にわかに旋風が捲きおこり、燦々と花吹雪が降りそそぐ。数百年、誰の技能を以てしても鳴らすことが叶わなかった秘蔵の笛も、ひとたび王子が唇にあてれば、嚠喨たる音色が秋空に澄みわたり、天女が領巾を靡かせて降りてくる。

そこで終わりになれば、よかったのに。花片が舞い天女が遊ぶ。艶やかな王子の姿に見惚れるほどに、ふとそんな思いに誘われる。その程度で終わっていれば、王子もああも苦しまずともよかったのに。

なのに天は、この端正しい王子を、さらに自らの深部へと招き寄せる。

「ほら、仏が通り過ぎてゆく／命の截片が足元に粉々と散り敷かれているというのに／声無く踊みゆき寂情として通り過ぎてゆく」

りぃーん、りぃーん。しずかに錫杖をうち鳴らし、胸に提げた瓔珞を揺らめかせながら、王子の眼前を仏の列が過ぎる。舞うのはもはや花片ではない。こたびの物部との戦に散った兵士たちの「命の截片」だ。この瞬間、王子の地獄が始まる。「うっ、吐きそうだ。なぜわたしにだけ見せるのだ。わたしも踏み拉かれる塵になるまで見たくはないというのに…」（2―252）

そう、彼には見たくなくとも見えてしまうのだ。皆と同じようにあたりまえに起き臥ししているだけなのに、干魃に喘ぐ国土の上空を、甲冑に身を固め、ざっくざっくと一列縦隊で行進してゆく無表情な疫神の群も、その疫神がじりじりと父の枕辺ににじり寄って、ついには痩せ衰えた父をぐいと拉し去ってしまう、その一部始終に至るまで、すべてが見えてしまうのだ。

いったいどうすれば。キーキー喧しい小鬼どもを纏いつかせながら、奈落のふちに凝然と立ち竦む。

（4―135）

毛人、好きだ

　それでも。

　見えてしまうことの孤独、その凄まじい懊悩の渦に揉まれて、それでも王子はこうべを上げて昂然と進もうとする。華奢な体に似ぬ、その強靭な意志力を愛でるかのように、たまさか優しい風が。


「遠いなあ……」

　列島を上空から見はるかして、王子は嘆息する。かがみこんで、「ここにガンとして根をはっている／この〝気〟を……押しても引いても……」、上体を起こして、「ふう／だめだ」。かさかさに罅割れた国土に雨を降らせるべくここまで昇ってきたけれど、とうてい無理だ。

　そこへ毛人が、正確に言えば毛人の無意識が駆け寄ってくる。

「王子／あなたにできないことはございません／ほら／わたしが手をつないでおりますから」

「手か…そなたの手か／あ」

©山岸凉子／KADOKAWA

「ああ、今だ！　あ…あ、動く……」

ゴオオオオオオオと雨雲が。（4―298〜305）

凍てついた王子の心を抱きとめる毛人というぬくもり。「あの時／溶け合ってしまいましたね」（1―267）、まっすぐに見つめてくる生真面目で純な魂に向けて、「人ひとりが完全であるために／他の人間をこれほど欲さなければならないというのは／どういうことだ」（4―176）と文机を叩いて苛立ちながらも、王子の心は一途に溢れ出してゆく。「毛人、好きだ」（6―158）、一瞬の抱擁に全生命を燃やして。

（6―159）

しかし。

「今、この手に掴んだと思った光が

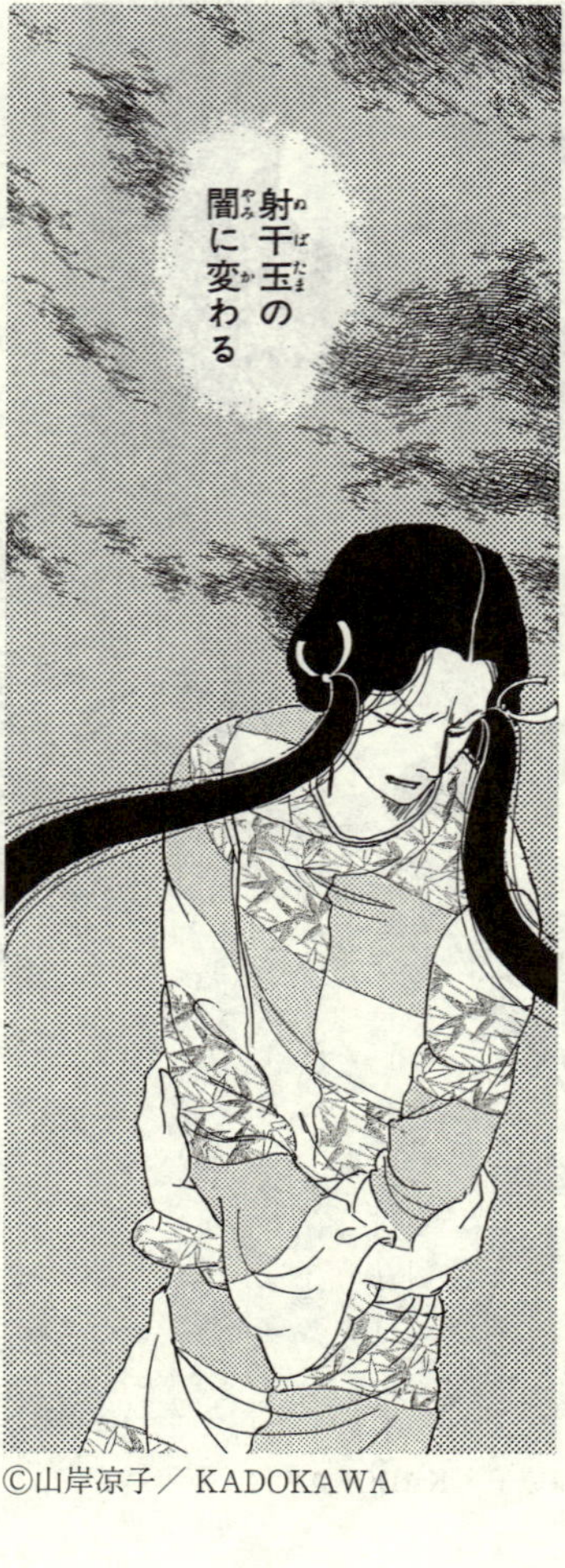

射干玉の
闇に変わる

（6―169）

ままならぬは人の心。布都姫という想いびとを獲た毛人は、もはや王子を振り向かない。

「わたしはやはり一人になるのだな。（……）耐えられぬはずがない。いままでもそうだったのだから」（7―86〜88）
「わたしはこの国を自分の思い通りに動かしてみせる。別に志があっての事ではない…何か、何かしていないと……生きている気が…しないから」（7―183）

さて、隋への国書を、と筆を執る王子。

射干玉の闇のなかから

「気がついたら月ほどの高さに飛んでいた」

まこと、ぶっ飛んだ聖徳太子像ではある。十七条憲法も冠位十二階も、はるか地上に置き去って、超常の人として夜空を颯々と天翔る。しかも、月明は王子を照らさない。間諜に刺客、血臭い宮廷の陰謀は、どんなに遠くへ飛んでも執拗に追い慕ってき、嫉妬に近親相姦、どろどろした人間模様は、どこに身を避けようとも魍魎のごとくへばりついてくる。行けども行けども射干玉の闇。冥い。陰々滅々と冥い。

その射干玉の闇が、流麗な描線で緻密に刻されてゆく。毛人という幻の光を与えられることで、さらに深い、底知れぬ闇へと墜ちゆく王子。全篇がその一点へと収斂する、みごとに緊密な構成で、そここに周到に埋められた伏線は一本も置き忘れられることがない。「厩戸王子の血筋を汚す(けが)というのはどうでしょう」「たしかにそれは名案かもしれぬ」と3―210～211で狡猾な大王(おおきみ)が企んだ策謀が、5―42に至って、ようやくその姿を現したり、「これをお召し下さいませ」と3―108で毛人が脱いで王子に羽織らせた服が、7―102で王子の涙を染みこませて再登場したり、と長期間埋められていたものも随分あるのに、全く破綻がない。(唯一、3―173に肩をざっくり割られた三輪(みわの)君逆(きみさかし)の亡霊を登場させるなら、1―201で彼を殺す時にも肩を割っておけば、ぴったり符節があったのに、というのが、私がかろうじて発見できた、ほんとうに些細なほころびであった。)

いったい、これは何だろう。この冥さ、救いのなさ、窒息しそうなほどの。

歴史小説というのは、はるけき歳月のかなたのできごとという思いで対するからこそ、凄惨なシーンにもさほど神経を刺激されないで済むのではなかったか。どんな血(ち)腥い(なまぐさ)戦闘が提示されても、これは過ぎ去ったことなのだという思いが浄化してくれる。つわものどもが夢のあと。なのに、ここでは生首が、まるで眼前に転がっているかのように腐臭を放つ。「吐きそうだ」。

それに。

歴史小説というのは、何か偉業を成し遂げた気宇壮大な人物を描くからこそ、読み手の気分をさわさわと沸きたたせてくれるのではなかったか。中原に鹿を追う覇者の勇姿が、平凡な日常に齷齪する縮かんだ心を解き放つ。なのに、この王子ときたら、ひたすら慕情恋々と毛人の面影しか追わない。あの渾身の雨乞いでさえ、毛人を布都姫から遠ざけたい一念に発したものと説明され、慈雨に歓喜する民人などというシーンは一カットも挿入されない。どこまでも、閉じた狭い世界のなかでの饐えた心理ドラマ。

全然ちがう。今まで馴染んできた歴史小説の世界と全然ちがう。

にもかかわらず、腐臭にたじろぎ、狭隘さに窒息しながらも、どんどんはまりこんでしまう。

たぶんそれは、絵という、コミックという手法にして初めて可能となったことなのであろう。髩に結った髪に四季折々の花を挿し、錦繡の袖を翻してカットからカットへと舞う王子。そうした絵ならではの端正しい艶やかさが、腐臭や閉塞感を浄化してくれるのであろう。

それにしても。

「気がついたら」こんな高みにまで飛んでしまえる魔法の絵筆を持ちながら、「厩戸王子」という名前だけはついに手放さないのだ、その一筋の絹糸で、この妖(あや)しの物語を現実の歴史の地平にきらきらと繋ぎとめてみせたのだと、あらためて物語と歴史との不思議な縁(えにし)に思いをめぐらした。

影武者徳川家康――隆慶一郎

「ご進撃が早すぎます。いま半刻、桃配山に……」

「それが出来なくなった」

二郎三郎(じろさぶろう)は、あくまで家康として云(い)った。忠勝の顔色が変った。(……)二郎三郎は忠勝に近々と顔を寄せた。

「判(わか)らぬか。わしが死んだ」(新潮文庫上巻―36ページ、以下同)

くすっ。歴史の水面(みなも)に小波(さざなみ)が立った。

「これから当分、中納言さまに苦労していただくことになるな」

くすっと笑った。これは二郎三郎の中納言秀忠に対する宣戦布告にほかならなかった。そしてこの決して歴史の表面に浮かび出ることのない激烈な戦いは、なんと、以後十五年の長きに渡って続くことになる。(上―369)

「決して歴史の表面に浮かび出ることのない激烈な戦い」、これがストーリーを貫く背骨となる。世良田二郎三郎＝家康の影武者と、中納言秀忠＝家康の後継ぎとの戦いである。なぜ、他に類をみない、こうした顔合わせとなったのか。

　すべては関ヶ原の朝霧の中に発した。霧に紛れてぐいと突き出された刺客の槍の穂が、家康の心ノ臓を正確に貫いたのである。二郎三郎は、そのすぐ傍らにいた。短軀で胴長、「自分で褌をしめることも出来ないほど肥えた」（上―56）家康に酷似した特異な体型に生まれついたがゆえに、漂泊民の身を拾われ、家康に近侍して影武者をつとめていたのである。十年の影武者暮らしで、体型のみならず「思考の方法さえ（……）家康そのまま」（上―34）に鍛えられた彼は、咄嗟に決断した。今、家康の死を公表したら合戦に負ける。そこで家康に成り代わって合戦の采配を振った。勝った。劣勢を覆しての大勝である。諸大名の賞賛と畏怖が彼に集まる。ひきかえ、合戦に遅刻するという大失態を演じた秀忠の評判は地に墜ち、徳川の安泰を願うならば、当分天下は家康が、いや正確には家康になりすました二郎三郎が取り仕切ってゆくほかないことに。

　にたり。波紋がひろがる。

「書かねば、中納言殿は、将軍家にはなれぬ」

二郎三郎がにたりと笑った。（……）

「わしを殺すことは出来ぬ。まだ暫くはな。殺せぬとなれば、誓紙を書くしかない（……）」

（……）

「でも中納言さまが将軍におなり遊ばした後は……」

「それまでにわしは城を築く。（……）」（上―407）

駿府に天下無双の堅城を築き、城下を「一箇の自由都市（公界）」（上―540）となさん。影武者が本物に成り上がるという希有な偶然に恵まれた二郎三郎は、そんな夢を懐に、大坂の豊臣秀頼や、陸奥の伊達政宗や、錯綜する諸方の政治勢力を巧みに操って、秀忠の専横を押さえ込みにかかる。「にたにた」（上―187）「にやり」（上―358）、あるいは「にやにや」（中―190）。

たまらないのは秀忠である。

「馬、馬鹿な！」

秀忠はほとんど叫んだ。

「合戦になどなるわけがないッ！（……）おどしだ！　いつもの手だ！」

「左様（……）いつもの通りです。ただあの男は、いつも本気でした。からおどしだったことは一度もありません」

その通りだった。（……）だからこそ、秀忠は譲歩し続けて来たのである。（中―183〜184）

にたり……「馬鹿な！」……にたにた……「なんだと⁉」（中―375）。打ち寄せ、打ち返し、歴史の水面下で贋者（にせもの）親子の息を殺した戦いが、いつ果てるともなく続いてゆく。


「あの男は、いつも本気でした」


「決して歴史の表面に浮かび出ることのない」――

それは、正史にはとどめられていないけれど、これは確かにあったことなのだという力強い主張でもある。

そのため、「表面」に見えている歴史＝史実との整合性が徹底してはかられる。

（慶長十六年）十一月十六日には（……）二人（家康と秀忠をさす＝引用者注）とも金蔵寺に泊まり、本多弥八郎一人を侍(はべ)らせて、夜っぴて話し合ったと『駿府政事録』にあるが、恐らく和解の諸条件について話し合ったのであろう。秀忠が何らかの形で誓紙を入れたことも、充分に考えられる。（下―119）

家康が、あるいは秀忠が、いつどこにいて誰と面談したか、史料から判明するそれらの史実は決して踏み外されることなく、その枠内でストーリーが丹念に組み上げられてゆく。

そうした律儀さ、史料への忠実さだけなら、これほど緻密周到であるかどうかは別として、従来の歴史小説にも例がないわけではない。しかし、

この夜の火事による死傷者の数は、正確なところは不明である。『徳川実紀』には、『焼死毀傷(きしょう)する者百人にあまりぬ』と書かれているが、『当代記』は

（……）『其外男女少々死す』と書いている。どちらが正しいのか今になっては調べようがない。だが二郎三郎たちがこの火事を予測していたからには、それなりの手はうっていた筈である。当然、死傷者の数もさほど多くはなかったのではないか。『当代記』の方に軍配をあげたい気がする。（中―264～265）

「二郎三郎たちがこの火事を予測していた」という論拠は、作者のつくったフィクションである。そのフィクションに拠って、『徳川実紀』と『当代記』のどちらが信憑性が高いかが裁断され、「当然」として『当代記』に軍配があげられる。

そうやって、家康影武者説という途轍もない荒唐無稽が、いつしか世界の中心にでんと居座る。すべての史料、すべての史実は、この説を補強するものとしてとらえ直され、まさにこれこそが正史の陰で確かに起こった事態なのだと、理詰めの真剣さを以て、読み手をじわじわ圧してくる。作者は本気で家康影武者説の旗頭たろうとしているのだ。「あの男は、いつも本気でした」。

とすると、「秀忠は（……）激怒のあまり大御所の本陣に斬りこもうとして、辛くも柳生宗矩に抑えられたと云う」（下―324）と、会話のやりとりよりは坦々たる地の文を主軸にストーリーが運ばれているのも、フィクションとしてではなく、すべてを史実として刻み付けてゆこうという作者の決意のあらわれなのではあるまいか。目ざされたのは小説というより、むしろ史書であり、さらさらと流れる読みやすさを犠牲にしてでも、史書としての重厚さのほうが選びとられた、ということなのであろう。

　そこが、この作家のデビュー作『吉原御免状』と全く違うところである。〝みせすががき〟、芸妓たちが一斉に掻き鳴らす三味線のそよぎに乗って颯爽と花道を駆け上がる天才剣士松永誠一郎の姿は、あまりに鮮麗であるがゆえに、いかにも嘘っぽい。そこでは、史実の裏打ちを全くあてにすることなく、奔放な太刀さばきのみを頼りに世界が構築される。ともに「公界」という、網野善彦の唱導になる歴史学の新しい成果が織り込まれているがゆえに、『吉原』を延長発展させたものが『影武者』だと説かれることが多いようだけれど、自在なフィクションと真摯な史書と、こう並べてみると、両者の目ざす方向は全く異なるのである。

　時にはたけだけしく「軍配」を振ってまで史料を組み敷き、史実を組み伏せ、己れの旗を前進させせようとする。その一徹な風姿に、この作品で新しい世界を拓こうとした作家の気概が輝くようだ。

「馬鹿な話だよ、まったく」


「決して歴史の表面に浮かび出ることのない」――

それは、動かしがたい掟の告知でもある。史料を味方に引き入れてぶあつく鎧(よろ)ったこの家康影武者説は、しかし、その鎧の重さゆえに、ついには水中深く沈まざるをえない。戦いは終わった、家康は死んだ、駿府に公界はついにできなかった。史実が指し示す苦い結末へと否応なしに墜ちて行かざるをえない。

もちろん、初めからじゅうじゅう分かっていたことではあるのだけれど。


〈馬鹿な話だ〉

関ヶ原の暁方(あけがた)の家康の顔が不意に浮かんで来た。

「お前は死ぬまでわしの影武者だ。結局はわしのために尽すのだ」(……)

「冗談を云っちゃいけない。俺は俺だ。諸国流浪の公界人(くがいにん)世良田二郎三郎だ。俺がして来たことがお前さんに出来るか(……)」

五年前の二郎三郎なら確実にそう云った筈である。だが今の二郎三郎は違った。

〈或はそうかもしれないな〉

家康の勝手な言葉に、そう頷いてしまいそうな弱さを感じていた。

〈馬鹿な話だよ、まったく〉

もう一度、胸の中で呟(つぶや)いた。（下―266）

「くすっ」から十三年、千ページを経ての述懐である。

はるけくも来つるものかな。そんな思いが深い。「くすっ」「にたり」、思えばあの頃は元気いっぱいであった。うっかり死地に迷い込んでも、「こりゃァしくじったかな（……）今更仕方がない。死ぬ時は死ぬさ」、あっさり覚悟を固める「自由人の身軽さ」（上―339）を持ち合わせていた。

それが今や、「家康の勝手な言葉に、そう頷いてしまいそうな弱さを感じていた」、すっかり弱気になり、「めっきり衰えて来た躰(からだ)」をいたわりながら「徒労というのはひどく疲れるもののようだな」（下―284）とうなだれる。

これではいけない。残り火を掻き立てるように、作者は二郎三郎に活力を送り込む。「笑った。意外とも云える笑いだった。（……）勝敗を度外視した男の持つ、すがすがしい明るさである」（下―341）。

けれど、それもつかのま。「これは二郎三郎の意地であり、芝居だった。（……）駿府城に帰りつき（……）雪のちらつく庭を歩く二郎三郎の姿はまるで死んだようだった」（下―352）。

　わずかに消え残る「意地」を掻き集めてつかのま明るみへと浮上しては、引き戻されてまた小暗い深淵へと。寄せては返し、返しては寄せ。残酷とも見えるそんな浮き沈みのうちに二郎三郎は置かれる。「俺は俺だ。諸国流浪の公界人世良田二郎三郎だ」と胸を張る気概は、どうして喪われてしまったのか。

　ここまでに経てきた苦労の重みであろう。二郎三郎の、ではない。作者のそれである。家康影武者説、うん、これはおもしろい。「くすっ」と湧いた奇想を、史料を組み敷き史実を組み伏せ、粒々辛苦、実体化することにずっといそしんできた。結果、二郎三郎はしだいに作者の懐深く入り込み、いまや我が身の一部だ。そうなった時、さて決着をどうつけるか。「決して歴史の表面に浮かび出ることのない」男なのだから、このまま水中深く葬り去ってしまわなければならない。〝史書〟として組み立ててきた以上、そうするのが定めだ。なれど。つのる哀惜、いやます無念。「同じ滅びるとしても、思い切り未練たらしく、思い切りじたばたとのたうち廻った揚句に滅んでやる」（下―187）。

かくて、「くすっ」の頃には予想もしなかった痛みが作者をとらえることとなり、そうした作者の傷心がそのまま老いた二郎三郎に映されて、彼は「勝敗を度外視」どころか、「思い切りじたばたとのたうち廻っ」て沈んでゆく。

予想外の乱流が出現したおかげで、ストーリーの緊張感はいやが上にも高まり、その果てに、

「くたびれたのだ、わしは」（……）

目をしばたたいた。泣いているわけでもないのに涙が流れて来るのだ。（下―434～435）

「くたびれたのだ」、史実の重みとぎりぎりまで格闘し抜いた末の軋むような断念の呻(うめ)きか。

〈馬鹿な話だよ、まったく〉

もう一度、胸の中で呟いた。

雪粉が駕籠の中にまで舞いこんで来た。（下―266）
二郎三郎の死のシーンは、ついに書かれずに終わる。

「時代小説二十一面相」各話の冒頭に置いた引用は、主人公初登場のシーンでの「顔」の描写を中心にコレクションしてみました。

「眉が濃い、そしてその眉も必要以上に長く、きりっと眼じりを越えていた」宮本武蔵、「眉毛はふとく、それにともなう切れ長な眼じりが、下がり気味に流れている」平清盛。なるほど、吉川英治は、眉に表情を持たせるのを好んだようだ。

「異相じゃな（……）眉間にふしぎな光芒がある」坂本竜馬、「貌は、異相であった。（……）顔は面ながで、ひたいは智恵で盛りあがったようにつき出ている」斎藤道三。おや、司馬遼太郎は、おでこに特徴のある異相を愛したらしい。

などと、あれこれの小発見を楽しんでいただければ幸いです。

大菩薩峠の七不思議

其ノ壱　永遠の秋

終わらない。文庫本にして全二十巻、総計八四三七ページという尨大な言葉を蕩尽しながら、ついに終わらない。「文字無慮五百万、世界第一の長篇小説」(ちくま文庫20巻160ページ、以下同)、「すでに源氏物語の六倍、八犬伝の約三倍強の紙筆を費やしてなお且つ未完」(19―310)、途上で著者の中里介山自らその長大さに感嘆しつつ、「読者は倦むとも著者は倦まない」(20―160)、敢然と宣言して滔々と続いてゆく。

なぜだろう。「起稿の時、著者青年二十有余歳、今年すでに春秋五十五」(19―310)、三十年以上の歳月をこの小説の執筆だけに捧げながら、しかも「なお且つ未完」、ついに終わらないというのは、いったいどういうことなのだろう。

この小説世界における時の進み方を分析しているうちに気がついた。これは終わらない構造になっているのだ。まずは、そのことを証し立てることから始めよう。

峠の上はいま新緑の中に桜の花が真盛りです

じつに半ば近くまで至ってからのことであった。

もし、彼の見えないところの眼底に、この時、一点の涙があるならば、それは春秋の筆法で慶応三年秋八月、近松門左衛門、机竜之助を泣かしむ……というようなことになるのだが、泣いているのだか、あざけっているのだか、わかったものではない。(10―134)

「もし…ならば」という仮定に支えられた心もとない文脈の上ながら、それでも、今がいつかがはっきり示され、物語のなかの時間が歴史上のある一点に繫(つな)ぎ止められたのは、じつにここが初めてなのである。

その点からして、きわめて特異と言わなければならない。幕末の激動期を背景とし、それと絡ませながら物語を進行させているにもかかわらず、今が一体いつであるかは、こんな後のほうになるまで明示されないのである。

それ以前は、背景に点描されたできごとから推測するしかない。が、これがまたなかなかに厄介である。

初めから丁寧に辿ってみよう。

冒頭はこの大長篇のなかでも一番有名なシーンとなる。「峠の上はいま新緑の中に桜の花が真盛りです」（1―12）、その大菩薩峠で竜之助が通りすがりの老巡礼を斬り殺す。「パッと血烟が立つと見れば、なんという無残なことでしょう、あっという間もなく、胴体全く二つになって青草の上にのめってしまいました」（1―16）。ついで、「五月の五日」（1―40）の御岳山上での奉納試合を機に竜之助がお浜と駆け落ちするまでの顚末が語られる。ここまでがいわばプロローグといった趣である。

そして、いきなり時が飛ぶ。「四年目の五月の節句じゃな」（1―86）、ぽんと四年の歳月が飛ぶ。以後「夏の日盛り」（1―101）、「秋の夜長」（1―106）、「十一月の末」（1―118）と順に季節が送られる。ただし、「五月の節句」から「ほぼ一カ月余り」（1―101）で「夏の日盛り」、その「夏の日盛り」から「一カ月ばかり後」（1―106）で「御岳様や貧乏山なんぞも紅くなりはじめたことだんべえ」（1―107）というのは、いくら何でも季節の進み方が早過ぎる。それぞれ二～三ヵ月は欲しいところである。

さらに「雪」（1―215）をくぐって、またいきなり小ワープ、「四月もすでに半ば過ぎ」(1―247)、冬から春へぽんと軽く飛んでしばらくしてから、重大な手がかりが供される。「天誅組がいよいよ勃発したのは、その年の八月のことでありました」(2―11)。この天誅組の挙兵と敗北のなかで竜之助は視力を失うこととなる、すなわちこれは物語の展開の上で重要なポイントとなる事件なのだが、史実ではこの天誅組挙兵は文久三(一八六三)年八月のこととなっている。さてこそ安心、ここが文久三年で、ということは因縁の奉納試合はその五年前の安政五(一八五八)年にあたるわけで、とようやく物語のなかの時が歴史上に居場所を得たような気分になって、年表を作っていると、またはたと当惑する。

「それから(……)池田屋騒動の一件だ。(……)一方では、拙者の郷里水戸の地方に筑波山の騒ぎが起ってな(……)武田耕雲斎が、天狗党というのを率いて乱を起した」(2―381)

「(……)畏くも宮闕の下を戦乱の巷にしてしまった(……)しかし、さすが命知らずの長兵も諸藩の矢に攻められて、来島又兵衛は討死する、久坂玄瑞も討死する(……)」(4―67)

池田屋騒動も天狗党の蜂起も禁門の変も元治元（一八六四）年のできごとである。おや、天誅組敗北の文久三年からいつの間に一年進んだのか。物語の時間は、天誅組の八月を経て「秋に入る」（2―29）、「紅葉」（2―322）と連続して流れているはずなのに。それとも途中で一年ワープするような断絶があったろうか。

慌てて振り返ってみると、一ヵ所だけ、「竜神の巻」が終了して「間の山の巻」がスタートする瞬間（2―89）に登場人物も道具立てもがらりと変わり、連続性が途切れるように見える箇所を発見する。しかし、子細に吟味すると、「間の山の巻」に「宇津木兵馬は、紀州の竜神村で、兄の仇机竜之助の姿を見失ってから、今日はここへ来ている」（2―133）とあり、やはり前の巻と連続している可能性が濃厚である。

物語のなかの時は連続して流れているはずなのに、背景の歴史的事件は一年ずれている。どうにも落ち着きの悪いこうした状況をかかえながら、この年も暮れてゆく。

落ち着きが悪いと言えば、文久三年の後半にいきなり元治元年が接ぎ木される以前に、すでに一つ、史実との齟齬が見られた。

「おのれ近藤勇！」

恨みの一言(ひとこと)を名残(なご)り、土方(ひじかた)歳三はズプリと、芹沢の咽喉(のど)を刺し透(とお)してしまった。(1—324)

新撰組の内部抗争で隊長の芹沢鴨が殺される。史実ではこれは文久三年九月十八日夜のことである。竜之助はその翌朝に京を発って(1—326~328)大和三輪へ入り、程経て「『天誅組』の卵」(1—438)と行を共にし、その後いよいよ蜂起となる(2—11)。しかし史実では天誅組の蜂起は八月十七日のことである。これでは話の辻褄が合わない。

どうやら著者は、史実を逸脱せずに話を組み立てようという意図は、初めから持ち合わせていなかったようだ。

翌年になると、そのことはさらに際立ってくる。が、先へ進む前に、この年、すなわち「四月もすでに半ば過ぎ」(1—247)から始まって、「年が明けて」(4—253)の直前までの、八月には天誅組が挙兵し、後半では池田屋騒動や禁門の変が起こる落ち着きの悪いこの年について、なお幾つかの特徴を指摘しておこう。

ひとつは、秋が長いことである。2—29で「秋に入」って以来、3—338で「もう冬と言ってもよいくらい」になるまで、この年全一二四七ページのうち七一〇ページが秋で占められている。異様な偏りぶりである。

　ふたつめは、時の歩みがひどくゆるやかになったことである。前の年は一六一ページで通過しているのに、この年は一二四七ページもかかっている。はなはだしくは、一晩の描写に七四ページも費やしていたりする（4―101〜174、甲府城下の靄の深い夜）。あまりの牛歩ぶりは、著者自身に誤りを犯させるほどである。「今より三月ほど前にこの関所を越えて」（3―238……秋に該当）とあるが、お角一座が甲府入りしたのは「秋の末」（3―71）のはずだから、せいぜい一ヵ月しか経っていないはず、というように。

　この間違いぶりは象徴的である。前の年に二、三ヵ月を一ヵ月と誤認したのと全く逆に、ここでは一ヵ月を三ヵ月と誤認する、すなわち物語時間では少ししか経っていないのに、長い時間が経ったように錯覚するという誤りが犯されている。それだけ物語のなかでの時の歩みは急速に鈍くなっているわけである。

　今ひとつ、季節感が希薄なことも特徴と言えよう。季節を示す手がかりは大変少なく、こうやって時の歩みを追うのも、なかなか苦心が要る。それは著者があまり季節を意識せずに筆を運んでいるということであるらしく、たとえば、大きな眼をキョロリとして（……）雨が降りかかって頭から面に雫がたらたらと流れ、和かい着物がビッショリと濡れてしまっても、少しも気にかけないのであります。（3―348）

これは「もう冬と言ってもよいくらい」（3―338）の季節のことであるにもかかわらず、びしょぬれの子供からは寒さが全く伝わってこない。唇を紫にするわけでも体を震わせるでもなく、ただキョロリと立っている。季節があまり強く意識されていないがゆえに、こうした描写となったのであろう。

秋が長く、時の歩みがゆるやかで、季節感が希薄。これらの特徴も年を越えて、さらに尖鋭になってくる。では、次の年へ進むとしよう。

慶応三年秋八月、近松門左衛門、机竜之助を泣かしむ

まるで滅茶苦茶である。

「エエ、これはこのたび、世にも珍らしき京都は三条小橋縄手池田屋の騒動」（5―311）、声を張って瓦版売りが通る。では、やはりこの年は元治元（一八六四）年に相当するのかと思うと、「この正月に亡くなった高島秋帆」（5―351）と史実では慶応二（一八六六）年正月十四日にあたることや、「仏蘭西（フランス）の万国博覧会を視察に出かける」（5―387）と慶応三年にあたることが言及され、「長州征伐の兵隊たちは艱苦（かんく）のうちに、引くことも進むこともできねえで困っている」（5―388）とまた慶応二年に戻り、「宝暦十二年は（……）ええと、今からおよそ、一百三年、或いは四年前に当る」（6―169）、では「今」は慶応元年か二年ということになるが……と諸説紛々の状態となる。

それがある時点を境にぴたりとやむ。

すなわち、先に挙げた「慶応三年秋八月、近松門左衛門、机竜之助を泣かしむ」（10―134）、初めて今がいつかが文中ではっきり宣言された瞬間である。以後、「武田耕雲斎が（……）東山道沿道の藩民の心胆を寒からしめたことは昨日のようだけれども、もうその事が結着してから、少なくとも今年は三年目になっている」（14―316）、ふむ、天狗党から三年目なら確かに慶応三年だ、「粛々として七条油小路の現場に出動したのは、慶応三年十一月十一日の夜は深く、月光皓々（げっこうこうこう）として昼を欺くばかりの空でありました」（19―250）、なるほど、油小路事件は確かに慶応三年に起こっている、と、史実とのぶれはきれいに消滅する。

腹を据えたかのようだ。天誅組に池田屋騒動にとあちこち揺れたけれど、もうこの物語は慶応三年ということで行くのだと腹を据えたかのように、「今年すなわち慶応三年」（18―73）、「慶応三年という年に」（20―368）、何回かきっちりと地の文にも楔が打ち込まれる。もっとも、「ここに慶応某の月」（11―281）、「万延元年（この小説の時代より五六年前）」（12―409）とぼかした表現もしばらくは見受けられるが、明確に慶応三年という設定と齟齬する事象が登場することは、以後絶えてなくなる。（一ヵ所だけ、15―405の「寛政五年といえば、今を去ること六十四年の昔になる」が計算間違いを犯している。寛政五（一七九三）年は慶応三年の七十四年前である。）

巻数表記にご注目いただきたい。「慶応三年という年に」（20―368）。そうなのである。いったん慶応三年に居を定めたあと、この物語は最後まで慶応三年を動かない。しかも、「秋の空は高く晴れ渡っています」、5―389で秋に入って以降、季節すら動かなくなり、「洛北岩倉の秋日の昼は、閑の閑たるものであります」（20―368）、ついに冬を迎えないままに終わる。

「閑の閑たるもの」。全くとてつもない「閑」である。全二十巻のうちの五巻め、ようよう四分の一に達しようかというところで、物語の時間はぴたりと静止してしまう。以後の長い長い道中、慶応三年秋という時点から一歩も動かない。「秋草を描いた襖」(17—277)、「六曲の屏風に、すべて秋草を描いてある」(19—339)、しまいには調度品まで秋色に染められる。

　物語は、その秋のなかを行ったり来たり。「火鉢」(7—134)、「今にも雪を催してくるか」(7—405)としだいに秋が深まりゆくかと思うと、「慶応三年秋八月」(10—134)へ、くくっと逆戻りする。そこからまた進んで「晩秋」(11—422)、「初冬」(14—29)と辿ってくると、ふいに「爽涼たる初秋の気」(15—223)に充たされ、そのまま「紅葉」(16—248)、「晩秋」(16—367)と続いて、またしても突如「時は初秋」(17—122)へと。いくどかの揺り戻しを経ながら、永遠に秋のなかを旅してゆく。

　必然、時の歩みはきわめてのろい。「数日以前には、宇治山田の米友が、ここで足ずりをして、俊寛の故事を学んだこともあるのであります」(13—339)、その「数日以前」ははるかページを遡った12—177にあたる、といった隔たりはざらで、はなはだしくは「岡崎藩の美少年梶川与之助のその後の物語」(18—435)が15—107の「その後」だったりする。

　ほとんど静止しているにひとしい、こうしたゆるやかな時のなかでは、さすがの著者もいくつかの誤謬と無縁では済まなかった。挙げておくと、

・6―426で月夜に「薄尾花の野原」を行く竜之助は、すでに「百日の間に、参籠堂に籠って、夜な夜な霊ある滝に打たれてみた」（6―425）後である。5―389で秋に入って百日過ぎてまだ秋というのは無理があろう。

・17―115「新月は淡く、関ケ原のあなたにかかっている」とあるが、これは「明月」（15―23）の「三日目」（17―114）に設定されている。明月から三日で新月は無理だろう。「当代のある人気作家が、東の空を見ると三日月が上っていたとか、いなかったとか書いたそうだが、新月とか三日月とかいうのは、どう間違っても東の空には現われないものなのです。少なくとも、この日本の国土で見得る地点に於ては」（16―319）と厳格なところを披瀝した著者にしては思わぬ不覚である。ついでに追い打ちをかけるならば、明月の夜にお銀様に王国建設の決意が芽生え（15―83）、それを告げる早飛脚が甲州に到着した「翌々日」（17―105）に旅立ったお銀様の父の伊太夫が、「三日目」の新月の関ヶ原を通過する（17―114）というのも無茶である。両地点の間は「日限仕立で（……）四日間」（17―202）も離れているのだから。

・19―35で、お豊の心中を「もう五年も前のこと」としているが、物語の上の時間は一年しか経過していない。19―380～381「ずっと昔のことよ（……）五年ぐらいでしょう」も、やはり一年前でなければならない。
・19―131で、駒井能登守が英語学の才をうたわれたのは「もう二十年も昔のことだよ」としているが、この一年前に能登守は「まだ三十に足らぬ若年者」（3―233）である。十歳にも満たないのに英語学の才をうたわれるはずはあるまい。
・20―451で「与八が、この春から勧化をして」とあるが、「この春」では第四巻の終わりあたりまで遡ってしまう。愚鈍な与八の覚醒は、もう少し後のことであった。

わずか五ヵ所、驚異的な少なさである。ほとんど静止した長い長い時のなかをじりじりと物語を運びながら、これだけのほころびしか呈していないことに感嘆する。そして、その誤謬はいずれも、この前の年に既に見たように、物語時間では少ししか経っていないのに長い時間が経ったように錯覚する、という方向での誤りであった。著者自身が惑わされるほどに、物語のなかでの時の歩みはスローきわまるのである。

あわせて、季節感に乏しいという前年の特徴もきっちり引き継がれている。季節を知る手がかりは、ほんのわずかしか与えられない。第九巻を例にとれば、「碓氷峠は紅葉の盛り」（22）、「澄み渡った秋の空」（226）、「秋草の乱るる高原」（321）と全四〇九ページのうち三ヵ所にしか点描されていないありさまである。

加えてその事物も、秋草であったり、紅葉であったり、せいぜい柿の実（14―283・16―20）程度と型通りで変化に乏しく、その点からも著者が季節感の醸成にひどく消極的であったことが察せられる。

かくて、秋が長く、時の歩みがゆるやかで、季節感が希薄という、この前の年に既に現れていた特徴は、いずれもより尖鋭となって、この年に顕現したのである。

萩のうわ風ものわびしく、萩のうら風ものさびしい

とにかく図にしてみよう。プロローグが七六ページ、ぽんと四年飛んで初めの一年が一六一ページ、次の年が一二四七ページ（うち秋が七一〇ページ）、さいごの慶応三年が六九五三ページ（うち秋に到達して時が止まってからが六三八八ページ）といった計算となる。一六一、一二四七、六九五三。一年分の記述に費やされるページ数は等比級数的すさまじさで増加してゆく。すなわち、時の歩みは等比級数的すさまじさで遅くなり、ついには慶応三年秋の一点に収束するに至るのである。

終わらない。なるほど、これでは終わるはずがない。一六一、一二四七、六九五三という特異な時の流れ方、年ごとにあたかもギアを切り替えるようにがくんがくんと

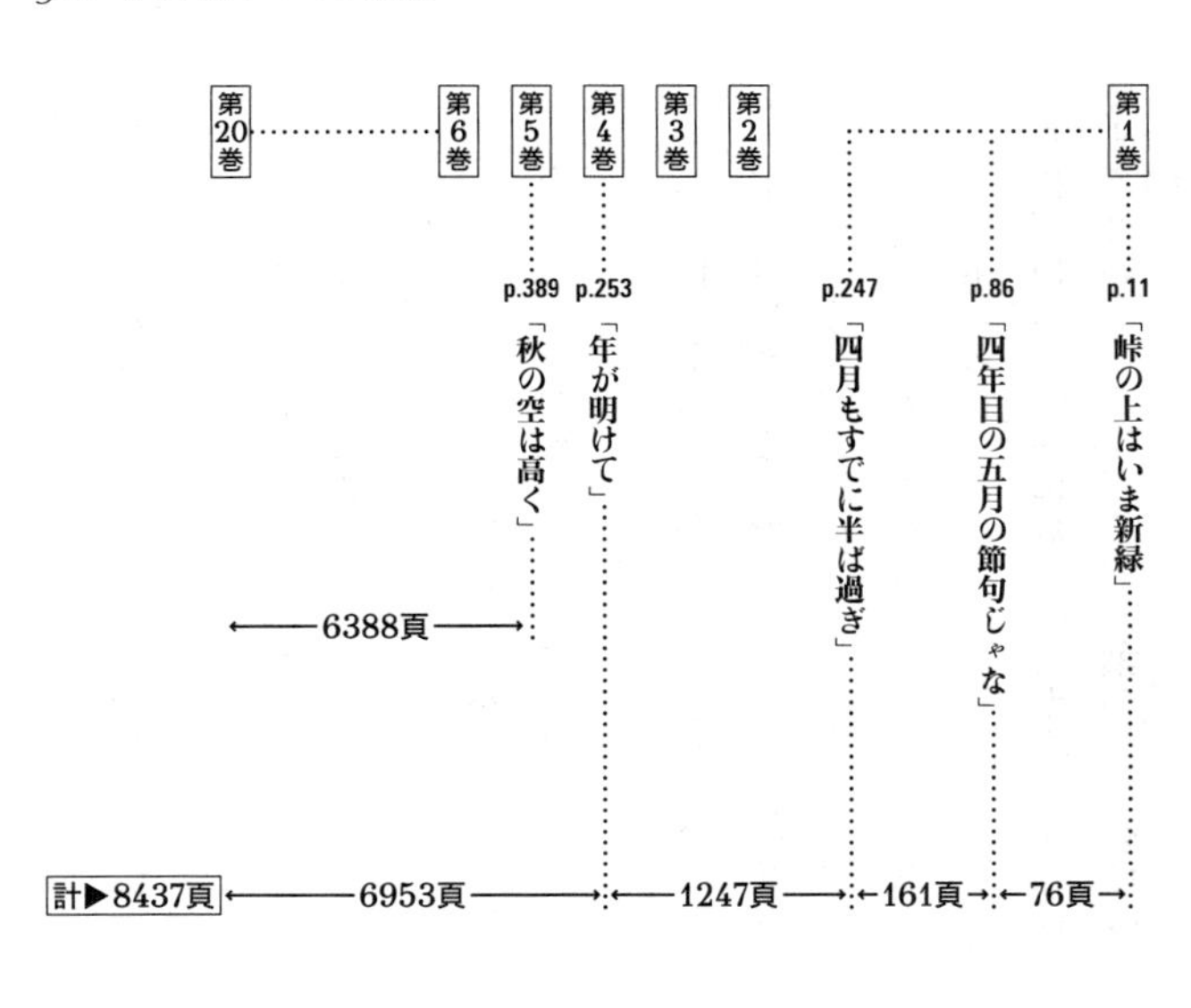

スピードが落ちていって、ついには全く静止してしまう。物語は、故障した貨車のように慶応三年秋に置き去られたまま、いつまで経っても目的地に到達しない。

　終わろうとする意志を持たない物語。静止した時間のなかで、初秋から晩秋へまた初秋へと永遠に行きつ戻りつ、決して終わろうとしない物語。長々と時の進み方を分析してきて、ようやくそんな姿が見えてきた。それこそ源氏物語にも八犬伝にも、はたまたユリシーズにも見あたらない、まことにユニークな構造である。

　しかし、それにしてもなぜ〈秋〉

なのだろう。

〈秋〉と対になるのは〈春〉。気づくことがひとつある。


「誰が斬ったのでしょう」

「誰か知りません」

「怖いことね」

お雪は慄（ふる）え上って思わず小庭の方を見廻しましたが、小春日和（こはるびより）うららかで、子をひきつれた鶏が、そこでもククと餌を拾っているばかり。（7―168）

「小春日和」である。季節を示すきわめて乏しい語彙のなかで、この「小春日和」という形容は比較的よく登場する。「日当りのいい小春日和で、おのずから人を眠りにいざなうような、のんびりした桜の木蔭」（11―422）、「うらうらと小春日和が開墾地の土の臭いを煽（あお）るような日取り」（16―31）と穏やかな秋の日だまりをあらわす常套句として用いられている（他に8―373、11―243、12―19、17―265、20―162）。先に述べたように、何しろ一巻に数ヵ所しか季節が点描されないわけで、そのなかでこれだけ登場するということは、この言葉の使用頻度はかなり高いことになる。

そこに一つ、意味を読んでみたい。「小春日和」。それ自体としては、「うららと」「日当りのいい」言葉でありながら、しかしそれはあくまで「小春」であって、ほんものの春ではない。「四面はみな雪ですけれども、山ふところは小春日和」（8―373）、寂寥の秋に覆われたなかに、たまさか恵まれた幸運な日だまりでしかない。その裏には、つねに「誰が斬ったのでしょう」、戦慄の問いが貼り付いている。

全く、悪魔の領域は夜だけのもので、昼になって見ると、惨劇も、腥血も、夢より淡いものになりました。お寺の境内には小春日和がうららとしている。（17―265）

夜のうちに竜之助が演じた殺戮の惨劇。その暗い記憶を引きずりながらの、つかのまの「小春」なのである。

さらに気づく。そうだった。「小春」ならぬほんものの春に恵まれたことが、ただ一度だけあった。

「峠の上はいま新緑の中に桜の花が真盛りです」（1―12）。冒頭、プロローグ部分である。春爛漫の大菩薩峠を竜之助が登ってくる。「この若い武士が峠の上に立つと、ゴーッと、青嵐（あおあらし）が崩（くず）れる。谷から峰へ吹き上げるうら葉が、海の浪がしらを見るようにさわ立つ」（1—13）。そして老巡礼と行き会い、「パッと血煙が立つと見れば、なんという無残なことでしょう、あっという間もなく、胴体全く二つになって青草の上にのめってしまいました」（1—16）。幕。

以後、二度と春は訪れない。長い長い、永遠に続く寂寥の秋となる。「怖いことね」と慄えながら、たまさかの「小春日和」に慰めを見いだすしかなくなる。

永遠に失われた憧れの春。その結果、「春のような」という形容が、この物語世界で至高の価値を有することとなる。

お雪ちゃんの心も春のようになって、今のさきまで、ついて廻ったイヤなおばさんの思い出などは、この瞬間に、すっかり忘れてしまうことのできたのは何より幸いです。（12—361）

「春の光が急に障子の外にまばゆくさし込んで来たような、嬉しい感じ」（11—349）とか、「春の日に長堤を歩むような気分」（14—347）とか、とりわけお雪ちゃんの心境にまつわって「春」の形容が多用され、そして彼女は竜之助と心中の道行を歩みながら、こう絶唱するのである。「わたしは、自分の名の通り、来世は雪になりましょう（……）朝降って、昼は消える淡雪（あわゆき）（……）春さきにこの湖の中などへ、しんしんと降り込んで落ちたところが即ち消えたところ、あの未練執着のない可愛ゆい淡雪（……）わたしは、春ふる雪となって、またお目にかかることに致します」（18―316）。

なぜ〈秋〉なのか。こうやって〈春〉との対比で見てくると、うっすら分かるような気がする。末世を生きる。永遠に失われた至高の春への憧れを胸に沈めつつ、どこまでも続く寂寞（じゃくまく）の秋をひそひそ旅してゆく。

萩のうわ風ものわびしく、萩のうら風ものさびしい、この地上を吹かれ吹かれ、流され流され行く人生（……）無限の空間のうちに、眇（びょう）たるうつせみの一身を歩ませ、起るところなく、終るところなく、時間の浪路を、今日も、昨日も、明日も、明後日も、歩み歩み歩ませられて尽くることとなき、旅路になやむ（……）。

（15―173）

「終るところなく（……）尽くることとなき」旅路。その寂寥をすくい上げるには、季節はどうしても秋でなければならなかったのである。

どうしても何かの非常時を示していないことはない

さらに問うてみよう。秋にもくさぐさあるのに、なぜに〈慶応三年秋〉なのか。

夥しい火だ。（……）もし、もの日か祭礼かであるならば、それに準じての物音がここまでも賑やかに響いて来てよい道理ではあるが、そういうもののけはいは少しも無くて、静寂の町々辻々に篝火だけがかくも夥しく焚きなされているということは、事それが、どうしても何かの非常時を示していないことはない。（16―368～369）

まさに「非常時」なのである。幕末の騒擾がそこここで沸騰する。今、夜の山頂から見はるかされる近江長浜の不穏。あるいは遠く江戸で暴威をふるう貧窮組の打ち壊しや京の巷に吹きすさぶ新撰組の血風。

物語の中途、「日本中が戦になっても、ここまでは舞い込んで来ますまいね」（11―359）と人外境にある白骨温泉、あるいは飛驒高山や名古屋城下をめぐっているあたりでは、こうした幕末気分は影を潜めるが、終盤、16—132で近江の騒擾が背景に取り入れられたあたりから、「非常時」の切迫感が一挙に濃厚になる。

慶応三年秋といえば、幕末も幕末、どんづまりである。十二月には王政復古の大号令が発せられ、年明けすぐの鳥羽・伏見の戦いを経て、時代は一挙に明治へとなだれ込む。その新時代が来たる直前の、ぎりぎりの剣が峰が慶応三年秋ということになる。

となれば、ほぼ答えは見えよう。たくさんの秋のなかでも、とりわけ慶応三年秋は、新時代直前の、ぎりぎり剣が峰の秋であった。末世の、寂寞の気分を表出するために、これほどふさわしい秋もあるまい。

もっとも当初から、そう目ざされたとは限らない。たぶん、著者は少し迷ったのではないか。

天誅組蜂起に巻き込んで竜之助の視力を失わせたあたりでは、物語は文久三（一八六三）年に繋ぎ止められて大きな破綻は見せない。これで「竜神の巻」までで決着していたら、時のゆらぎは生じないままに終わったであろう。それが読者の好評に支えられたか、いや、「読者は倦むとも著者は倦まない」（20—160）、著者自身おのれが創り出した世界から離れられなくなってか、予想をはるかに超えた長さで書き継がれることとなる。

その時、迷いが生じたのではないか。いったいいつの物語として構想すればよいのか、天誅組の文久三年のままでよいのか、それとももう少し幕末に近づけるか。物語の進行を睨みつつ著者は迷ったのではないか。

しばらく模索が続く。文久三年の後半に元治元（一八六四）年を接ぎ木し、さらに年が明けてからは慶応元（一八六五）年か二年か、はたまた三年かと、いくつもの手がかりが放り込まれて、今が歴史上のいつにあたるか、曖昧なままの状態が続く。そしてついに腹が据えられる。「慶応三年秋八月、近松門左衛門、机竜之助を泣かしむ」（10―134）、ようやく今がいつかが高らかに宣言される。この言明とともに「慶応三年秋」より先には進むまい、という決意も固められたことであろう。

かくて、時の歩みは慶応三年秋で止まる。しかしそれは、物語が静止することを意味しない。かわりに「萩のうわ風ものわびしく（……）無限の空間のうちに、眇たるうつせみの一身を歩ませ」、「無限の空間」が供される。

じっさい、その行動範囲の広さと活発さはなまなかでない。大菩薩峠に始まって江戸へ京へ大和路に伊勢路、しばし甲州に逗留したかと思えば安房の海辺から乗鞍の山ふところの白骨温泉へ、飛騨の高山・近江の長浜・尾張名古屋の金の鯱、一隊は遠く陸奥遠征を経て、ついには大海原へ船出し名も知れぬ南海の孤島へ……めまぐるしい遍歴が続く。

確たる目的地を持たないこうした遍歴が、物語の重要な要素となっていることについては、これまでもしばしば言及されてきたが、止まったままの時という事象と対比して眺めると、この遍歴もまた、ひときわ意味深く見えてくる。

こう考えてみた。時を止める、そのことの代償として、空間の広がりというものを著者は志向したのではないか。一六一、一二四七、六九五三という特異な時間の流れを作り、永遠に続く秋というユニークな時構造を発明しながらも、そのことによって物語を変化に乏しい干涸らびたものにしてしまわないために、空間の広がりのほうは逆に積極的にとりいれようとしたのではないか。

> 人間のことを語るには、まず地理を調べてかかるのが本格です。（19—140）

この言明通り、個々のシーンには地域性が熱心に描き込まれる。「白根山の巻」「年魚市の巻」「勿来の巻」というように、四十一からなる巻のうち十八もが地名を冠して名づけられているし、「宇治山田の米友」に「清澄の茂太郎」に「裏宿の七兵衛」

と、主要な登場人物にも出身地を冠して呼ばれている者が目につく。いわば彼らは、身は漂泊の境涯にありながら原籍を背負って歩いている、といった趣である。「昔の歌や、詩に有名な鳴海潟は、どちらなんですか」(12—190)、名所旧跡への言及も多く、それぞれの土地柄もていねいに描写される。「この巻は安房の国から始めます。御承知の通り、この国はあまり大きな国ではありません」(5—392)と始められた「安房の国の巻」は、ひとしきり安房の小国であることを述べた後、しかし、「諸君のために嬉し泣きに泣いて起つべきほどのことは、日蓮上人がやはり諸君の三十五方里の中から涌いて出でたことであります」(5—393)と受けて日蓮ゆかりの清澄山へと舞台を回してゆく。

胆吹の山荘では「近江商人が最も恵まれた成功者だとすれば、近江農民は最も恵まれざる落伍者だということもできます」(18—195)、近江人の気質が四ページにわたって詳細に論じられる。

国単位のみならず、「白骨から平湯へ来ると、頓に明るくなり、またこの高山まで来て見ると、全く人里へ出て来たような心持です。(……)この宮川のほとりへ来て、鴨川を思い起さずにはおられないはず、そうして周囲の光景がなんとなく、山城の王城の地を想わせて」(12—360)、それぞれの里や町場の特性も、きめ細やかに辿られる。

対照的である。時間のほうは茫漠、季節感も盛り込まれないまま慶応三年秋にじっととどまり続け、空間のほうは鮮明、小流れ（こなが）一筋一筋の表情まで描き分けられつつ、あちらこちらと移動する。著者はそうやって、時がとまったままの物語に変化を付けようとした、だからあれほどスケールの大きな遍歴となったのではなかろうか。

終わらない。そのことの意味を、物語のなかの時の進み方を分析することで考えてきた。

その結果、がくんがくんとスピードを落とし、ついには全く静止してしまう時のなかで、終わろうという意志を持たない物語が果てしなく続くという、ほかの物語世界には類を見ない、まことに珍しい構造があぶり出されてきた。あわせて、その時が〈秋〉であることの意味、さらに〈慶応三年秋〉であることの意味を問い、ついでに時間的静止と対照的な空間的遍歴についても触れてみた。

これで、ようやく外枠が見えてきたように思う。では、その枠のなかに、どんな内実が盛られているのか。さらに深く分け入ってゆくことにしよう。

其ノ弐　面の無い男

真白いと見た谷は、いっぱいに骨で埋まっていることを知りました

障子が怖い。

日のカンカン照っている時、縁に立てきった障子の紙の新しいのは、人の心を壮んにするけれども、日が全く没した時に、中に燈火の気配もなく、前に雨戸が立てきられるでもなく、白い障子紙がそのまま夜気を受けてさらされている色は、また極めて陰深のものになりました。（……）このすさまじい障子の色は、ずんずんこのままで夜色に浸ってゆく。（14―78）

ただの「白い障子紙」が怖い。いったい、この家の住人はどうなったのか。「もしや敷居の溝から沓脱に血がこぼれていはしないか」（14―73）。恐怖をはらんだ白さが、

闇にぼうっと浮かぶ。

白。白い風景。見まわせばあちこち、この色で覆われていることに気づく。「天地は、磨ぎ水を流したような模糊とした色で、いっぱいに立てこめられました。月は隠れたのではないが、この白色の中に光が、まんべんなく溶け込んだものでしょう」（18—312）。竜之助が彷徨する夢のなかでは、いっそうすさまじく、

岩々石々、みな氷白の色をなしているばかり、雪かと思ってその一片を摘んでみれば、灰のように飛んでしまい、氷かと疑って、その一塊を噛んでみると鉄より固い。

見上げるところの高山大岳、すべて同じく氷白の色です。（……）じっと睨みつけていると、真白いと見た谷は、いっぱいに骨で埋まっていることを知りました。（……）焼けつぶされて粉末に砕かれた骨ばかりをもって、岸の上から反り下ろされた満眼の谷が、すべて埋めつぶされている（……）。（14—215〜217）

骨灰の谷。そう言えば、竜之助をともなってお雪ちゃんが逗留し、物語中盤の主要な舞台となったのは「白骨温泉」であった。お雪ちゃんは、その「白骨」からさらに飛

驒の「白川郷」へ旅立とうとする。案内人が指さす。

「あれが、加賀の白山の白水の滝でございます（……）その白山の白水の滝が落ちて流れて、この白川の流れになるのでございます（……）滝より上が白水谷、滝より下が大白川、白山の神が白米をとぐために、水があんなに白くなると言われます」（12―295）

白山・白水・白川、白い地名の果てない連鎖。

白いのは風景ばかりではない。これまた夢のなか、「白馬ヶ岳」に立った竜之助は「雪に照り映えている自分の一枚の白衣が、鶴の羽のようにかがやくのを認めました」（11―128）。付き添うお雪ちゃんは、「百練の絹と言おうか、天人の羽衣といおうか、何とも言いようのない白無垢の振袖で」（11―129）となる。あるいは、胆吹山に登ろうとするお銀様のいでたちは「白の行衣を着て、白の手甲脚絆、面だけはすっかり白衣で捲いて」（16―73）。

かの障子紙のごとく、「人の心を壮んに」したり「極めて陰深」になったり、とりどりの白を見せながら、ときおり黒が入り混じる。「黒い頭巾と、白い着物と、二本の刀が閂(かんぬき)にさされたのが、すっくすっくと川原を歩んで行き」(13―109〜110)、これは血に飢えて夜をさまよう竜之助。「平形の編笠を被(かぶ)り、肩当のついた黒の紋つきを着て、一刀を傍に置いて、無心に釣を垂れている」(16―139)、これは行きずりの浪人者。

白ときどき黒。モノクロの光景。

いや、少し違う。白とも黒とも、あるいは他のどんな色とも言及されない場面が圧倒的に多い。さきに季節感にきわめて乏しいという特徴を摘出したが、この世界は色彩感もまたきわめて乏しいのである。風景であれ、衣裳であれ、色に言及されることがほとんどない。

たとえば、飛驒高山で大火に焼け出された竜之助とお雪ちゃん。竜之助が川原の棺桶からさらって、着のみ着のままのお雪ちゃんに被せてやった「羽織もそっくりした小紋縮緬(こもんちりめん)の一重ね(ひとかさね)」(13―121)が一場の恐怖を呼ぶ。「これはまあ、あのイヤなおばさんの着物に違いありません」(13―122)。「白骨の無名沼(ななしぬま)の中へ沈められて」(13―116)しまったはずのイヤなおばさんの着物が、どうしてこんなところへ。浅ましい。焼いてしまおうか。でも今の私には寝巻しかない。いっそ着てしまおうか。そんなふうに一重ねの小紋縮緬をめぐって、ひとしきりストーリーが展開してゆく。

ところが、その焦点をなす小紋縮緬の色あいについては、いっさい言及がないのである。まさか白であるはずも、黒であるはずもない。紺か縹（はなだ）か紫か、いや「これは私には派手過ぎる（……）お雪ちゃんにあげましょう」（13―205）とおばさんがかつて約束したというのだから、もっと明るみのある色あいであったのか、いくら想像してみても、手がかりはまったく与えられない。

象徴的である。ストーリーの焦点をなす小紋縮緬、ふつうなら真っ先に色を塗って鮮明に印象づけようとするところなのに、ぽかっと空白のまま、漠たる「小紋縮緬の一重ね」でどこまでも押し通してゆく。

他の場面でもこの姿勢は変わらない。お銀様初登場の記念すべきシーン。にもかかわらず、「着（つ）けている衣裳は大名の姫君にも似るべきほどの結構なものでありました」（3―331）、ひどくそっけない。駒井能登守の思い者になってみるみる女を開かせてゆくお君についても、「物を見る目はおのずから流眄（ながしめ）になって、その末には軟らかい針をかけるようになりました」（4―256）、表情の変化まで事細かに描写しているのに、衣裳については「花やかな打掛」（4―257）、それだけである。

文中、放浪の絵師田山白雲は、墨だけで描くことの意味を力説する。「西洋の画家は色を研究します、東洋とても色を蔑（ないがし）ろにはしませんが、形を写せば、色はおのずから出て来る道理です」（8―271）。

形を写せば色はおのずから出て来る。いちいち画家が着色してやることはない。白雲の熱弁は続く。

「（……）森羅万象をいちいちそれに類似した色で現わさねばならぬという仕事は、私にいわせると細工師の仕事で、美術の範囲ではありません。私は墨で描いたこの海の波に、いちいちの色の変化を現わしたつもり――でなければ現わすつもりでかきました、色ばかりではない、音までも……」（8―271〜272）

著者介山自身の熱弁に聞こえてくる。俺は細工師ではない。いちいち色を塗ったりせず、筆一本で森羅万象を写してみせる。

こうやって、色のない世界ができあがる。桜の紅も海の青も、騒がしい色はいっさい点ぜられず、せいぜい白ときどき黒、それさえないことが常態の、不思議な世界ができあがる。

机竜之助は美い男か、醜い男か

時がとまる。そして、色がない。少しずつ見えてきた。この世界がどういうふうにいびつであるのか、何を欠いているのか、この世界の特異さが少しずつ見えてきた。まだまだ、ないものがある。面(かお)である。通常ではまっさきに印象づけられるはずの登場人物の容貌が、ここでは漠たるままなのである。

まずは主役を張る机竜之助。「白い冴えた面(おもて)」(10―122)、「面(かお)が蛍の光のように蒼白(あおじろ)く夜の色を破って透いて見える」(19―206)と、例によって白さが強調されるほかには、なんの特徴も加えられない。竜之助の人相書(にんそうがき)を依頼された人物が託(かこ)つ。

「その問題が、それ、机竜之助は美(い)い男か、醜(わる)い男かという問題なのよ」

「ばかばかしい問題じゃないか」

「ばかばかしくないのだ、解釈のしようが人によって全然ちがうのだから……まず拙者がいわれるままに一枚をかいて見せると、それを見た一人が、机竜之助を、こんな美男子にかいてはいけないというのだ。(……)新たにかき直してみ

ると、他の方面からまた苦情が出たのに、竜之助は、こんな尖った貧相な男ではないと」(8―255〜256)

けっきょく、結論は出ずに終わる。

竜之助だけではない。全篇中、その容貌がいちばん特異なお銀様にしても、「花のような面を、鬼のように焼き毀たれ」(7―120)、という以上に詳しい描写はほとんどなく、呪われた面はつねにお高祖頭巾にすっぽり包まれて他見は許されない。わずかに、お銀様の文机の上の今様源氏絵巻を繰ると、「美しい奥方の一人の面が、蜂の巣のように、針か錐かのようなもので突き破られて」おり、慌ててめくると「花のような姫君の面が、やはり無惨にも」、というわけで「一巻の絵本のうち、女という女の面は、どれもこれも、突かれたり汚されたり、完膚のあるのは一つもないという有様でした」(6―72)。

かの貧乏絵師田山白雲は「形を写せば、色はおのずから出て来る」と唱えたが、ここでは形すら写されず、絵巻の姫君を針で突くという行動を写すことで、その醜貌がおのずから浮かび上がってくるようになっている。結果、細部はわからないままに「鬼のように」という印象だけが読み手のなかに沈澱する。

容貌というのは人物を特徴づける大きな要素となるものであるから、作家はこれを熱心に描写し、以て読者の印象を鮮明にしようとつとめるのがふつうであろう。ところがここでは全く顧みられない。金壺眼（かなつぼまなこ）なのか団栗眼（どんぐりまなこ）なのか、獅子っ鼻なのか鷲鼻なのか、具体的な情報は何ひとつ提供されない。ぜんたい美男子か醜男なのかさえ判然としないのである。まだしも女性陣のほうは、「美しい女」（10―39）「美し過ぎるほど美しい女」（13―181）と美しさだけは折り紙付きであるが、それ以上詳しい描写はやはりなされない。ちょうどお銀様の醜貌が「鬼のように」という漠たる形容のなかに溶け込んでしまったように、具体的な像はさっぱり結ばないのである。

時にはこんな一幕もある。作中で私がいちばん贔屓（ひいき）を感じてきた宇治山田の米友の初登場の場面である

> 身の丈は四尺ぐらい（……）誰も子供が出たと思います。
> しかしよくよく見れば、子供ではないのでありました。面（かお）は猿のようで口が大きい、額（ひたい）には仔細（しさい）らしく三筋ばかりの皺（しわ）が畳んである。といって年寄ではない、隆々とした筋肉、鉄片を叩きつけたように締って、神将の名作を型にとって小さくした骨格。全体の釣合いからいえばよく整うていて不具ではないが、柄を

見れば子供、面を見れば老人、肉を見れば錚々（そうそう）たる壮俊（わかもの）。（2―128）

口が大きく額には三筋の皺と、珍しく細やかな描写がほどこされている。にもかかわらず米友の印象は茫漠たるままで、子供だか若者だか老人だか、いっこうに焦点を結ばない。

あるいは、これも重要な舞台廻しをつとめる医者の道庵先生。

　本来、道庵先生、道庵先生で通っているが、未（いま）だに誰も、その出所来歴を知った者はなく、自分も江戸ッ子だと言って啖呵（たんか）は切るけれど、いったい江戸のどこで生れたんだか、その本姓も、本名も、年齢も、知った者はない。大菩薩峠発表以来三十年にもなんなんとするけれど、未だ曾（かつ）て、道庵先生の身寄りだと言って、訪ねて来た人も一人も無いでしょう。（16―451～452）

大威張りである。「その本姓も、本名も、年齢も」三十年間いちども顧慮せずほったらかしにしておきながら、迂闊だったと頭を掻くどころか、「一人も無いでしょう」、あっけらかんと胸を張る。ディテールを書き込もうという意図など、さらさら無いのである。

「年齢も」。そうなのである。人物造型の重要な要素となるはずの年齢もまた、ここでは曖昧なままに置かれる。机竜之助は初登場で「歳は三十の前後」(1—13)と紹介され、中途で「年齢三十三四」(2—31)という人相書が回り、最終巻に至っても「三十幾つかの年配」(20—318)、ついに確定しない。登場人物で年齢がはっきり設定されている者は一人もいない。竜之助がお浜との間にもうけた郁太郎ですら、「去年生れた郁太郎」(1—88)と生まれ年が確定しているにもかかわらず、「三つ」(7—290)だ、いや「四つ」(1—363、8—299、13—206、14—276、17—309)、違った「五つ」(20—153)と、意図的にかうっかりか、諸説が提出される。(物語の上の時の流れから言えば、4—253で年が明けて以降は「四つ」が正解のはずである。)

はたまた「近藤隊長は、今年三十五の男盛りでございます」(18—90)。おや、断言するのは珍しいと史実を調べてみると、慶応三年には近藤勇は三十四歳だったはず、と肩すかしを食らう。ならば、与八が「わしは二十でございますよ」(17—310)と打ち明けるのも、同じく大ざっぱな勘定と見なければなるまい。(ちなみに、同じ年のはずの10—331では彼は「十九でござんすよ」と名乗っている。)

大ざっぱどころか、計算が全く合わないこともある。竜之助が殺したお浜の位牌に

「二十一、酉の女」（4―359）と出る。しかし、酉年生まれの人間が二十一歳を迎えるのはこの近辺では明治二年しかない。おそらく「酉」という語感のみで選んだのではないか。はるか後で、もう一度「酉の女」が登場する。「酉の五十三――七月生れよ（……）いいお婆さんでしょう」（20―396）。慶応三年に五十三歳であるためには文化十二年の亥年生まれでなければならず、ここでも辻褄合わせは無視されているのである。（ことのついでに年齢に関わるものではないが、計算間違いをもう一件ご報告しておこう。2―28天誅組捕縛の場面、十一人から二人と一人と六人を引くと残りは竜之助一人、になるはずはない。）

かくして、この小説世界はまことに特異な人物の描き方をしていることがわかってくる。容貌あるいは年齢といった人物を同定するための基本的な要素についての具体的描写が、きれいに欠落しているのである。それも「三十年にもなんなんとするけれど（……）一人も無いでしょう」、はっきりと意図して、周到に回避されている。

なぜ、こうした手法がとられたのだろう。なぜ、わざわざ人物のディテールを描き込むことを避けたのだろう。

「解釈のしようが人によって全然ちがう」、さきほど机竜之助は美い男か、醜い男かという問いを提出した人相書描きの浪人が述べていた。その解釈の幅を広く持たせようとしたのではないか。ただ「白い冴えた面（おもて）」としか述べない、ただ「美しい女」としか述べない。あとは読者の想像にゆだねる。そのことで具体的な情報をあれこれ盛るよりも、より深いところで読み手を感応させようとしたのではないか。

かの「羽織もそっくりした小紋縮緬の一重ね」がそうだった。紺なのか紫なのか、どんな模様なのか、いっさいの具体的情報を敢えて与えない。結果、「イヤなおばさんの着物」という、ことの核心だけが大写しになる。「ああ、怖い」と「着物が蛇にでもなったように投げ出し」（13―122）たお雪ちゃんの恐怖がよりストレートに身にしみてくる。

そんなふうに、よけいな装飾を削ぎ落とすことで、より直截に読み手の感覚に訴えかけようと企まれたのではなかろうか。

其ノ参　漂う臀部

「でんぶ」「でんぶ」「でんぶ」「でんぶ」

はたと気づく。これは机竜之助の視点だ。

　後ろから呼ぶ声で、顧みると、それはお雪です。（……）この娘の姿といっても、面といっても、かねて潜在の実印象が少しもあるのではありませんが、竜之助は、直ちにその娘が、お雪だとわかりました。

　それは、声だけでも無論わかるはずですが、この時は、面だち、その姿、それがお雪でなければならないと思いました。

　黒い髪の毛を洗い髪にして、白い面に愛嬌をたたえている、その無邪気にして、魅力のある面が、お雪ちゃんでなければならないと思いました。（11―128～129）

盲目の竜之助には、お雪ちゃんの姿かたちについての「潜在の実印象」は全くない。ずっと行動をともにしていても、彼女の容貌も表情も全く見ることができないのである。にもかかわらず、「直ちにその娘が、お雪だとわかりました」、夢のなかで出会った娘が彼女であることを瞬時に感じとる。「お雪でなければならない」、「お雪ちゃんでなければならない」、ゆるぎない確信に貫かれて、「無邪気にして、魅力のある面」（あいかわらず具体性を欠く形容である）に見入る。

どんな面だちであるか、どんななりをしているか、具体的な情報を全く与えられないままにお雪ちゃんと接してきた点では、読者も竜之助と同じである。それでも読者はお雪ちゃんを感じとることができる。竜之助と同じように、具体性を欠く分だけさらに尖鋭に、「お雪ちゃんでなければならない」何かを直覚することができる。

こうした構造になっているのだ。

色がないことの意味、面がないことの意味、通常あるべき何かがないことの意味。掘り下げてゆくと、机竜之助に何が見えていたのかという深いところまでつながってゆく。

その竜之助がしばしば誘われるのが夢の世界である。お雪ちゃんの面を実見したのも夢のなかであったし、真白き骨灰の谷を彷徨したのも別の夢のなかでのことであった。その骨灰の谷では漫々たる血の池が彼に押し寄せる。

「でんぶ」
「でんぶ」
「でんぶ」
「でんぶ」

山の峡(かい)や、湖面に打浸(うちひた)された山脚の山から、海嘯(つなみ)のように音が起って来ました。この音につれて、前のベトベトした搗きたてのお供餅のようなのが、一重ねずつになって無数に連絡し、湖面のいずれからともなく漂泊として漂い来るのです。手近いのに杖をさしてみると、それが意外にも人間の臀部(でんぶ)であることを知りました。しかも色の白い、肉の肥えた女の体の一部分だけが、無数にこうして漂い来るのであることを知ると、竜之助は嘲(あざけ)られたように、自分を嘲り返すことを忘れませんでした。(14—213〜214)

極まれり、の感がつよい。以前から夢のシーンの鮮烈さはなまなかでなかった。大竹藪の両側に果てしなく燈籠（とうろう）が連なっていて、「火を入れると、その燈籠の形が髑髏（どくろ）になりました」（8—131）。次もその次も、火を入れるごとに髑髏と化して幾つめか、「と、そこに現われたのは髑髏ではありません、まさしく女の生首（なまくび）でありました」（8—132）。

その程度なら「『ちぇッ』と彼の額に白い光がひらめきました」（8—132）、金剛杖で打ち落とすこともできる。けれど、「でんぶ」「でんぶ」「でんぶ」「でんぶ」、搗きたてのお供餅にたぷたぷと攻めてこられては処置なしである。

「人間が多過ぎるのだ」

いくら殺しても、斬って捨てても、あとからあとから生きうごめいて来る人間に対する憎悪心が、潮のようにこみ上げて来るのを押えることができません。

（14—227〜228）

「現実はことごとく暗黒の虚無で、夢みている間だけに、物の真実が現われてくる」（8—133）という竜之助の状態はしだいに周囲にも感染し、「あ、夢だ、夢だ、夢を見ちまった」（6—119）と地団駄踏んで夢を嫌悪していたはずの米友までが、いつしか

「今の現在と、空想との境がわからなくなって」(12―179)、幼なじみと白昼夢に遊んだりするようになる。中盤以降の物語は「どうもこのごろは、夢と本当のこととがぼかされてしまって、つぎ目がハッキリしません」(12―304)という境涯へと漂い出し、ついには「お雪ちゃんが、白骨、乗鞍、上高地の本場で鍛えた確実なステップを踏んでいる」(17―194)、おや、白骨温泉でのお雪ちゃんは夢のなかで白馬に登ったきり(11―128)で現実世界ではステップなんて鍛えなかったはずだけれど、と著者自身すら、夢と現実を混同するにいたる。

一曲の管声が、今も宛転として満野のうちに流れているのです

色がない。面（かお）がない。夢のなかで、より鮮烈に生きる。いずれも盲人である竜之助の感覚が濃厚に反映されたこの世界にあって、いま一つ、くっきりと特徴的なことがある。

音である。色のない、面のない、現実と夢との境さえ曖昧模糊たる世界をつらぬいて、音がする。

> 絶望困憊の極みのところに、いずれよりともなく清冷たる鈴の音が聞えました。
> これはまさしく、聴覚上の清水でありました。（……）何という清冷なる鈴の音だろう。この一つの鈴のみが、天上より落ち来る唯一の物象であり、物心であり、妙音であり、甘露であります。（14―217）

骨灰と「でんぶ」に責め苛まれる竜之助を鈴の音が救う。あるいは、これまた夢のなかでお銀様の後に付いて胆吹山を登るお雪ちゃんは、

> 不思議にお銀様が霧に隠れる時は、きっとすずしい鈴の音が聞えます。
> ふと気がつくと自分は、お銀様のあとを追うているのではない、ただ清らかな鈴の音を追うて、雲霧の中を突き進ませられているのだと感じた途端に、また、ありありと、お銀様の姿が先に立って、すっきりと歩み行くものですから、その鈴の音を聞いている時は、清水の湧くような爽やかな気分に打たれますけれども、お銀様の姿のひらめくのを見ると、ゾッと、身の毛が立つような思いをします。（16―77）

鈴の音を聞いているときは爽やかなのに、姿のひらめくのを見ると身の毛が立つ。視覚よりも聴覚によって救われる。まさに盲人竜之助にあい通う感覚である。

夢のなかの鈴。現実世界では、それが尺八となる。


つい隣の部屋で、思いがけなく短笛（たんてき）の音が起りました。

一口飲んだ水さえが、火となって胸の中で燃えるかと思われる時に、短笛の音は、一味の涼風となって胸に透（とお）るのです。

この真夜中に、隣の部屋で尺八を吹き出したものがあります。（6―206）

深夜の旅宿で夢破れて煩悶する竜之助を慰めたり、あるいは野外でも、
亮々（りょうりょう）として、藪（やぶ）にも、畠にも、叢（くさむら）にも、虫の声にも、いささ黒血川の流れのせせらぎにも、和して聞ゆる一曲の管声が、今も宛転（えんてん）として満野のうちに流れているのです。
「ああそうでした、あの尺八の音のするあたりがちょうど、不破の関に当りまし

よう」(15―64～65)

竜之助自身もまた、「この世における唯一の音楽の知己」(10―140)として、この楽器を嗜む人である。好んで奏する曲はその名も「鈴慕」。

行けども行けども地上の旅を行く人間の哀音、そのいずれより来って、いずれに行くやを知らず、萩のうら風ものさびしく地上を送られ行く人間が、天上の音楽を聞いて、これに合わせんとするあこがれが、すなわち「鈴慕」の音色ではないか。

心は高く霊界を慕えども、足は地上を離るること能わざるそのあこがれ。耳に虚空の妙音の天上にのぼり行くを聞けども、身は片雲の風にさそわれて漂泊に終る人生の悲哀。(11―55～56)

「人間の哀音」「人生の悲哀」、大文字の形容が力をこめて連ねられてゆく。目に見えるものに対してはあれほどそっけなかった。ただ「白い冴えた面」とばかり、ただ「美しい女」とばかり、色も艶もない「小紋縮緬の一重ね」とばかりで済ませてきた。一転して、耳に聞こえるものに対しては、このように熱心な描写が捧げられ、過剰なほどの意味までが託される。

視覚より聴覚。「影は隠せば隠せるが、音というものは、隠して隠すわけにはゆかないらしい」（11—122）。形は嘘をついても、音は嘘をつかない。まこと絶大な信頼ぶり、「人間の心霊を吹き現わし得る楽器として、尺八ほどのものは無い」（10—142）というわけである。

終幕直前には、この音への傾倒は森厳なる宗教味を帯びるまでに至る。大原来迎院に住まう声明学の博士が説く。「この外を流れる川に、呂の川と、律の川とがあります、この律と呂の川を溯って行きますと、そこに音なしの滝というのがあるのです、百声万音は律呂に帰し、律呂は即ち音なしに帰するというのが声明の極意なのです」（20—448〜449）。この認識に則って、博士は訪れた者をいざなう。

「金剛語菩薩即ち無言語菩薩、声明の奥義を極めんとならば、まず声なきの声を聞くべし、幸いにこの律呂の川の上に音なしの滝がある。音なしの滝に籠って、無音底の音を聞く気はないか」（20—450）

金剛語イコール無言語。百声万音は音なしに帰する。とすると、剣士として鳴らした頃の竜之助の構えが「音無しの構え」（1―48）と名づけられていたことにも、もしかしたら何らかの寓意がこめられていたのかもしれない。

其ノ四　混淆文体

竜之助はついにお浜を殺してしまいました

色がない。面がない。夢が鮮烈。そして、視覚より聴覚——ひとつひとつ、この世界の特徴を数え上げてきた。それらはいずれも盲人竜之助の感覚にどこかでつながってゆく性質のものであり、著者がなぜ竜之助の視力を奪ったのか、単なる物語上の興趣を増すためではない深い意図が存在することを窺わせる。

ともあれ、さらに懐深くへと探索を続けよう。次なる関心の対象は、言葉そのものである。鈴慕の旋律が満野をひたすと言っても、それは譜面ではなく、言葉によって表現される。

「（……）あの音色は——曲はまさしく鈴慕ですけれども、音色は全く違います、あれあれ、あの殺気を帯びた高調をお聞きなさい、あの低く落ちたメリカリの間をお聞きなさい、弁信でさえも、妙な心持になります、女人に聞かせてはたまらない音色です——あれです、あれが真に人を悩殺するの音色です。今、あの人は尺八を持って、それに吹き込んでいるから、まだしも幸いでした、あれが剣を持てば人を抉(えぐ)る音なのです——女を見れば、貞操を奪わねばやまぬ音色なのです」(15—185〜186)

「剣を持てば人を抉る音」、竜之助の吹く鈴慕がどんな凄みを帯びているのか、それはお喋り小坊主の弁信の解説を通して、すなわち言葉を通してしか伝えることはできない。

そうやって、この世界を形づくっている言葉にもまた、この世界独特の際立った特徴がいくつかある。

まず気づくのは、「です・ます」体と「である」体が混在していることである。「です・ます」体をベースにしつつ、かなりの量の「である」体も用いられている。文体の統一に馴染んだ現代の感覚からすると、一見不揃いで落ち着かない印象を与える。

しかしこれが、身を委ねているうちに独特の律動が感じられるようになるのである。二つの文体がどう使い分けられているのか、一例を挙げてみると、す。

「待て！」

お浜の襟髪(えりがみ)は竜之助の手に押えられて、同時にそこに引き倒されたのでありま
「放して下さい」

「浜、おのれは兵馬に裏切りをしたな」

「早く殺して下さい――」

殺したところで功名(こうみょう)にも手柄(てがら)にもならぬ。のぼりつめた時にも冷静になり得る竜之助、お浜の取乱した姿を睨(にら)んでいる。

「竜之助様、わたしを殺して、どうぞお前も殺されて下さい」

面(かお)と面とを合せれば、いくらか白み渡った空ですから、見てとることもできる通り、お浜はもう放せの助けろのと騒ぐ峠は越して、言葉にも相当の条理がある。

「わたしもお前様におとなしく殺されて上げますから、お前様もどうぞ素直(すなお)に兵馬の手にかかって殺されて下さい（……）」

御成門外(おなりもんそと)で人の足音、増上寺の鐘。

「人殺し——」

竜之助はついにお浜を殺してしまいました。（1—188〜189）

まず「引き倒されたのであります」と状況が紹介される。ついで死を賭しての緊迫したやりとりに入る。そこは「手柄にもならぬ」、「睨んでいる」、「条理がある」、一貫して「である」体で息せき切って畳みかけられ、最後に「殺してしまいました」、ぽんとピリオド。

こんな具合である。「です・ます」は大きな区切り、すなわち句点＝「。」として、「である」は小さな区切り、すなわち読点＝「、」として機能しているようなのである。

あるいは、「田中新兵衛が何者を斬ったかというのはこうである」と始めて、地の文に一くさりエピソードが挿入されるような時には、一貫して「である」体で通されている（1—410〜414）。これも、「である」体のほうが小さな区切りとして意識されていたせいであろう。

二つの文体が截然と使い分けられ、どうしてもここはこちらでなければ、というような窮屈な原則に貫かれているわけではないけれど、ていねいに観察してみると、おおおむね「です・ます」は大きな区切り、「である」は小さな区切りということでおさまるようである。

とすると、これはじつに豊かな文体ということになる。通常は「、」と「。」によって刻まれている緩急の、さらに外側に「である」と「です・ます」という新たな緩急のリズムを刻むことができるようになっているのである。「睨んでいる」、「条理がある」と「である」体で畳みかけ、「人の足音、増上寺の鐘」と体言止めで追いつめ、それらすべてを「ついにお浜を殺してしまいました」の一行でずしりと受け止める。急の「である」、緩の「です・ます」の併用によって、新しい律動が生み出されているのである。

かくて「です・ます」体と「である」体の混在は、不揃いどころか、場面の緊迫と弛緩を自在に操ることを可能とする、卓越した工夫であったことが分かってくる。文体統一というローラーでぺしゃんこに均(なら)されてしまった現代の文体の貧弱に引き比べ、あらためて介山の天才を仰ぎみる思いがする。

斬って二ツになったら大い方をくれてやらあ

山ふところ深く分け入るにつれ、さらにいろいろなものが見えてくる。次に目に入ったのは、いや、耳に入ったのは痛快な啖呵（たんか）であった。「どいた！　どいた！　どきあがれ」（2―135）、伊勢古市の町に飛び込んできたのは、かの子供とも老人とも若者ともつかぬ宇治山田の米友である。誰が投げたかヒューと風を切って飛んで来た拳大（こぶしだい）の石。何をしやがる。米友得意の啖呵が沸騰する。

「（……）投げるなら投げてみろ、一つ二つとしみったれな投げ方をするな、古市の町の石でも瓦でもありったけ投げてみやあがれ、それでも足りなきゃあ五十鈴川（いすずがわ）の河原の石と、宮川の流れの石とをお借り申して来て投げてみやがれ、それで足りねえ時は賽（さい）の河原（かわら）へ行って、お地蔵様の前からお借り申して来い、（……）さあ投げろ、投げろ」（2―136〜137）

役人に追われ、槍一本をぶん回しつつ、悪態はやまない。「やいやい、もちっと骨身のある投げ方をしやあがれ、ぶっついたら音のするように」（2—137）、「さあ来やがれ、今までは米友様の御遠慮でなるべく怪我のねえように扱ってやったんだ、こうなりゃ肉も血も骨も突削るからそう思え」（2—141）、「それ屋根から屋根へ飛んで米友様がお逃げあそばすのだ、弥次馬どきやがれ」（2—146）。

イキのいい啖呵が場面を引っ張って行く。騒動の渦中に投げ込まれた悪態が爆竹よろしくポンポンと爆ぜ、それが群衆の興奮を煽りに煽り、ついに米友は啖呵一つで故郷を逐われる羽目となる。

言葉の沸騰。それに引きずられて、理も非も見境なく暴走する事態。米友に限らない。「この野郎、俺を見損なったな、俺は役割だ、城内の役割だぞ」「役割だか薪割だか知らねえが、あんまりふざけた野郎だ」（3—76）。甲府一蓮寺では、たったこれだけの応酬がポカリポカリの撲り合いへ、たちまちソレっと、みるみる見世物小屋をひっくりかえす大騒動へと拡大。

なかなか痛快なハチャメチャぶりである。「萩のうら風ものさびしい」と言っても、いつもいつも寂寞の秋をひそひそ旅しているわけではない。時おり、言葉が沸騰する。理屈も正義もお構いなしに啖呵が乱射される。それに撃ち抜かれて目を回してみるのもまた、この世界が与えてくれる愉悦の一つである。

わけても甲府の靄の長い夜、人の血を求めて彷徨う竜之助と偶然行き合った米友との対決シーンは、以後の長い道中で私が米友を第一の贔屓とすることとなった思い出の一幕でもある。

槍を挙げて、あ、と言って散指の形をして見せました。やや遠く離れて槍を抱えては摩醯首羅の形をして見せました。（……）米友においては、実に容易ならぬ生死の覚悟が、眼にも面にも筋肉にも充ち満ちているのだが、相手が例の如法闇夜の中にあるから、離れて見れば一人相撲を取っているとしか見られません。

（4—125）

息づまる一人相撲がひとしきり続いて、そろそろと米友に啖呵を切る余裕が生まれ始める。

「おかしな奴だな、斬りたけりゃ斬られてやるから出て来いよ、憚りながら宇治山田の米友だ、斬って二ツになったら大い方をくれてやらあ」（4—126）

この間、竜之助は闇に没し去って一言も発せず、そよとも動かない。ひたすら米友の啖呵だけで場面が運ばれてゆく。そのことが如法闇夜の中に沈む竜之助の凄みをいやが上にも際立たせ、やがて緊張を破ったのは「ワン！」「ばかにしてやがら」（4―129～130）、序盤屈指の名場面である。

「やっしし、やっしし」（4―123）、槍をかついで走る米友の啖呵は終盤に入るといよいよ冴え、「うんとこ、とっちゃん、やっとこな」（16―307）、奇天烈を極めるに至るのだが、じつはこの米友流の饒舌は、著者自身に備わった語り口にも通じている。

　先刻、お玉が座敷へ通されないことを、身分が違う、つまり人交りのできないさげすみの悲しさで、そうした侮りの待遇を受けても、自分もそれで是非ないものと思っており、周囲もまたそれを侮りともさげすみとも思っていないという麻痺した習慣のせいだとばかり思っていた黒羽二重は、ここに至って、そうでない、わざと地下へうつして、蓆の上から聞くことが、この歌の歌い手と、この節の風情に最もよくうつり合うものであるから、それだから、わざと庭へおろして聞かせるように趣向を凝らしたものだと、黒羽二重はこういうように独合点をしてしまったほど、それほど、庭の中へ、燈籠を少し左へ避けて後ろへあしら

った、お玉の形がよかったものであります。（2―104）

なんと長いフレーズ。まぎれもなく話し言葉の呼吸である。一文の主語「黒羽二重は」が二度も登場して、この息長いフレーズをつないでいる。

「こん畜生！」

二人の犬殺しは、いよいよ血迷うて、手に手に腰に差していた大きな犬鎌を抜いて打振り廻して、嚙まれた創や摺創で血塗れになりつつ、当途もなく犬鎌を振り廻して騒ぎ立つ有様は、犬よりも人の方が狂い出したようであります。（5―173）

こちらはそう長くはないけれど、「犬鎌を振り廻して」が重なっている点に、やはり話し言葉気分が露呈している。

あるいは、星降る海の大波にさらわれた清澄の茂太郎。

そのうちに、どこぞへ浮いて来るに相違ないから――どなたも心配をしないで

下さい。（10―214）

直接、読者に語りかけてくる。「しかし、御安心ください」（11―65）、高座の上から身を乗り出して直接観客に話しかけてくる。

話し言葉、それもきわめて饒舌な語り口。終幕直前、著者自身が漏らしている。「要するに彼の嗜好は壮大ということにあり、彼の瑕瑾は過度ということにある（……）私は、大菩薩峠の著者に就いてはなお以上のことが言えると思うのです」（20―447）。

壮大、なれども過度。過度を呈することとなったのは、ひとえに「犬鎌を振り廻して」の大奮迅の饒舌のゆえである。

かくて「人間界の諸相を曲尽して、大乗遊戯の境に参入するカルマ曼陀羅の面影を大凡下の筆にうつし見ん」（1―10）、著名な宣言とともに始まった「壮大」な試みは、「過度」という「瑕瑾」をともないつつ、いやむしろ「過度」という「瑕瑾」を推進力として、どこまでもどこまでも、止まった時のなかをいつ果てるともなくめぐってゆく。

其ノ五　変身小坊主

いざ改めてお発し下さいませ、行道先達、ヨイショ

じっさい、時の流れがしだいにゆるやかになってついに静止するのとは裏腹に、言葉の洪水は巻を重ねるごとに水嵩（みずかさ）を増し、かの米友さえ、ついに音（ね）を上げるに至る。

米友が、ついに堪りかねて、憤然として弁信のお喋りの中へ楔（くさび）を打込みました。

「わからねえ、わからねえ、お前の言うことは一切合財（いっさいがっさい）、ちんぷんかんぷんで、早口で、聞き間に合わねえが、つまり、舟の行先が間違ったというんだろう（……）」（17―429）

喋りだしたらとまらない恐るべきお喋り小坊主弁信。彼の最長お喋り記録は、「一

方、弁信法師に於ては、ここでようやく持病の堰（せき）を切って、弁論の滝を放流しはじめました」（18―252）に始まって「『もうわかりました、大体わかりましたよ弁信さん、お前さんという人には全く降参します（……）』絶望的に青嵐居士がこういう言葉を投げつけて、お喋り坊主の舌洪の関を食いとめにかかりました」（18―263～264）で食いとめられるまでの堂々十三ページにわたる大演説である。

しかし振り返ってみると、この弁信も登場した当座は「どうも、この人は眼よりは耳の働く人であるらしい」（5―395）、長広舌を以てしてではなく、盲目ゆえの聴覚の鋭敏さで特徴づけられた人物であった。

「弁信さん（……）何を聞いていました」

「あすこで人が殺されたのを聞いておりました、女の人がなぶり殺しに殺されるのを、だまって聞いておりました（……）お前さんにはあの声が聞えませんでしたね」

「わたしにゃ、なんにも聞えやしませんよ」（6―99～100）

それがいつしか聴覚の鋭敏さに言及されることはぱたりとなくなり、もっぱら「その舌端を迸る滝津瀬の奔流」（20—449）で周囲を畏怖せしめることとなる。
耳から口へ。異能ぶりの変化。と来ると、もう一人思いあたる。「茂ちゃん、早く下りておいでな」「いけないよ、弁信さん、おいらはその蛇が大好きなんだから」（5—396）、そんな会話とともに弁信とコンビを組んで作中に登場した清澄の茂太郎である。

山育ちの彼は当初、「空を飛ぶ鳥や地に這う虫、山に棲む獣と仲良しになり、茂太郎が西といえば西、東と言えば東、前へと言えば前、後ろへと言えば後ろ、泣けといえば泣きもする、笑えといえば笑いもする」（6—83）、笛一本で悪獣毒蛇を自在に操れる「山神奇童」（6—82）として特徴づけられていた。しかし、ほどなく動物との交感能力への言及はぱったりとなくなり、替わって「チーカロンドン、ツアン、パッカロンドン、ツアン」、出鱈目歌を次から次へ足拍子おもしろく歌い散らし、「あれです（……）あのペロペロはどこからどう覚えて来るのですか、あれにも相当のよりどころはあるのでしょう——全く油断も隙もならない奴です」（15—354）と貧乏絵師の田山白雲をして驚嘆せしめることとなる。米友の「うんとこ、とっちゃん、やっとこな」ですら、「こんなわけのわからぬ言葉を口走る点は、たしかに幾分清澄の茂太郎にかぶれたものなんでしょう」（16—307）と茂太郎の手柄にされてしまう。

弁信は耳から口へ、茂太郎は動物との交感から出鱈目歌へ。かくて、弁信の果てしない長広舌と、これまた滔々と続く茂太郎の頓狂な出鱈目歌が、物語の後半を賑やかにかき回すに至る。この二人の変身ぶりは、巻を重ねるにつれ、著者の嗜好が口へ、言葉へという傾きをますます強めていったことを如実に物語っていよう。

折々に沸騰する啖呵、地の文も饒舌な語り調、加えて長広舌に出鱈目歌。いくつか挙げてきたが、言葉への関心にかかわってもう一点だけ触れておきたいのは、方言のことである。

著者は時を止める替わりに空間の広がりを積極的に取り入れ、個々のシーンに地域性を熱心に描き込もうとしたと先に指摘したが、そのこととも連動してか、それぞれの地域で話される方言への関心が、これまた終盤へさしかかるあたりで目立ってくる。「にし――おぬしということだ」「よだっぽれ――馬鹿とか阿呆(あほう)とかいうこと」、仙台へ向かった貧乏絵師田山白雲が「奥州語の会話の練習を兼ね」て「画帖の端へ、ちょいちょいと書きつけた」(15―244)あたりが、方言への積極的関心が表面化した早い例であろうか。その後、著者はみごとに「奥州語の会話」を習得し、

「あぎゃん、こぎゃん、てんこちない、たんぼらめ！」

「渡し場には渡し場の掟ちうもんがあるのを知らねますか?」

「そぎゃん川破りをお達し申せば、お関所破りと同罪ぎゃん!」

「棹(さお)を出し申すまで待たれん間じゃござんめえ、とっぺつもない!」

「けそけそしてござらあ。いってえ、こんたあ、どこからござって、どっちゃ行く!」

「わや、わや、わや」(17—124~125)

と「思いきって土音雑音を発揮」(17—125)したシーンをものするに至る。

なかでも江戸弁への関心は際立っていて、「江戸ッ子、いやはらんかな、江戸ッ子一人、欲しいもんやがなあ、こちの身内に、江戸ッ子一人いやはらんことにゃ、わて、どもならんさかい、ちゃあ」(16—348)、江戸ッ子の道庵先生へ敵愾心を燃やす大阪もんは身悶えする。

「あの憎い憎い十八文の奴め、江戸ッ子を鼻にかけて、どもあかん。江戸ッ子やかて、わて、ちょっとも怖れやせんけどな、わて、阪者(さかもん)やによって、啖呵がよう切れんさかい、毒をもって毒を制するという兵法おますさかい、江戸者を懲(こ)らす

には江戸者を以てするが賢い仕方やおまへんか（……）」（16―349～350）

「咲呵がよう切れんさかい」十八文の道庵先生に勝てんのや、ちゃあ。どんな言葉を話すかがストーリーの主軸におさまるまでになっているのである。

そのべらんめえの道庵先生と並んで賑やかな江戸弁を聞かせてくれる金助というチョイ役に接していて、ひとつ気づいたことがある。

「役割（やくわり）、今日は一蓮寺のお開帳に行ってみようじゃござんせんか」

金助といって小才（こさい）の利く折助。（3―72）

こうやって登場した頃の金助は「へえ、ただいま殿様のお伴（とも）をして帰ったばかりでございます」（5―342）などとやっているうちは大して目立たなかったのが、中頃から「どうも恐縮でゲス」（7―346）、「ずいぶんおてやわらかにお願い申したいもんでゲス」（10―285）とゲスがちらちら混じり始め、「女とは申せ、あの女軽業の親方なんぞは気が荒うげすからな、自然、痛みの方も激しうげしたが、そこはそれ、痛みが強いだけ、利（き）き目の方もたしかなものでげしてな」（13―242）、いつしかゲスが平仮名と化してすっかりこなれ、「江戸ッ児、江戸ッ子、まことにその通り、こう見えたって、鐚（金助の蔑称）は江戸ッ子のキチャキチャなんでげす」（18―422）、江戸ッ子の代表として幅を利かせるに至る。そうなると殿様を持ち上げる科白も堂に入ったもので、

「（……）いざ改めてお発し下さいませ、行道先達、ヨイショ」（13―240）

「行ってみようじゃござんせんか」から「行道先達、ヨイショ」へ。対比してみると進境著しいことがくっきりする。

秋が深まるにつれ、著者の語り口はますます味わいを深めてゆくのである。

「音羽屋！」とか「立花屋！」とか言ってみたいような

宇治山田の米友は、尾州清洲の山吹御殿の前の泉水堀の前へ車を据えて、その堀の中でしきりに洗濯を試みているのであります。

その洗濯というのは余の物ではない、彼は、今、泉水堀の前に引据えた檻車の中から一頭の熊を引き出して、それの五体をしきりに洗ってやっているのであ

ります。(14―281)

ついまた贔屓の米友のシーンから引いてしまったが、場面が転換する際に、こんなふうな情景描写で次の幕を開けるケースが後半にかけて、いくつも目についた。

その夜、上平館(かみひらやかた)の松の丸のあの座敷の、大きな炉辺(ろべり)に向い合って坐っているのは、お雪ちゃんと宇治山田の米友でありました。

お雪ちゃんは、一生懸命でお芋(いも)の皮をむいているのであります。(16―273)

芝居を見ているような気分になってくる。幕が開くと舞台はどこそこで登場人物の誰それが態を洗っていたり芋の皮をむいていたり、さてここからどんなふうに話が展開してゆくのだろうと客席の期待は高まって。

もっと露骨に芝居仕立てで進行してゆくくだりもある。舞台は飛騨高山、大火にかろうじて焼け残った高札場(こうさつば)。初めに登場したのは、

その者は、三度笠をかぶって、風合羽(かざがっぱ)を着た旅の人。

いつのまにやって来たか、この寂寞(せきばく)と荒涼たる焼跡の中の、僅かな安全地帯に立入って、柳の木の蔭に立休らい、いささか芝居がかった気取り方で、身体をゆすぶって、鼠幕のあたりを、頭でのの字を書いて見上げたところ、誰か見ている人があれば、そのキッかけに、「音羽屋(おとわや)!」とか「立花屋(たちばなや)!」とか言ってみたいような、御当人もまた、それを言ってもらいたいような気取り方だが、あいにく誰もいない。(13—152)

で、ひとしきり騒動があって、旅人も相方も去り、いったん舞台が空になって後、そこまで兵馬がやって来た時に——無論、この高札場が、もう、一度前に一場出ていて、それが返し幕か、廻り舞台になっていて、今度はそこへ自分が一人だけ登場せしめられているということを、兵馬は知らないのです。ですから何気なく、その場面へ登場して来て見ると、その前路のまんなかに、自分よりは先に、もう一人の役者が登場していることに驚かされました。(13—179)

その一幕も済んで、ずっと先へ行くと、またまた「例の高札場のところ」(14—67)

に照明があたり、といった按配である。

濃厚な芝居気分。時として、演じられるのは「茶番」だったりもする。「いずれからも反応もなく、喝采もないのに、ここ、芝生の上の新お代官の独り茶番は、極度の昂奮をもって続演せられているというわけです」（14―101）。もう少しだけ、その顚末を見届けておくと、

「あ、わ、わ、あ、わ、わ」

（……）

「だあ――」

お芝居も、だあ――まで来ればおしまいです。

夫婦立ちの孟宗竹の蔭から、白刃が突きあがるように飛び出して、飛びかかって来た新お代官の、胸から咽喉へなぞえに突き上ったかと見ると、それがうしろへ閃いて、返す刀に真黒い大玉が一つ、例の洲浜形にこしらえた小砂利の上へカッ飛んだものは、嘘も隠しもなく、そのお茶番を首尾よく舞い済ました新お代官の生首でありました。（14―101～102）

以後、気にかけて見てゆくと、縁語がごろごろ拾える。「キザたっぷりの緞帳臭い返事」(16―338)、「まるで演劇の廻り燈籠を見せられるよう」(17―50)、「今度は改めて、隣室の方へ舞台を半ば廻してみましょう」(17―281)、「三井寺の鐘がゴーンと鳴り響いたことに於て一幕の終りとなったかと言うに、さにあらず、静まり返った湖面の風景は暗転にもならず、引返しにもならないで、そっくりいっぱいの大道具のままに運転をしておりました」(19―79)。

あるいは、「この時、お銀様の姿は、もうここには見えませんでした。奥の一間も、ひっそりかんとしたものです」(16―338)というシーンを受けて、「してみると、多分、あの母屋へつづく、あの廊下口から出て行ってしまったものに相違ありますまい」(16―339)との推測が披露される。これなど、明らかに客席から舞台を見ている視線と言えよう。

お芝居。なるほど符節が合う。「斬って二ッになったら大い方をくれてやらあ」、イキのいい啖呵、「どなたも心配をしないで下さい」、地の文も語り口調で通され、かつ長広舌や出鱈目歌が闊歩し、「江戸ッ子のキチャキチャなんでげす」、方言も賑やかに、とこの世界を支える言葉をめぐって先程来挙げてきたいくつかの特徴は、いずれも話し言葉としての豊かさを示していた。話し言葉、すなわち舞台の上では科白。つまりあれらは、この物語世界を芝居に見立てた時に、科白を充実させようという営みだったのである。

ここは何より芝居小屋。そういうことであったのだ。風景描写よりも人物の内面の葛藤よりも、生きた科白を弾ませることに心血をそそぐ。それは何よりここを芝居の空間ととらえての営みであったのだ。

となると、一つ思いあたる。「机竜之助は美い男か、醜い男か」、この世界の登場人物には面(かお)がないという著しい特徴があったことである。なぜそうなったのか。盲目の竜之助の感覚に沿った世界のとらえかただったのではと想定してみたが、いっぽうで、ここが芝居小屋のせいもあったかもしれない。芝居の台本ならば、登場人物の容貌をいちいち細かに特徴づけたりはしないからである。金壺眼か団栗眼か、黒子(ほくろ)があるのかないのか、そんな細部は演じる役者によって異なってしまうのだから、一律の人相書など描きようがない。そのせいもあって、面のない状態となったのかもしれない。

さらに勘ぐれば、「顔」という字が用いられず、「かお」「おもて」「つら」と訓じ分けつつ一貫して「面」の字によって表記されていることにも、ひょっとして意味はないのだろうか。ここでの「かお」は役者が装着する面(めん)なのである、と。

いや、深みにはまったようだ。すべてを芝居に帰することなど、むろんできはしない。だからこそ、こうして長篇小説というスタイルが選ばれているのだから。しかし、随所に芝居気分が濃厚に漂っている。その傾きが科白の錬磨へ、啖呵に方言に長広舌にと、口跡に磨きをかける営みへと向かわせる原因となったのではないかと推測してみたいわけである。

其ノ六　白い名前

お銀様はお雪ちゃんと呼ばず、お雪さんと呼ぶのです

　序盤で登場人物がすべて出揃う。そのこともまた、この小説の際立った特徴である。3—330でお銀様が登場し、5—395で弁信・茂太郎のコンビが加わり、7—152でお雪ちゃんが、7—170で田山白雲が姿を現し、以後は、なお二、三の端役(はやく)が合流するのを除けば、一座の顔ぶれは終幕まで全く変わらない。

　珍しいことである。長篇であればあるほど次々と新人物を登場させ、そのことで趣向を変化させて読み手の興味をつないでゆくのが常套手段であり、源氏物語も八犬伝もその例に漏れない。にもかかわらず、この大長篇では全体の三分の一を経過したところで、ぴたりとメンバーが固定してしまう。

　ちょうど、時の流れとパラレルになっているわけである。序盤はワープまでして順調に時を刻んでいたのに、全体の四分の一に達したところで時計はぴたりととまり、

以後慶応三年秋から一歩も動かない。それと歩調を合わせるように、登場人物のほうも序盤は次から次へとニューフェイスを迎えて賑わっていたのに、全体の三分の一でぴたりととまり、以後同じ顔ぶれで永遠の秋を旅してゆく。

とまった時、固定メンバー。そんな特異な設定だからこそ、他に類を見ない興趣が濃密に発酵してゆくことになるわけだが、その登場人物たちの名前について少し考えてみた。なぜ、こんな名前が付いているのか、なぜ、こんなふうに呼ばれているのか。

きっかけは、「お雪ちゃん」だった。

庭先から若い娘が、息せききって駆け込んで来て、

「弁信さん、大変が出来ました」

「エ、お雪さん、大変とは何でございます」（7―152）

これが初登場の場面、「お雪さん」と呼ばれている。その翌朝には弁信に「雪ちゃん、御覧なさい」（7―167）と呼ばれ、地の文では「お雪が驚いて」「お雪は慄（ふる）え上って」（7―168）となっている。しばらく時を置いてまた登場した時に、「お雪ちゃん、

御精が出ますねえ」（7—250）、初めて弁信に「お雪ちゃん」と呼ばれ、以後人に呼ばれる時は「お雪ちゃん」、地の文では「お雪」となる。それが竜之助を伴って白骨温泉へ赴いてからまた変化し、

お雪が、

「わたしなんか美人じゃありませんから……」

それは謙遜で、お雪ちゃんにもなかなかよいところがあります。（8—214）

地の文にもちらほらと「お雪ちゃん」が混じり始め、だんだんと増えて半々くらいになり、「お雪ちゃんは飛騨の高山を怖れました」（12—317）、白骨温泉を出て飛騨高山に向かうあたりで、ようやく地の文でも「お雪ちゃん」が常態となる。

ずいぶん長いことかかって「お雪ちゃん」が定着するわけで、登場してすぐに「お銀様」（3—344）の座を不動のものとしたもう一人の女性とは大違いである。

「お銀様」と「お雪ちゃん」、まことに対照的な存在である。竜之助をめぐって競い合うこの二人が、他の「お浜」や「お松」と違って、わざわざ「様」と「ちゃん」を付して呼ばれていることには、もちろん十分の意味がこめられていよう。

「それから、お雪さん――」

と、お銀様が改まって呼びかけたものですから――お銀様はお雪ちゃんと呼ばず、お雪さんと呼ぶのです――そこでお雪ちゃんが、

「何でございますか、お嬢様」(16―48)

お銀様だけは、お雪さんと呼ぶ。

「(……)もうお雪さんは、丸髷(まるまげ)に結っても似合わないことはありませんよ」

「御冗談(ごじょうだん)を……」

「桃割から島田になり、島田から丸髷にうつる時に、女が女になるのです。ですから、丸髷というものは憎いものです」

お雪ちゃんは何と挨拶していいかわからない。(18―213)

無垢で無邪気なお雪ちゃん、自分にない可憐さを備えている憎い憎い恋敵だからこそ、お銀様は敢えてお雪さんと呼ぶ。

「様」か「さん」か「ちゃん」か、あだやおろそかに選ばれているわけではないのである。とすると、「お銀様」が当初から小揺るぎもしないのに、「お雪ちゃん」が揺れながら飛騨高山あたりでようやく定着を見るのは、著者の二人に対する思いの違いをあらわしているのではないか。「お銀様」のほうは当初からしっかりイメージが固まっていた。が、それへの対抗として構想した「お雪ちゃん」のほうは、なかなか固まらず、甲州上野原から白骨温泉へ、白骨温泉から飛騨高山へと各地を連れ回しながら、しだいに育てて徐々に人物像を形づくっていった。呼称の変遷はそうした事情を映しているのではなかろうか。

この「お銀様」と「お雪ちゃん」ほどに重要な役柄ではないが、「お角さん」というのも登場する。遣り手の女興行師の彼女も、「長い煙管(きせる)から煙を吹いて」(3―69)登場した頃は単なる「お角」に過ぎなかった。それが「お角さんの気象では、なぐりつけてやりたいほどのところでしょう」(12―201)、中途からやおら「お角さん」が混じり始め、「お角さんともあろうものが」(14―127)、名古屋滞在中にすっかり「お角さん」に宗旨替えする。東海道を旅するうちに、酔っぱらいの道庵先生や喧嘩っ早い米友公を巧みに手なずけて物語のなかでの重みを増すようになった、その頼もしさを嘉(よみ)して特に奉られた称号であろう。地の文で「さん」を付される厚遇に浴した女性は彼女しかいない。

かと思うと、「様」や「さん」はおろか、レギュラー陣の一人であるにもかかわらず、ついに定まった呼び方さえされずに終わる存在もある。安房から現れた「美しき、若き狂女」である。ひとしきり「岡本兵部の娘」（9—89）と呼ばれ、いったん「もゆる」（9—107）と名乗りを上げながら、また「岡本兵部の娘」（10—56）に戻り、たまさか気紛れに「もゆる子」（12—90）と呼ばれたりしながら、ついに最後まで「兵部の娘」（20—159）から逃れられない。きちんと命名されないために、著者にとっても読者にとっても輪郭のぼやけた頼りなげな存在のままに終わる。むしろ、そうした儚げな存在にしておくために、敢えて名づけなかったのかもしれない。

終盤になって登場した「不破の関守氏」（15—78、17—208）も名づけられなかった一人である。不破の関守の勤めを廃業してからも一貫してこの呼び名で通され、手紙の名宛て人になった時ですら「不破の関守殿、まいる」（17—275）で済まされてしまう。では、名さえもらえれば大威張りかというと、そうでない場合もある。竜之助を伴ってお雪ちゃんが長らく逗留する白骨温泉では、同宿となった湯治客のリストが添えられており、なかに「俳諧師柳水」「猟師十太郎」といった名が見える（11—72）。さてこそ8—402、405で単に「猟師」「俳諧師」として登場した者たちにめでたく名が与えられたのだなと思うと、すぐあとで「俳諧師の梅月君」「猟師の嘉蔵殿」（11—92）、全く別の名で呼ばれている。適当に名づけただけで著者の頭脳のなかには全然定着していないのである。

物の名をつけるのは、八兵衛、太郎兵衛でさえむずかしい、一木一草にでさえ、しかるべき雅名を与えるのは容易なことではない（……）。（12—235）

名はそれほど重いものなのだ。そう言えば著名な冒頭の竜之助が老巡礼を斬る場面でも、老巡礼は、彼の孫娘お松がその後、作中で大きな役割を演じることになるにもかかわらず、ついに無名のまま果てたのであった。

かたや、積極的に「無名」と名乗る場合もある。

「無名沼（ななしぬま）」（9—165）、白骨温泉の傍らにぽっかりと口をあけていくつもの運命を飲み込む不気味な沼。

「無名丸（むめいまる）」（14—228）、駒井甚三郎の夢を乗せて大海原に船出した希望の船。せっかくの船に名がないのは、「駒井甚三郎が、田山白雲に諮（はか）って適当な名乗りを選択してもらうはずでしたが、白雲を待ちきれないうちに船が出てしまったものだから、当分は無名丸」(14―228)という事情のはずであった。しかし、程なく白雲が合流した後も、いっかな名の詮議はなされずに過ぎ、しばらくして希望の船に影がさし出した頃おい、こんな述懐が漏らされる。

無名丸はまだ無名丸である、しかとした船の名目すらが出来ていない。名は体をあらわすものとすれば、無名丸そのものの内容が無目的なのであって、形は出来て、歩行はつづけられるけれども、頭もなければ肚もないのだということを、駒井はつくづくと考えさせられてきました。(19―171)

名がないということは「頭もなければ肚もない」無目的の情けない状態だというのだ。その「無名丸」が漂着した南海の孤島は「無名島」(20―475)であった。

まこと「物の名をつけるのは、むずかしい」。名ひとつに著者は真剣に悩む。結果、敢えて名づけずに済ませたり、お座なりの名はすぐ忘れてしまったり、いっそ開き直って「無名」と銘打ったり、さまざまなパターンが見られることとなる。

その若いお内儀さんの名前が浜っていうんです

全体の三分の一を経過したところで主要な登場人物はほぼ出揃う、と先に指摘した。主要登場人物、総勢二十数名といったところである。この固定メンバーで終わらぬ秋を延々と旅して行く。終幕近く、著者自身が各地に散った一座のメンバーを丁寧にリスト・アップしている箇所があるので、それを数えてみるとムク犬や端役に近い人物まで含めても三十五名である（20―157〜160）。（なおこのリストの清洲城下の項に米友が入っているのは、18―444によって推定するに梶川与之助の誤りである。）

すなわち、およそ二十名から三十名、それだけがきちんと名を与えられた役者ということになる。時としてその名は「兵部の娘」や「不破の関守氏」のように不完全なこともあるが、ともあれ彼らだけが名を与えられるという恩恵に浴した一座の正式メンバーということになる。

意外に少ない。これだけの大長篇であれば百に余る人物を乗せてもびくともしないであろうのに、予想外にこぢんまりした所帯でまかなわれている。「すでに源氏物語の六倍、八犬伝の約三倍強の紙筆を費してなお且つ未完」（19―310）、しかし登場人物の頭数は源氏にも八犬伝にも遠く及ばないのである。

これもまた、この小説世界の大きな特徴と言えよう。わずかなメンバーだけに名が与えられ、光があてられる。「あっ！（……）お前、友公じゃないか」（12―202）、「あら、あなたは、あの浅間のあのお客様じゃなくって」（10―113）、「おや――お前は、おいらの先生じゃあねえか」（16―338）、まるでこの世には彼らだけしか存在していないかのように、あっちこっちでごつんごつんと偶然の鉢合わせが演じられながら、舞台はめぐってゆく。その外側には「無名」の闇がぐろぐろと広がって。

数少ない登場人物、その少ない登場人物に熟慮の末に与えられた貴重な名前。眺めているうちに、もう一つだけ気づいたことがある。〈白い名前〉である。

「お銀様」と「お雪ちゃん」、先に触れたように、竜之助を間にはさんで、引かれあい、反発しあいながら推移してゆく主役級の役どころである。

お銀様は、手紙の上封じをして（……）自分の名のところへ、「しろかね」と、行成様の仮名で達者に認めました。（……）お銀様が、今ここにかりそめに書いた「しろかね」の文字は、けだし、己れの名とするところの「銀」の一字を和様に洒落たものである（……）。（17―275～276）

しろかね、しらゆき、ともに「白」を冠することができる。偶然だろうか。「お浜」に思い至って、偶然ではないと確信した。竜之助にとって、すべての発端は彼女であった。果てしない如法闇夜へとさまよい込む悪縁のはじまりは彼女であった。


「よう、あの頃のことを考えてみい、罪はわしにあるか、ただしお前にあるか」

「さあ、水車小屋で手込にした悪者は誰でしょう」

お浜は後れ毛をキリリと嚙み切って、

「あれが悪縁のはじまり、あのことさえなくばわたしは宇津木文之丞が妻で、この子にもこんな苦労はさせず」

「ああ、女は魔物じゃ」

（……）

「まあまあ、わたしが魔物！」

「宇津木文之丞を殺したも、机竜之助が男を廃らせたも、あれもこれもみな浜、お前の仕業に違いない」（1─91〜92）

諍いの果てに、先に点描したように「竜之助はついにお浜を殺してしまいました」（1―189）となるのだが、お浜はそれで姿を消すわけではない。深夜、「ホホホホホ」（11―56）と竜之助の枕辺へ現れる。

「芝の山内の松原で、あなたから、こんな目に逢わされてしまいました、この乳の下のがずいぶん深うございますよ、（……）ごらんなさい、今でもこの通りなおりません、ひとりでに血が流れて参ります」

この時、お浜の面の色が真白にさえきって、呼吸が少し、ハズんだように見えましたが（……）。（11―61）

「真白にさえきって」。

さらに、ずっと後になっても、

「（……）ここは近江の長浜というところですよ」

「長浜はわかっている」

「そうして、この宿は、長浜の浜屋という宿なんです」

「それも、前から聞いて、ようくわかっているよ」

「そればかりじゃないのです、その若いお内儀(かみ)さんの名前が浜っていうんです」

「え」

「驚いたでしょう、そのお内儀さんを、あなたのところへ出せますか」

「うむ――」

「どうです、そう聞いているうちに、そら、もうあなたの血の色が変ってきました、かわいそうに、これでもう、この宿のお内儀さんが見込まれてしまいました。わたしという人も、うっかり言わでものことに口を辷(すべ)らしたために、また一つの殺生をしてしまいました（……）」（18―202～203）

「じっとしていらっしゃい（……）もうこの辺には斬って斬栄えのするものは何もいませんから」（18―201）とたしなめたすぐあとから、お銀様は「浜」という名に戯れて、こんなふうに竜之助をからかったりする。

　浜・銀・雪、やはり偶然ではありえない。しらはま・しろかね・しらゆき。竜之助をめぐって重要な役割を果たす女性は、意図してことごとく〈白い名前〉を与えられているのである。

「真白いと見た谷は、いっぱいに骨で埋まっていることを知りました」(14—217)。ここへ帰ってきた。色がない、面(かお)がない、音がつらぬく、言葉があふれる。この世界の特徴をひとつひとつ訪ねてきて、はじめの頃に見た白い風景へと立ち帰ってきた。

そこから、さて、もう一漕ぎしてみよう。

其ノ七　宿命の未完

「治るかよ、この眼が」「治る、信心一つじゃ」

　ずっと考えていた。「秋も半ばの遊山舟、八景巡りもうらやまし」（16―424）、湖水に泛（うか）べた舟のごとく、ゆっくりゆっくりゆっくりこの世界の特徴をめぐりながら、ずっと考えていた。この世界をつらぬくものは何なのだろう。どうしてここは、かくも読み手をとらえて放さないのか。

「あらおもしろの八景や、まず三井寺の鐘の声、石山寺の秋の月、瀬田唐崎の夕景色、さては花よりおぼろなる、唐崎浜の松をはじめ、凡（およ）そ八景の名所名所の隅々まで、案内はもとより故事来歴までも、一切心得て候（……）」（16―424）

こんなに自信たっぷりの案内人にこそなれなかったけれど、私なりにこの世界の特徴をひとつひとつ訪ねてきた。まずは〈永遠の秋〉という大枠に出会い、ついでなかみに分け入って見えてきたのは八景ならぬ十景、小見出しに掲げたフレーズを拾いながら、あらまし振り返ってみると――

「真白いと見た谷は、いっぱいに骨で埋まっていることを知りました」――白、というよりは色のない世界であり、

「机竜之助は美い男か、醜い男か」――登場人物にも面がなく、

「でんぶ」「でんぶ」「でんぶ」「でんぶ」――夢のみは鮮烈で、

「一曲の管声が、今も宛転として満野のうちに流れているのです」――視覚より聴覚に傾いている。

さらに、この世界を構成している〈言葉〉の特徴に分け入ってみると、

「竜之助はついにお浜を殺してしまいました」――「です・ます」と「である」が混淆した達意の文体であり、

「斬って二ツになったら大い方をくれてやらあ」――痛快な啖呵がはじける饒舌な語り口で、

「いざ改めてお発し下さいませ、行道先達、ヨイショ」——長広舌に方言にと言葉の洪水が溢れ出し、

「『音羽屋!』とか『立花屋!』とか言ってみたいような」——それらは、芝居気分が濃厚なこととも響きあう。

さいごに、登場人物の名前に目をとめてみると、

「お銀様はお雪ちゃんと呼ばず、お雪さんと呼ぶのです」——少ない登場人物に選りすぐった名がつけられており、

「その若いお内儀さんの名前が浜っていうんです」——わけて竜之助をめぐって重要な役どころを演ずる女性には〈白い名前〉が与えられている。

といった次第となる。

そうやって十景めぐりを試みながら、ずっと考えていた。この世界をつらぬくものは何か。もろもろの特徴を一くくりにすると、要するにどういうことなのか。

欠如、ということではないか。そう思いあたった。色がない。面がない。名がない。登場人物もごくごく限られた少人数でしかない。大長篇であるのに、絢爛豪華とか波瀾万丈といった形容が全くあてはまらない。

ただ、声だけがこだまする。「一曲の管声」が野を流れ、饒舌な語りが芝居の科白よろしく賑やかに溢れる。声だけはするものの、ここでは時さえ流れない。慶応三年秋で永遠に停止したままである。

未完、と言い換えたほうが、より近いかもしれない。時は流れないのではなく、流れてはいるのだけれど、いつまでも行きつかないのである。あるいは、「無名丸はまだ無名丸である」(19―171)。「まだ」。いつの日かふさわしい名目を見いだせば、名づけられるはずなのである。

いつの日か。そう言えば、竜之助の眼が光を奪われているという、この世界の根幹をなす重要なことがらについても、同じような気分が漂っていた。盲目の竜之助。しかし、その盲目は固定してしまったものではない。

「治(なお)るかよ、この眼が」

「治る、信心一つじゃ」

「うむ――」

竜之助は、また黙った。

「しかし、その信心ができぬ。拙者にはこうなるが天罰じゃ、当然の罰で眼が見

えなくなったのじゃ、これは慭じい治さんがよかろうと思う」（2―68～69）

「天罰」だから「信心一つ」で治る。流れ流れて人の情けに触れ、百日の参籠を果たした竜之助はかろうじて「肉眼の微光」（6―434）に恵まれ、しかし、

肉と血を見ないことによって光が恵まれ、肉と血を見ることによって光が奪われるということなら、人間というものの生涯も、厄介至極なものではありませんか。（6―435）

ほどなくまた、無明の闇に堕ちてゆく。「夜な夜な出でて人を斬ったことですらが、彼は渇して水を求むるのと同じことで、自己の生存上のやむにやまれぬ衝動に動かされた」（7―30）という性に生まれついたがゆえの「厄介至極な」宿業であった。

こうした位置づけとなっているのである。身体を場とした未完と読めようか。信心一つで治るという憧れを見上げつつも、いつまでも無明の淵をさまよい続ける。

その点、

一本の足が折れて使えなくなったけれども、米友の敏捷な性質は変ることはなく、かえって他の一本の足の精力が、他の一本へ集まって来たかと思われるほどで、撞木杖を上手に使ってピョンピョン飛んで歩くと、普通の人の足並には負けないくらいの早さで歩いて行かれるようであります。(2—254)

宇治山田の米友が片足を失ってかえって生気を増し、「軍人の向う傷と同じで、男にとっては名聞なくらいなものですよ、わたしはあの片腕が大好きなのさ」(3—199)、竜之助に片腕を斬り落とされたがんりきの百蔵が、腕を失ってかえって男を上げたりするのとは、むしろ対照的な位置づけと言えよう。それだけ竜之助の盲目は、この世界に頻出するあまたの身体的欠損に比して、重い意味をになわされているのである。

となれば、「治るかよ、この眼が」、序盤はさかんに語られていた視力恢復への期待が、中盤にさしかかって、すうっと影をひそめてしまうことと、同じく序盤は順調に進行していた時の流れが、中盤にさしかかって、慶応三年秋ですうっと静止してしまうことと、二つの現象がパラレルに生じていることも、おそらく偶然ではあるまい。

あいまって、あこがれつつも決して叶わないという気分がひたひたと満ちてくる。信心次第で治ることは分かっているけれど、永遠に恵まれない肉眼の光明。すぐそこにあることは分かっているけれど、永遠に行き着けない明治という新時代。
あこがれつつも叶わない。かの「鈴慕」が、まさにその音色であった。「萩のうら風ものさびしく地上を送られ行く人間が、天上の音楽を聞いて、これに合わせんとするあこがれが、すなわち『鈴慕』の音色ではないか。心は高く霊界を慕えども、足は地上を離るること能わざるそのあこがれ」（11―55～56）。「この地上を吹かれ吹かれ、流され流され行く人生――そこに蝸牛角上の争いはあるけれども、魚竜ついに天に昇るのかけはしは無い、纔かに足を地につけながら仰いで天上の楽に憧れるの恋がある、『鈴慕』は実にそれです」（15―173）。

魚竜ついに天に昇るのかけはしは無い。永遠に叶えられぬ夢。

かなしい未完である。「足は地上を離るること能わざる」。「未」とは言いじょう、「いまだに」＝「いつかは」という望みはふつりと絶たれている。いっぽうで、「天上の楽に憧れるの恋」を断ち切ることもできない。萩のうら風ものさびしい地上を永遠に漂い続けるかなしい未完、宿命の未完、鈴慕。これこそが、この世界の芯をなすものなのではないか。

全篇の主意とする処は、人間界の諸相を曲尽して、大乗遊戯の境に参入するカ

ルマ曼陀羅の面影を大凡下の筆にうつし見んとするにあり。(1—10)

あらためて著者の執筆宣言を引照するならば、「大乗遊戯の境に参入するカルマ曼陀羅の面影」こそが、ついに叶わぬ夢の存在であり、その見果てぬ夢を追い求めながら、「大凡下の筆」によって「人間界の諸相を曲尽して」ゆく、ということになろうか。「カルマ」＝業という言葉が重い。

浮かれ、うらぶれ、漂いながら、一つところのような湖面に戯れている

「曲尽」、委曲を尽くす、となれば必然、饒舌たらざるを得ない。色がなく、面がなく、時は流れず、眼は明かず、とないない尽くしのこの世界にあって、溢れるほどにあるのは言葉である。啖呵が飛び、方言がさえずり、口上がわめき、長広舌が逆巻く。

時として、それらの言葉が状況を引きずってゆく。「冗談から駒」、当人たちが述べている。

小鳥峠の上で松茸の土瓶蒸を肴に酒を酌み交わしていた浪人、仏頂寺と丸山は、酒が尽きるとともに、にわかに空しさにとらわれ始める。「丸山――おれは死ぬぞ」（16―259）、やにわに諸肌（もろはだ）を脱ぐ仏頂寺。

「本当に死ぬのか」
「うむ――見ていさっしゃい」
「冗談じゃなかろうな」
「冗談から駒の出ることもある（……）」（16―259）

懸命に留め立てする丸山を振り切って、仏頂寺は刀を我が腹に突き立てようとする。

「は、は、は、死神（しにがみ）にとりつかれたんじゃない、死神を出し抜いてやるのだ、死神という奴は、いつも人を出し抜いて狼狽（ろうばい）さすから、今日はひとつ、仏頂寺が先手を打って死神を狼狽させてやるのだ――は、は、は、丸山、そういうお前の面に死神がのりうつっているよ」
「冗談いうない、冗談いうない、おりゃまだ死ぬのはいやだよ」（16―261）

そう言っていた丸山も、仏頂寺の理屈に付き合ううちに、しだいに心持ちを変化させ、

「（……）お前が生存の意義と理由とを見出し得ない如く、この丸山勇仙も、そんなものが見つけられないでうろついているのだ。だから、お前がその理由によって死ななければならないとすれば、この丸山勇仙も、残って生きていなけりゃならん必要と意義とが無いのだ（……）」（16―264）

と得心するにいたり、

「だから仏頂寺――留立するなあ、愚劣千万だったよ、お前が死ぬんなら俺も死ぬよ、もう、明日だの、一時待てだのなんて言やしないよ、今日、この場で、お前と枕を並べて死ぬのが、当然過ぎるほど当然たる容易い仕事であったのだ（……）もう、わかったよ、死ぬよ、お前と一緒に、おれもこの峠の上で、今日只今、死んで見せるよ」（16―264〜265）

みごと二人は死出の旅へ。

長い引用になってしまったが、「冗談から駒」、言葉が状況を引きずってゆく、科白が気持ちを「出し抜いて」ゆくようすを追ってみた。松茸の土瓶蒸で風流に明けた一幕が、二人の掛け合いによってみるみる状況を加速させ、凄惨な死へと突っ込んでゆく。

同じようなシーンをもう一つだけ。「ああ、酒も旨いし、気も晴れる、今晩はいい晩だな」(18―305)、琵琶湖に月見の舟を滑らせた竜之助とお雪ちゃん。「もし、丸髷にでも結って、こうして、この間へ一人、小さいのを置いて、そうして、水入らずのお月見をしたら、どんなに楽しいでしょう」(18―309)と弾んでいたお雪ちゃんが、突然、「あっ!(……)先生、大変、いつのまにか舟が沖の方へ向って流れ出しておりますʼ」(18―310)、「あら、あら、棹(さお)を取られてしまいました」(18―311)、「もう、どうにもなりません、流れ放題……」(18―311)。

舟は、進んでいるのか、とどまっているのだか、ちっともわかりませんが、漂うてはいるのです。膠着(こうちゃく)しているのではない、浮かれ、うらぶれ、漂いながら、一つところのような湖面に戯れているらしい。

そうして、やや長い時の間、お雪ちゃんは感きわまって、

「死にたい、死にたい」

と、すすり泣きをしました。

「このまま死んでしまいたい」

「そんなに死にたいか」

「山の女王様（お銀様を指す＝引用者注）に合わす面がございませんもの……夜が明けて、人目にかかって、町を晒(さら)されながら帰るのが辛いんですもの……助けられるのがいやなんですもの……いつまでも、いつまでも、こうしてお月見がしていたいんですもの……夜が明けなければいいのに……朝になって、人に面を見られるのが辛い……ああ、夜が明けなければいい……舟が動かなければいい……このまま、舟が、水の底へ、水の底へと、静かに沈んで行ってしまってくれたらなおいい……このまま、死んでしまいたい……先生、あなたも死んで下さらない、このまま、この湖の中で溶けて死んでしまいたい」（18―312～313）

「死にたい、死にたい」、自らの言葉で自らを追いつめつつ、お雪ちゃんの「独り演説」（18―315）は「甚(はなは)だ雄弁」（18―314）にほとばしり、渦巻き、泡立ち、「わたしは、

自分の名の通り、来世は雪になりましょう（……）春さきにこの湖の中などへ、しんしんと降り込んで落ちたところが即ち消えたところ、あの未練執着のない可愛ゆい淡雪（……）わたしは、春ふる雪となって、またお目にかかることに致します」（18―316）と「昴奮は、まさしく狂乱の域に入って」（18―322）、ついに……。

　さきの仏頂寺と丸山の死出の道行は掛け合いによるものであったが、こちらはお雪ちゃんの「独り演説」によって、やはり「冗談から駒」の事態となる。言葉が言葉を呼び、月見の風流から「来世は雪になりましょう」へとなだれ落ちてゆく。

　言葉が状況を引きずる。科白が気持ちを出し抜く。そんな二例を挙げてみた。時も色もないこの世界に溢れる言葉は、かくも大きな力をそなえているのである。

　言葉のはずみで状況が動く。それは無軌道ということでもある。行きあたりばったりなのである。松茸の土瓶蒸が、はずみで死出の旅となる。月見の風流が、はずみで心中行となる。目標がない。予定の行動というものがない。

　それもまた、すべてに未完たることを運命づけられたこの世界ゆえの特性なのであろう。ここでは通常のスタイル、すなわち表街道をととのえ、枝道をめぐらし、伏線を埋め、周到な計算のもとにストーリーを結末へ導いてゆく、といった物語づくりとは全く異なった手法で筆が運ばれている。無軌道に、行きあたりばったりに、饒舌な科白に絶えず出し抜かれつつ、あてどない旅が続く。

まさしく、

　舟は、進んでいるのか、とどまっているのだか、ちっともわかりませんが、漂うてはいるのです。膠着しているのではない、浮かれ、うらぶれ、漂いながら、一つところのような湖面に戯れているらしい。

戯れているのである。定まった終着点へ、決まった大団円へと向かうのではなく、いつまでも漂い、いつまでも「一つところのような湖面に戯れている」。決して終わりが来ることはない。いつまでも未完のまま、しかし「膠着」することもなく、「浮かれ、うらぶれ、漂いながら」、慶応三年秋という「一つところ」に戯れている。

「すでに源氏物語の六倍、八犬伝の約三倍強の紙筆を費してなお且つ未完」(19—310)、終盤で著者はそう述べ、しかし「読者は倦むとも著者は倦まない」(20—160)、昂然と面を上げる。

「著者は倦まない」。そうやって、決して終わらぬ物語へと「大凡下の筆」がふるい続けられる。憧れつつも決して叶わぬ「大乗遊戯の境」を見上げつつ、「人間界の諸相を曲尽」する営みが、「浮かれ、うらぶれ、漂いながら」生ある限り続けられてゆく。

生ある限り決して終わらぬ物語。萩のうわ風ものわびしく、萩のうら風ものさびしい。亮々（りょうりょう）と「鈴慕」が流れる。

天啓のようにつらぬいた。こうして一身を賭して、永遠の未完を体現しおおせてみせたことにこそ、著者からの最大のメッセージがこめられていたのではなかったか。

御宿かわせみの建築学

『大菩薩峠』が戦前の一大金字塔であるとするならば、平岩弓枝『御宿かわせみ』は、その内容の充実においても、また読者層の広がりにおいても、現代の金字塔と仰ぐにふさわしい達成ではないだろうか。

興味しんしん、その懐に分け入ってみた。

すると、人情捕物帖と称される表面上のストーリーの底に深い深い謎が沈められており、その謎を追いかけゆくうちに、かわせみの世界が今までとは全く異なって見えてくることとなった。

そんなわけで、この論文もどきの奇妙な分析の連なりは、かわせみの謎を追いかけての私なりの捕物帖であり、私なりの〈かわせみ讃歌〉である。

るいは、なぜ年をとらないのか

「るいをお飽きになったら、いつでも捨てて下さいまし」

眼を閉じたまま、るいが切なげにいった。言葉が終ったとたんに、眼尻からすっと涙が落ちる。（文春文庫第1巻—11～12ページ「初春の客」、以下同）

「今更、飽きてたまるものか」（1—12）

逞しい腕でひきよせた東吾ならずとも、思いは誰しも同じだろう。

もう四半世紀以上になる。

第一話「初春の客」が、『小説サンデー毎日』誌上に掲載され、大川端の小さな宿「かわせみ」の女主人るいとその伴侶東吾が初めて姿をあらわしたのが一九七三年二月のこと、途上、一九八二年に『オール讀物』誌上で再開されるまでに五年の空白があるものの、以後ふたりはずっと読者と明け暮れをともにしてきた。

それも、季節の移ろいにぴたり寄り添ってである。

新年号であれば「びいどろ正月」（16—39）やら「独楽(こま)と羽子板」（21—7）やら、

二月号となれば「春の摘み草」(12―38)に「立春大吉」(単行本20―238、以下文庫化されていないものは単行本に拠り、「単」と略記する)といった具合に掲載号と作品の季節はぴたりと合わされ、ある年の六月号に六月十五日に催される山王日枝神社の祭礼に絡んだ殺人が披露されたかと思うと(14―71「天下祭の夜」)、別の年の六月号では六月二十四日の参詣日で賑わう愛宕(あたご)権現の急勾配の石段から筆が起こされる(21―181「愛宕まいり」)といった按配である。

そうやって「かわせみ」の人々は、読者とぴたり寄り添って年輪を重ねてきた。

となると、不思議でならないのは、

「るいの奴、俺より年が上なんだよな」

酔った顔で、東吾はのろけをいい出した。

「だけども、誰がみたって、俺より下にしかみえねえだろう。なにしろ、十七、八からまるっきり年をとらねえみてえだからさ」

源三郎は黙って、手酌で飲み出した。(7―190「冬の月」)

「まるっきり年をとらねえ」、このことである。

「十七、八から」は東吾ののろけ過ぎにしても、初登場の時にるいは、「東吾より一つ上だから、今年の初春で二十五になった筈のるいであった。女としては、薹の立ったほうだが」（1―9「初春の客」）と、すでに二十五歳である。それが四半世紀を経ても、「女は一人子を産んだ時が一番美しいと俗にいうが、実をいうと東吾は近頃のるいに、惑溺していた」（単22―108「神明ノ原の血闘」）、まったくもって「まるっきり年をとらねえ」のは、いったい全体どうしてなのだろうか。

池波正太郎『鬼平犯科帳』のように、作中を流れる時間と雑誌連載の歳月が別個に流れているならば、話は分かる。作中の時を現実の時の歩みよりゆっくりめに刻んでゆけば、登場人物たちが年をとるスピードを遅くすることができるからである。鬼平の場合、『オール讀物』誌上で一九六七年から一九九〇年まで二十四年にわたって掲載されているが、作中に流れる時は天明七（一七八七）年から享和元（一八〇一）年までの十五年間である。平蔵もおまさも読者とともにゆっくり年輪を刻んでゆくけれど、でも読者よりはやや遅い。そんな絶妙の間合いが15対24という数字なのである。

同じ著者の『剣客商売』は安永六（一七七七）年から天明五（一七八五）年までの九年間の物語を、『小説新潮』誌上に一九七二年から一九八九年まで十八年にわたって掲載、すなわち9対18という比率で構成されている。

この方面で他の追随を許さないのは、何と言っても『大菩薩峠』である。既に詳しく見てきたように、かの中里介山が三十年以上の歳月を費やして執筆したこの大長篇は、中途で慶応三年秋という一時点に静止したきり、ついに作中の時計は一目盛りも動かずに終わるのである。0対30、これはちょっと凡人の想像力を超える。

本題に戻ろう。

15対24にしろ0対30にしろ、作中の時を現実よりゆっくり刻むというのが、登場人物にあまり年をとらせないための常套手段なのだけれど、しかし、この手は「かわせみ」では使えない。先に触れたように、「かわせみ」の四季は読者にぴたり寄り添って経過する。お正月がくれば独楽をまわし、六月になれば天下祭に出かけ、そうやって連載の時が四半世紀もめぐれば、作中の時計も二十五年は進まなければならない道理である。

なのに、「まるっきり年をとらねえ」、なぜだろう。

いったい著者は、どんな仕掛けを用いて、現実世界と同じ速度で作品を進めながら、しかも登場人物に年をとらせないという、ありうべからざる奇跡を可能としたのであろうか。ひょっとして、この奇跡の背後には、おそるべき秘密がひそんでいるのではあるまいか。

徹底追究を試みた。

おるい様紀元

まずは順当に年表づくりから着手する。

幕末に設定されているけれども、どの年と明記はされていないこの世界、となればやはり、畏れ多いことながら、おるい様のご年齢を基準に区切ってゆくのがよろしかろう。キリスト紀元ならぬ、おるい様紀元である。

といっても、じつは、

今年の初春で二十五になった筈のるいであった。（1—9「初春の客」）

るいの年齢を明示した箇所は、なんと全篇中でただ一ヵ所、この初登場の場面だけである。

いきなり前途多難を思い知らされるが、ともあれ「正月が来るたびに、るいは年齢をとる」（7—188「冬の月」）ことは確かなのだから、とりあえず作中で正月がめぐってきた箇所をすべて拾い上げてみた。

そうすると、表1に挙げたように、二十六巻の間に、二十二回の正月がめぐり来たっていることがわかる。

問題は、それぞれの年がおるい様紀元何年にあたるかである。単純計算すると25＋22で、現在のるいは四十七歳ということになってしまうが、まさか、そんなことはあり得ない。

では、どうやって年代推定の作業を進めていったらよいのか。

初めのうちは、そう難しくなかった。慈悲深い著者が、そこここに手がかりを残しておいてくれている。

「もう三年余りがすぎている」（1―192「師走の客」）、「この夏で、ちょうど五年目になるんです」（2―189「七夕の客」）などと、「かわせみ」開業以来何年経ったか、折に触れて言及してくれるのである。

「かわせみ」の開業は、「二年前までは八丁堀で鬼同心といわれた父親」が亡くなって「町屋暮しを半年ほどしてから」（1―9「初春の客」）、すなわち、るいが二十三歳の夏にあたると判明しているから、これは頼もしい手がかりとなる。この種の手がかりは、表2に掲げたように第三巻までで十ヵ所を超え、おかげで二十五歳のるいが4

表1 年表

❖るいの年齢	❖同修正後	❖正月の箇所	❖タイトル	❖典拠	❖特記事項
25歳		1巻7頁	初春の客	「初春」	
26歳		1巻217頁	師走の客	「除夜の鐘が、いきなり鳴りはじめた」	
27歳		2巻124頁	幼なじみ	「年があけて七草の朝であった」	
28歳		3巻37頁	江戸の初春	「その年の初春は」	
29歳		4巻40頁	女難剣難	「その正月」	
26歳		5巻8頁	恋ふたたび	「春がそこまで来ている」	4巻と5巻の間、四年戻る
27歳		6巻45頁	迎春忍川	「正月三日」	
26歳		7巻7頁	春色大川端	「松の内のことで」	6巻と7巻の間、一年戻る
27歳		7巻188頁	冬の月	「東吾は正月を迎えた」	
28歳		9巻100頁	猫屋敷の怪	「年の暮の宿屋稼業は」	
29歳	28歳	10巻166頁	星の降る夜	「やぶ入りの終ったばかりの江戸が」	
30歳		12巻39頁	春の摘み草	「春浅い稲田には」	この年七月、畝源三郎第一子源太郎誕生（12巻283頁）
31歳	29歳	13巻199頁	雪の夜ばなし	「一月の雪の晩」	この年大晦日、麻生宗太郎第一子花世誕生（14巻242頁）
32歳		14巻252頁	麻生家の正月	「正月三ガ日」	この年六月、るいと東吾祝言（15巻133頁）
33歳	30歳	16巻68頁	びいどろ正月	「元旦」	
34歳		17巻103頁	伊勢屋の子守	「あと、いくつ寝ると正月」	
35歳	31歳	18巻159頁	冬の鴉	「明日は『かわせみ』の餅つき」	この年夏、麻生宗太郎第二子小太郎誕生（19巻36頁）
36歳		19巻215頁	江戸の節分	「これで、お正月が来ますね」	
37歳	32歳	21巻7頁	独楽と羽子板	「元旦早々から」	この年秋、畝源三郎第二子お千代誕生（22巻75頁）
38歳		22巻136頁	月と狸	「新春早々」	
39歳	33歳	[単]20巻203頁	源太郎の初恋	「この初春」	この年立春、るいと東吾に千春誕生（単20巻238頁）
40歳		[単]22巻36頁	西行法師の短冊	「門松がとれて間もなく」	
41歳	34歳	[単]23巻121頁	嫁入り舟	「この年の正月」	

―40（「女難剣難」）で、「その正月」を迎えた時には二十九歳になったであろうところまでは、安心して跡づけることができる。

ところが、貴重な手がかりは、このあたりでふっと途絶える。「意地悪、年齢のことばっかり、おっしゃって」（2―190「七夕の客」）と、るいに難じられたことがこたえたのだろうか、

「あと九日で、お前の生まれた日だな」

いくつになると、なんの気なしに東吾はきいたのだが、るいはつんとして、そっぽをむいた。

「もう、お婆（ばあ）さんでございます」（4―8「山茶花は見た」）

著者は、年の話をとんとしてくれなくなる。

それでも、ようやっと確認できたのは、第四巻から第五巻に移る際、すなわち五年のブランクの後に『オール讀物』に場を移してシリーズが再開された際に、時が戻っていることである。

再開二話めで、東吾とるいが「夫婦同然の仲になって三年越し」（5―63「奥女中の

表2 第3巻までの年代手がかり

❖箇所	❖タイトル	❖典拠	❖備考
1巻9頁	初春の客	「東吾より一つ上だから、今年の初春で二十五になった筈のるいであった」	全巻中で唯一、るいの年齢を明記
1巻12頁	初春の客	「三年ほど前、長崎に出張」	二年前のはず
1巻192頁	師走の客	「長崎へ出張している留守（……）から数えても、もう三年余りがすぎている」	
1巻218頁	江戸は雪	「『かわせみ』という小さな宿屋をはじめてざっと三年になるが」	
2巻24頁	江戸の子守唄	「二年前の新年に（……）他人でなくなった」	
2巻167頁	ほととぎす啼く	「彦兵衛さんが、あの家へ養子に来たのは、ちょうど、あたしがかわせみの店を持って半年目」	165頁から彦兵衛の養子入りは三年半前と判明
2巻189頁	七夕の客	「この夏で、ちょうど五年目になるんです」	
2巻190頁	七夕の客	「かわせみが五年目ってことは、るいと俺の仲は四年半か」	三年半のはず
3巻42頁	江戸の初春	「もう四年越しの深い仲だぞ」	五年越しのはず
3巻105頁	桐の花散る	「五年前（……）長崎出張」	
3巻277頁	女主人殺人事件	「他人でなくなって、もう四年」	

死」）と告げられる。ふたりが「夫婦同然の仲」になったのは、第一話「初春の客」のさらに一年前（1―11）にあたるから、それから「三年越し」なら、るいは二十六歳という計算になる。第四巻で二十九歳まで達し第五巻の冒頭で大台に乗るはずだったるいの年齢は、ここで一挙に四年も引き下げられているのである。次の話に「神林東吾は二十五歳」（5―74「川のほとり」）とあるのも、この四年逆戻り説を支持してくれる。

しばらく行って、もう一度、時が戻る。第六巻から第七巻に移る際である。ここも九ヵ月ほどの執筆ブランクの後に再開された箇所にあたるが、第七巻の冒頭に「三年経った今は」（7―8「春色大川端」）と開業三年後、すなわち、るい二十六の年であることが宣言されている。第五巻以降二度の正月を経て、二十八となるはずだったるいの歳は、ここでまた二年引き下げられたわけである。この推定はさらに先へ行って翌年の秋に開業後「五年が経っている」（9―29「むかし昔の」）と述べられていることとも符節が合う。

と、ここまではどうにかなった。

おるい様紀元二十五年からスタートして同二十九年まで達したところで中断、いったん紀元二十六年まで戻って同二十七年に至り、ふたたび紀元二十六年に戻る。と、ここまでは、ふうふう言いながら、どうにかわずかな手がかりを辿ってくることができた。
しかし――。

子供の年齢

ここから先が、どうにもお手上げなのである。

ついに手がかりはまったく途絶えてしまう。今までごくわずかながらも提供されていた情報は、さきの「五年が経っている」（9―29「むかし昔の」）を最後に、ついに完全に途絶えてしまう。

それ以後、いつと明示することのないまま、ストーリーはずっと連続して季節を送り迎えしてゆく。第四巻と第五巻の間、第六巻と第七巻の間のような、それとはっきり分かる断層はどこにも検出することができない。

ならば、もはや時が逆戻りすることもなく順調に経過していったのだと仮定して、表1の一番上の欄のように単純におるい様紀元を割り振ってみると、るいの祝言は三十二歳の時、第一子千春（ちはる）の誕生は、三十九歳の高齢出産ということになってしまう。

それでは、命名書を赤ん坊の枕元に置き、

「よいお名前でございますね」

東吾をみて微笑したのが、いつも以上にあでやかで美しく、女とは赤ん坊を産むとこんなにきれいになるものかと、東吾は恋女房の顔を眺めて、いい気分であった。（単20―247「立春大吉」）

という姿からは、やはりあまりに遠い。どう理解したらよいのだろう。

問題は、それだけではない。

子供の年齢である。

表1に書き込んだように、東吾の親友畝源三郎（うねげんざぶろう）のところに長男源太郎が誕生したのに続き、同じく親友にして医者の麻生宗太郎（あそうそうたろう）のもとに長女花世（はなよ）、やがてそれぞれの家に第二子、そしてついに千春と、「かわせみ」関係者の家は年ごとに賑やかになる。花世の一日前には、後に東吾の兄通之進（みちのしん）の養子に迎えられる麻太郎も生まれている。

その子供たちがいつしか捕り物騒動の間に立ちまじって一役も二役も演じるようになり、お馴染みの世界に新たな感興が加わってくるのだけれど、はたと当惑したのは、子供たちの年齢に言及される際、表1のおるい様紀元による換算と、いつも大きくずれてしまっている点である。

たとえば、じつは東吾の血を引く麻太郎。「三歳になったばかり」（18―202「秘曲」）と登場したとき、すでに数えで五歳に達している計算であり、「あれから三年」（単20―36「虹のおもかげ」）経てば六歳でなく八歳のはず、さらに翌年、母を喪うという大事件に遭遇した時は、「それでなくとも、麻太郎は六歳の少年である。どんなに利発でも、たった一人での道中はおぼつかない」（単21―204「紅葉散る」）、いやいやもう九歳だから、そう心配しなくても。え、「花世と同い年の五歳」（単22―10「冬鳥の恋」）、だから九歳だってば……という次第である。

詳しくは表3に列挙した通りとなる。どの子供たちもひとしく、少なめ少なめに年を見積もられていることが読みとれよう。

これは、うっかり数え間違いを犯した、などという事態では到底ありえない。「六歳の少年」と明記した二話のちには「五歳」と堂々と記されているのである。あるいは、

花世と源太郎は茶会の間、庭でかくれんぼをしていて隣家の殺人事件にかかわ

表3 子供の年齢

❖箇所	❖タイトル	❖文中の表現	❖計算上
18巻202頁	秘曲	「麻太郎という、三歳になったばかりという男の子」	数えで五歳のはず
18巻203頁	秘曲	「それ（麻太郎と花世の誕生を指す）から足かけ三年」	足かけ五年のはず
18巻233・244頁	秘曲	「あれは、三年前」「三年前の、宗太郎と七重が祝言をあげた雪の夜」	四年前のはず
19巻115頁	かくれんぼ	「五歳の源太郎」	六歳のはず
21巻155頁	十軒店人形市	「正吉と源太郎を立ち会わせてみると、それは十歳からの年の開きがあるから問題にはならないのだが」	十五歳（143頁）の正吉と十歳違いだと五歳ということになるが、源太郎は八歳のはず
22巻75頁	穴八幡の虫封じ	「畝源三郎のところに、この秋、五年ぶりで二番目の子が誕生した」	七年ぶりのはず
[単]20巻34頁	虹のおもかげ	「（麻太郎）五、六歳の少年」	八歳のはず
[単]20巻203頁	源太郎の初恋	「畝源三郎の嫡男、源太郎はこの初春、七歳になった」	十歳のはず
[単]20巻207頁	源太郎の初恋	「畝様のお千代ちゃんに羽子板を買いましたの。まだお二つですから」	三歳のはず
[単]21巻98頁	伝通院の僧	「お千代は、今年二歳」	三歳のはず
[単]21巻193頁	紅葉散る	「花世と源太郎は茶会の間、庭でかくれんぼ（……）早いものでそれからもう丸二年が過ぎている」	丸四年のはず
[単]21巻204頁	紅葉散る	「麻太郎は六歳の少年である」	九歳のはず
[単]22巻10頁	冬鳥の恋	「麻太郎という少年は（……）花世と同い年の五歳だと聞いている」	ともに九歳のはず
[単]23巻125頁	嫁入り舟	「千春は三歳になって、急に東吾に似て来た」	計算どおり
[単]23巻127頁	嫁入り舟	「（麻太郎は）本年七歳になりましてございます」	十一歳のはず
[単]23巻159頁	人魚の宝珠	「今年三歳になった千春」	計算どおり

り合いを持ったのだったが、早いものでそれからもう丸二年が過ぎている。（単21―193「紅葉散る」）

「丸二年」どころか、その間には四度の正月が経過し、計算上は丸四年のはずなのである。単行本化する時の表題作にもなったあの思い出深い「かくれんぼ」事件（19―113）を執筆したのは何年前か、著者自らが間違えるはずはない。再三指摘するように、連載執筆は現実の季節の進行とぴったり歩調を合わせており、面倒な計算は何も必要ないのだから。

四年前に執筆した事件であるにもかかわらず「丸二年」と明言する。九歳のはずの子が六歳や五歳になっている。

この事態をいったいどう理解したらよいのだろう。何年か時が戻る第四／五巻断層や第六／七巻断層のようなくっきりした現象は、もはやどこにも見あたらず、ストーリーはなだらかに継続しているとしか見えない。

でも、この世界のどこかに、何か秘められた仕掛けがあるはずなのだ。でなければ、四年が二年になり、九歳が五歳になるはずはない。

それは、どんな仕掛けなのだろう。律儀に年表を作ってみても分からないとなると、いったいどう探索すればよいのだろう。

途方に暮れていた時、思いがけぬ方面から糸口が開けてきた。

客室リスト

まぼろしの「ちどりの間」、それがきっかけだった。


「ちどりの間といったな」

東吾は二階の間取りを考えていた。

「あそこは確か、八畳ひと間だが……」(1―88「卯の花匂う」)


「かわせみ」に於いて、初めて部屋の名前が紹介される箇所である。「ちどりの間」、宿の名「かわせみ」と響き合う、ゆかしい名だな、と記憶にとどめたにもかかわらず、ついにこの部屋は二度とふたたび登場しない。

かわって立ち現れるのは、「萩の間」「梅の間」「楓の間」などなど、いずれも一文字の植物の名を冠した部屋である。

そこで、徹底調査を試みた。

「かわせみ」の建築学的研究である。どの部屋が何回使われているのか、それは一階にあるのか二階にあるのか、可能な限り情報を集積すれば、「かわせみ」の間取りが復元できるのではないか、ともくろんだのである。

もちろん、部屋の名が明示されないことも多いし、一階二階の別についてはさらに情報に乏しい。それでも、

その夫婦者の客は、楓の間の窓から屋根へ出て、風呂場のわきに植木屋がたてかけたまま忘れて行った梯子を使って逃げたらしい。（2―19「江戸の子守唄」）


とあれば、「楓の間」は二階である、というように、わずかな手がかりをも見逃さないように心がけて、鋭意データを集めてみた。

結果が表4である。

部屋の名が明記されているのは計六十二回（ただし、一つの話の中で何度も同じ部屋に言及されている場合は、一回として数える）、部屋数はかの「ちどりの間」をも含めて十一部屋となる。

表4「かわせみ」部屋リスト

部屋名	登場箇所	タイトル	階	判断典拠
梅	1巻220頁	江戸は雪		
梅	2巻120頁	幼なじみ		
梅	2巻145頁	宵節句		
梅	2巻192頁	七夕の客	2階	「二階の奥に廊下を中にして梅の間と松の間が向合っている」
梅	3巻190頁	風鈴が切れた	2階	「おみつは、二階の『梅の間』に通されていた」
梅	6巻147頁	千鳥が啼いた		
梅	7巻203頁	雪の朝	2階	「かわせみの二階に、かけおち者が泊っている」(223頁)
梅	9巻8頁	むかし昔の	1階	「廊下を曲って、とっつきの部屋」
梅	10巻201頁	閻魔まいり		
梅	12巻116頁	筆屋の女房	2階	「二階の梅の間は、窓を開けると大川が見渡せる」
梅	13巻88頁	麻布の秋	2階	「るいは自分で梅の間へ上って行った」(89頁)
梅	14巻72頁	天下祭の夜	2階	「お二階の梅の間」
梅	14巻175頁	時雨降る夜	2階	「二階の梅の間へ行ってみると」
梅	15巻110頁	わかれ橋		
梅	17巻146頁	梅の咲く日	2階	「二階へ上った」(163頁)
梅	18巻40頁	松風の唄		
梅	18巻107頁	江戸の馬市	2階	「二階へ顎をしゃくった」(108頁)
梅	18巻186頁	目籠ことはじめ		
梅	18巻240頁	菜の花月夜		
梅	19巻10頁	マンドラゴラ奇聞		

梅	19巻187頁	江戸の節分	1階	「梅の間は庭に面していて、縁側へ出れば大川がみえる」（196頁）
梅	19巻227頁	福の湯		
梅	20巻90頁	池の端七軒町		
梅	［単］20巻159頁	狸穴坂の医者		
梅	［単］22巻38頁	西行法師の短冊		
梅	［単］23巻162頁	人魚の宝珠		
萩	1巻128頁	秋の螢	2階	「二階の部屋である」
萩	1巻218頁	江戸は雪	1階	「庭から大川端へ出て」（222頁）
萩	1巻252頁	玉屋の紅	1階	「廊下へ出た（……）忍び足で萩の間へ行った」（276頁）
萩	3巻291頁	女主人殺人事件	1階	「階下の萩の間」
萩	4巻101頁	鴉を飼う女	1階	「お絹は縁側に出ていた」
萩	5巻190頁	秋色佃島		
萩	9巻158頁	美人の女中	1階	「菊の間の隣が（……）萩の間、残りは二階であった」
萩	10巻134頁	源三郎祝言	1階	「畝様御夫婦は、はなれの萩の間にお泊りです」
萩	17巻11頁	尾花茶屋の娘		
萩	18巻210頁	秘曲	1階	「新しく改築した離れ」
楓	1巻227頁	江戸は雪		
楓	2巻13頁	江戸の子守唄	2階	「窓から屋根へ出て」（19頁）
楓	4巻11頁	山茶花は見た		
楓	9巻142頁	美人の女中	1階	「楓の間を真ん中にして、その両隣が桐の間と菊の間（……）残りは二階であった」（158頁）

楓	22巻265頁	猿若町の殺人	1階	「帳場に一番近い客間」
楓	［単］22巻66頁	宝船まつり		
藤	5巻41頁	奥女中の死	1階	「離れになっている藤の間」
藤	6巻146頁	千鳥が啼いた		
藤	19巻229頁	福の湯	1階	「静かですし、庭から大川もみえますから」
藤	20巻7頁	花嫁の仇討	1階	「低い柴垣越しに若い女が縁側に出て来たのがみえた」（12頁）
藤	20巻105頁	汐浜の殺人	2階	「女房の肩を押すようにして二階へ上って行った」（110頁）
藤	［単］23巻157頁	人魚の宝珠	1階	「藤の間へ続く廊下を重い足どりで去って行った」
桐	4巻191頁	人は見かけに	2階	「二階で赤ん坊の泣く声がした」（196頁）
桐	9巻158頁	美人の女中	1階	「楓の間を真ん中にして、その両隣が桐の間と菊の間（……）残りは二階であった」
桐	14巻75頁	天下祭の夜	1階	「奥の客部屋のほう」（81頁）
桐	20巻128頁	汐浜の殺人		
桐	［単］20巻57頁	笹舟流し	2階	「その部屋は二階で、窓からは大川が見渡せる」
松	1巻227頁	江戸は雪		
松	2巻192頁	七夕の客	2階	「二階の奥に廊下を中にして梅の間と松の間が向合っている」
松	14巻181頁	時雨降る夜	2階	「階段をかけ下りて来た」（184頁）
菊	1巻227頁	江戸は雪		
菊	9巻158頁	美人の女中	1階	「楓の間を真ん中にして、その両隣が桐の間と菊の間（……）残りは二階であった」

桃	**1巻227頁**	**江戸は雪**		
柳	**2巻216頁**	**王子の滝**	2階	「二階の柳の間」（218頁）
竹	**［単］20巻53頁**	**笹舟渡し**	1階	「帳場から一番近い客間」（52頁）
ちどり	**1巻88頁**	**卯の花匂う**	2階	「東吾は二階の間取りを考えていた」

さすがである。

それほど大きな宿ではなかった。全部の部屋を使っても、十組ほどの客しか泊れない。（1―46「花冷え」）

あるいは「十組も泊めるのがせい一杯」（1―159「倉の中」）、「十組ほど泊められる」（1―227「江戸は雪」）、「十いくつしかない部屋」（7―8「春色大川端」）と繰り返し紹介されているのと、ぴたり符節があって十一部屋、周到な計算に基づいて部屋割りが設定されていることが判明する。

表5によって使用頻度を見てみると、六十二回のなかで一番人気は「梅の間」二十六回、他を圧する多さである。「萩の間という、『かわせみ』では上等の部屋」（17―11「尾花茶屋の娘」）とあるから、「梅の間」は上等ではないほうの部屋なのだろうが、そこの使用頻度がいちばん高いというのも、

「ここへいらしたのも、なにかの御縁でしょうから、暫くはうちで面倒をみさせて頂きます」

るいが相変らずの女長兵衛でひき受けた。（単20―57「笹舟流し」）

困った人に手を貸さずにはいられない、人情あつい「かわせみ」ならではのことである。

「梅の間」に次ぐのが、「萩の間」で十回、以下「楓の間」と「藤の間」がそれぞれ六回、「桐の間」が五回、以上五部屋で六十二回のうち五十三回が占められている。どうやら、どの部屋もまんべんなく使用するのでなく、使い勝手の良い部屋から埋めてゆくというのが、「かわせみ」の営業方針のようだ。

だから閑散期の「かわせみ」を訪れれば、「梅の間」に案内される確率が非常に高

く、逆に繁忙期に訪れれば、ひょっとしたら、まぼろしの「ちどりの間」に泊めてもらえるかもしれない、というわけである。

表5「かわせみ」部屋ごとのデータ

❖部屋名	❖登場回数	❖階数内訳	
梅	26回	◆1階…2回	◆2階…9回
萩	10回	◆1階…7回	◆2階…1回
楓	6回	◆1階…2回	◆2階…1回
藤	6回	◆1階…4回	◆2階…1回
桐	5回	◆1階…2回	◆2階…2回
松	3回		◆2階…2回
菊	2回	◆1階…1回	
桃	1回		
柳	1回		◆2階…1回
竹	1回	◆1階…1回	
ちどり	1回		◆2階…1回
計11室	62回	◆1階…19回	◆2階…18回

さて、この十一部屋、どれが二階でどれが階下なのか、という検討に進んだ時に、思いがけない事態にぶちあたった。

一階か二階か

驚くほかない。

主要五部屋が、ことごとく一階説と二階説にまっぷたつなのである。

たとえば「梅の間」。

「二階の奥に廊下を中にして梅の間と松の間が向合っている」（2—192「七夕の客」）、「おみつは、二階の『梅の間』に通されていた」（3—190「風鈴が切れた」）と続くので、なるほど「梅の間」は二階なのかと納得していると、見知らぬ老人が上りかまちからいきなり「すたすたと奥のほうへ歩き出し（……）廊下を曲って、とっつきの部屋の入口をまたいだ。そこは梅の間であった」（9—8「むかし昔の」）、おや一階だったのか、首をかしげる間もなく、ふたたび「二階の梅の間」（12—116「筆屋の女房」）、「お二階の梅の間」（14—72「天下祭の夜」）と続き、やっぱり二階なのかと思っていると、「梅の間は庭に面していて、縁側へ出れば大川がみえる」（19—196「江戸の節分」）、またまた一階に戻り、といった具合である。

「萩の間」も「二階の部屋である」（1―128「秋の螢」）はずが、いつの間にか「庭」（1―222「江戸は雪」）に出られる「階下の萩の間」（3―291「女主人殺人事件」）に変わっているし、「桐の間」も「二階」（4―196「人は見かけに」）から、「楓の間を真ん中にして、その両隣が桐の間と菊の間（……）残りは二階」（9―158「美人の女中」）すなわち一階へと引っ越し、さらに「その部屋は二階で、窓からは大川が見渡せる」（単20―57「笹舟流し」）と戻り、と上と下を行ったり来たりする。

これはいったい、どういうことなのであろうか。

「梅の間」も「萩の間」も「楓の間」も、複数回用いられている部屋はことごとく一階になったり二階になったりと場所が定まらないなんて、この宿はいったいどういう構造をしているのであろうか。

いくつか可能性を考えてみた。

まず思いついたのは、同じ名の部屋が二つずつある、という可能性である。

「梅の間」も「萩の間」も一階と二階に一部屋ずつあるとするならば、同じ名の部屋が、ある時は一階、ある時は二階に出現しても不思議はない。

しかし、すぐにこれは論理的に破綻していることに気づく。

先に触れたように、「かわせみ」は「十組ほどの客しか泊れない」（1―46「花冷え」）小さな旅籠(はたご)なのである。そして、現在判明している部屋の名は十一である。そのそれぞれが、一階と二階とに一部屋ずつあるとなると、トータルの部屋数は二十二となり、「十組ほどの客しか泊れない」という前提と大きく矛盾してしまう。

仮に百歩譲って、主要五部屋のみが上下にあると計算しても、十一プラス五で十六部屋となり、やはり前提を逸脱してしまう。

次に考えたのは、ある時期に改築して、部屋の配置ががらりと様変わりした、という可能性である。

たしかに、「かわせみ」は一度だけ改築している。おるい様紀元で二十八年のことである。この年の大雪であちこち傷んだのをしおに、

もともと、古い家を買ってざっと模様替えして宿屋稼業にふみ切ったものだから、調理場も手狭だし、客間のほうも、もう少しなんとかしたいと欲も出る。
（3―69「湯の宿」）

となり、「屋根職人や大工が入って（……）とりあえず半月は客をことわって休業」

（3―69「湯の宿」）、その間にるいは番頭の嘉助と女中頭のお吉を伴って珍しく江戸を離れ、湯治に赴いた先の箱根でまたまた事件に遭遇といった運びとなるのだが、ともあれ「客間のほうも、もう少しなんとかしたい」とある以上、この改築を機に客間の移動が生じていてもおかしくはない。

しかし、この説もあっという間に破綻する。

改築を機に一変したのなら、その前と後で整然と変わっていなければならないが、データの示すところは、全然そうなっていない。

この時の改築のあとも「梅の間」は依然「二階の『梅の間』」（3―190「風鈴が切れた」）であり続け、しばらくして一階に、また二階、さらに一階と変転を続けるのである。

仮に百歩譲って、この箱根行きの時以外にも何度か改築がなされたと想定してみても、「梅の間」のデータがずっと二階を示している時期に、「萩の間」は二階から一階に移動しているといった具合に、各部屋で移動が生じている時期がばらばらで、ある時期を画して一斉に模様替えがおこなわれたと推定することは到底できない。

したがって、この改築説も敢えなくボツとなる。

第三の可能性

さて困った。同じ名の部屋が二つあるわけでも、改築による移動でもない。

ならば、こういう可能性はどうだろう。宿屋稼業としては全く異例のことながら、「かわせみ」という宿は、気分によって、時々それぞれの部屋の名を付け替えていた、というのである。

「初春が近うございますから、梅の間に致しましょう」

お吉が自分で部屋へ案内して行った。（19―187「江戸の節分」）

女中頭のお吉あたりが差配して、同じ部屋を、春は梅の間、秋は萩の間というように、くるくる呼び替えていた、という案はどうだろう。

しかし、これもどうにも心もとない。なにしろ「そそっかしくて、よく自分の飯茶碗を割る」（20―48「お吉の茶碗」）ようなお吉である。

「雨宿りのお客様を萩の間へお通ししたから、すまないが、火を運んでおくれでないか」（3―291「女主人殺人事件」）

とるいに命ぜられて、とっさに部屋を間違えずに用が足せるだろうか。
それに、お吉はともかくとして、「かわせみ」に住み込んでいる女中たちは、みな在所の出身である。

十四、五で奉公に来て三、四年も働くと、「かわせみ」の場合、一応、行儀作法、縫物や台所仕事など、きちんと仕込まれるので、親のほうも安心して嫁入り先を考える。（単22―135「大力お石」）

で、「大方が十八あたりで暇を取って親元へ帰って行」き、「同郷の者で奉公に出たいと希望しているのを、かわりにやとってもらえないかと申し出る」（単22―135「大力お石」）という、じつに安定した雇用計画によって、この旅籠は経営されているわけだが、そんな次第だから、新参の女中はみな朴訥な「山出しのねえちゃん」（単22―162「大力お石」）である。くるくる部屋の名前が変わったりしたら、たちまち立ち往生、泣きべそで親元へ逃げ帰ってしまうに違いない。そうなった日には、苦心の雇用計画も水の泡である。

この点を勘案すると、時おり部屋の名を付け替えていた、という第三案もまたボツとならざるを得ない。

以上、「かわせみ」の部屋データを整合的に理解するために、同じ名の部屋が一階と二階に一つずつあるという案、改築により部屋が移動したという案、時おり部屋の名を付け替えていたという案の三つの可能性を検討してきたが、いずれも論理的に成立しないことが明らかとなった。

では、どう考えれば辻褄が合うのだろうか。どんな仮定を与えれば、表4のデータを整合的に解釈できるのだろうか。

残る可能性は一つしかない。

パラレル・ワールド

「かわせみ」は二軒あった。

もはや、そう考えるしかあるまい。

二軒の「かわせみ」は、部屋数も部屋の名前もそっくりだけれど、しかし間取りだけは異なる。片方は「梅の間」が一階にあり、もう片方では二階にある。あるいは片方では「萩の間」が二階にあり、もう片方では一階にある。そんなふうに、二軒の「かわせみ」というものを仮定すれば、同じ名前の部屋が、一階になったり二階になったりすることの説明がきれいにつく。

すなわち、ここには二軒の「かわせみ」の話が混在しているのである。ある時は「かわせみ」甲に身を寄せた駆け落ち者の話、続いては「かわせみ」乙に雨宿りした侍の話というように二軒の話が混在しているのである。それを同一のものと錯覚して読んでしまったために、同じ名前の部屋が上へ行ったり下へ戻ったり不可解な動きをしているように見えてしまったに過ぎない。

気づいてしまえば簡単なことであった。二軒の話と考えれば、なぜ同じ名前の部屋が一階にも二階にも出現するのかという表4での疑問は、なんなく氷解する。残念ながら手がかりが少なすぎて、二百話を超える話の一つ一つについて、甲と乙とどちらの「かわせみ」に属するのかまでは厳密に確定できないが、二軒あることだけは、もはや動くまい。

「かわせみ」が甲乙二軒あるということは、女主人のるいも甲乙二人いることになる。当然、るいの伴侶の東吾も二人、東吾の親友の畝源三郎も二人、女中頭のお吉も老番頭の嘉助も、あるいは岡っ引の長助も、主な登場人物はすべて二人ずつ存在していいるということになる。

かくて我々は、この世界の恐るべき秘密へと導かれる。
なんとここは、パラレル・ワールドなのである。二つの、とてもよく似た世界が並立し、お互い不干渉で独自に進行するというパラレル・ワールドなのである。二つの世界は酷似しているけれど、しかし細部が微妙に異なる。部屋数も部屋の名前も同じだけれど、しかし間取りは異なっている。

手がかりであったのだ。主要五部屋すべてについて一階説と二階説を並立させたのは、ここはパラレル・ワールドなのですよと著者が我々に告げるために、周到に埋め込んでおいてくれた貴重な手がかりだったのである。

もっと早くに気づくべきであった。不明を恥じるのみである。あらためて振り返れば、最近では著者はこんな手がかりも与えてくれていたのである。

「(……)若先生がお帰りまで、楓の間にでもお通ししておきましょう」

と、帳場に一番近い客間へ案内した。(22―265「猿若町の殺人」)

とりあえず、帳場から一番近い客間へ運び、布団を敷いて寝かせ、若い者を近くの医者へ走らせた。(……)東吾は竹の間と名のついている客間へ行ってみた。

(単20—52～53「笹舟流し」)

「帳場から一番近い客間」がなぜ二つもあるのだろう、とこの時、立ち止まるべきであった。たった二話しか離れていない近い場所に、わざわざ「楓の間」と「竹の間」と異なった部屋を、ともに「帳場から一番近い」と念を押して登場させたのは、そのことでパラレル・ワールドの存在に気づいて下さいよという著者からのかけがえのないメッセージであったのだ。

年をとらない理由

パラレル・ワールド。こんな奇想天外の仕掛けが隠されていたとは。

まだ興奮醒めやらない。

これで解ける。「まるっきり年をとらねえ」、かわせみ最大のあの謎が、これで解ける。

読者と歩調を合わせて季節を送り迎えしながら、るいも東吾もあまり年をとらないのはなぜか。子細に年表づくりをしても、どうにも解けなかった。四年前に執筆した事件であるにもかかわらず、なぜ二年前としているのか。九歳のはずの子が、なぜ五歳になってしまうのか。データを集めれば集めるほど、謎は深まるばかりであった。

それが、「かわせみ」は二軒ある、と仮定することですべて解ける。ここには「かわせみ」甲と「かわせみ」乙と、とてもよく似た、けれど細部は異なる二つの世界が双子のように併存していたのである。二百話のうちのある部分は「かわせみ」甲についての話であり、残りの部分は「かわせみ」乙についての話なのである。

となると、年表上は今までに二十二回の正月がめぐってきたことになっているが、そこには「かわせみ」甲にめぐった正月と「かわせみ」乙にめぐった正月が混在しているはずで、それぞれの世界にめぐった正月は、見かけの二十二回よりはぐっと少ない、ということになる。

だから、見かけ上は四年前の話に見えても、二年前のことであったりするのだ。だから、計算上は九歳となるはずの子が、じつは五歳や六歳であったりするのだ。

わかってみれば何でもない。甲と乙と二軒あることで、作中の暦が進むスピードは見かけの半分近くにまで減速しているのである。これこそ、おるい様がいつまでも若々しくておいでになる秘訣だったのである。

そのことを踏まえて、もう一度計算し直してみよう。

二度の断層を経て、おるい様紀元二十七年を三度目に迎えるあたり（7―188で迎えた「正月」に該当する）までが、先の検討でどうにか跡づけられたところであった。その後、著者は全く手がかりを与えてくれなくなってしまったわけだが、この「かわせみ」二軒説に立って、表1の上から二つめの欄に示したように、あらためて推定し直してみると、ふたりの祝言はるい二十九歳の年、千春の誕生は三十三歳ということになり、まさに作中のイメージにふさわしい実年齢を得ることができる。

なお、二軒の「かわせみ」は途中で分裂したのではなく、この作品が始まった当初から、すでに併存していたようである。表1を見ていると、初期については一軒の「かわせみ」しか存在しないように思ってしまうが、じつはこの時期からすでに二軒あったことが、次の二つの証拠によって裏付けられるのである。

一つは、「萩の間」である。表4に示した通り、この部屋は1―128では二階、1―218、1―252では一階にあることになっている。ごく早い時期から、すでに一階説と二階説が併存しているわけで、よってもって「かわせみ」は初めから二軒あったことになる。

もう一つの証拠は、これである。

仙五郎というのは、飯倉の岡っ引であった。

本職は桶屋だが、なかなか気のきいた男で、以前、方月館へ出入りしていた女按摩の事件で、畝源三郎とも、東吾とも顔馴染になっている。（5—83「川のほとり」）

表1と照合してみると、この記述はおるい様紀元で二度目の二十六年にあたる箇所に出現する。時が四年遡る第四／五巻断層の直後である。

ところが、ここに言及されている「女按摩の事件」とは3—162「風鈴が切れた」に該当する。すなわち、おるい様紀元二十八年のできごとである。

矛盾してしまう。おるい様紀元二十六年の時点で、二年先の同二十八年の事件で知り合うはずの岡っ引とすでに顔馴染になっているとは、いったい源三郎や東吾には未来を予知する能力でもあるというのか。

話は簡単である。パラレル・ワールドなればこそ、こうしたことが起こるのである。二つの並行する世界は、そっくりだけれど、でも隅から隅まで完璧に同じというわけではない。部屋の数や名前は同じだけれど、一階か二階かを異にしていたように、「女按摩の事件」も「かわせみ」甲では、おるい様紀元二十八年に起きているが、「かわせみ」乙では同二十六年より前に起きたのであろう。二つの「かわせみ」の話が区別せずに描かれているために、見かけ上、予知能力を持つ東吾が出現したようになっているに過ぎない。

すなわちここからも、第四／五巻断層が生じる以前にすでに「かわせみ」は二軒存在していたことが証し立てられるのである。

思うに、この予知能力東吾の一件もまた、著者から届けられた密やかなメッセージだったのではあるまいか。わざわざ二年先の事件に言及し、予知能力をもつ東吾という不思議な現象を提示してみせることで、この世界が一筋縄では行かない特殊な構造をしていることを読者に気づいてもらおうとしたのではあるまいか。

出生シーンに秘められた鍵

そんな著者の心くばりを押し戴きつつ振り返ってみると、あと三ヵ所ほど、さりげなく鍵が埋め込まれているのを発見する。

「女の眼病みは色っぽいもんだ。そうやって紅絹の布で眼を拭いているところなんぞ、つい、むらむらとしてくるからな」

思いきり、るいは東吾の太股をつねった。（1—158「倉の中」）

るいの眼は二日ばかりで治った。

神林東吾が狸穴から帰って来たのは、そのあとのことで

「目病み女はひどく色っぽいというじゃないか。そういうところを一ぺん、見たかったもんだ」

なぞと憎まれ口をきいたものの（……）（11—103「牡丹屋敷の人々」）

これが、一つめである。さきほどの予知能力東吾と逆である。おるい様紀元二十五年に眼を病んだるいを東吾はすでに見ているのに、三年ほど経って「一ぺん、見たかったもんだ」はないだろう。ご丁寧にも太股を思いきりつねられたというのに、健忘症東吾。

むろん、片方が「かわせみ」甲に属する東吾甲、もう片方が「かわせみ」乙に属する東吾乙、と別人の話だから、こうしたことが起きるのである。

二つめは、

「大丈夫ですよ。お産婆さんが、もう間もなくだっていってましたから……」

（12―282「源太郎誕生」）

「あいつは変り者でね。（……）」

畝源三郎の赤ん坊をとり上げたのも、あいつだと東吾がいい（……）。（13―47「大川の河童」）

「あいつ」とは東吾の親友である医者の麻生宗太郎を指しているが、「源太郎誕生」で源三郎の第一子源太郎をとり上げたのは「お産婆さん」で、宗太郎はその場にはいなかった。ここにも「かわせみ」甲と「かわせみ」乙の小さな差異が覗いている。

三つめも宗太郎がらみである。

「花世よりも少し前に誕生なさったのですけれど、月足らずで、おまけに御難産でしたの。うちの旦那様がかけつけて首尾よく取り上げたのでしたけれど、丈夫で、御立派な赤ちゃんで、私どももほっとしたものでした」(18―203「秘曲」)

麻太郎を取り上げたのは、「うちの旦那様」だと宗太郎の妻七重が述べている。ところがしばらく後に、東吾と宗太郎はこんな会話を交わしている。

「麻太郎は、いつ、生まれているんだ」

声が低くなった。

「事情を知らない七重が、なんの気なしに琴江どのに訊いたところ、予定よりも早くて、暮の三十日だったと……」(単20―42「笹舟流し」)

おや、今度は宗太郎が健忘症になってしまった。自分が取り上げた赤ん坊、しかも自分の娘である花世と一日違いで誕生した赤ん坊であれば、いつ生まれたか、しかと記憶していなければならないのに、妻の会話を聞いて初めて知るなんて。

むろん、麻太郎を取り上げた宗太郎甲と、取り上げなかった宗太郎乙が存在するわけである。

私が見つけることのできた鍵は、この三つである。とりわけ、あとの二つはいずれもが子供の誕生にかかわっている。

ここに至って思いあたる。子供たちもまた鍵を握っていたのだ。

年表づくりの作業の際に見たように、今がおるい様紀元の何年にあたるかという言及が作中から全く消えてしまったあとも、「かわせみ」関係者の子供の年齢については、しばしば言及されていた。その際、表3にまとめた通り、九歳のはずの麻太郎がなぜか五歳となっているなど、子供たちの年齢がいずれも少なめに見積もられている、という謎に逢着したわけである。

謎が解けた今、その子供たちの誕生のシーンに、じつはしっかり謎を解く鍵が埋めこまれていたことを知る。源太郎はじつは二人いるのですよ、お産婆さんが取り上げた源太郎甲と宗太郎が取り上げた源太郎乙は別人なのですよ、麻太郎だってそうなのですよ。著者はきちんとメッセージを埋めこんでおいてくれたのであった。

人は見かけに

二軒の「かわせみ」。導かれた結論をあらためて嚙みしめつつ、さらに気づいたことがある。

ふたたび懐かしい「梅の間」を引き合いに出すならば、

二階の奥に廊下を中にして梅の間と松の間が向合っている。（2―192「七夕の客」）

この一篇は、その二つの部屋に毎年七月七日に必ず予約を入れる一人の女と一人の男の、「まさか、牽牛と織女が、かわせみで逢曳してるわけじゃないだろう」（2―192）、宿帳によれば女が四十、男が二十という二人に、宿が関心を寄せたところから始まる。

梅の間は庭に面していて、縁側へ出れば大川がみえる。（19―196「江戸の節分」）

この一篇は、そこに泊まった老女が「なんだか、えらく寂しい顔をして大川のほうをみていたよ」（19―196）と、東吾を心配させつつ進行する。

謎めいた男女は二階の奥に、寂しげな老女は庭続きで大川に出られる一階に。それぞれにふさわしい設定が選ばれているのである。

その後、二階のほうでは、「男と女の仲に、年上もへったくれもないさ」（2―192）という当初の思いこみを裏切って、しみじみした真相が明かされる。かたや一階では、「放して……死なせて下さい」（19―205）、案の定の愁嘆場のあと、あっけらかんとどんでん返しがやってくる。

ここ「梅の間」に限らず、いずれの捕り物話でも繰り返しなぞられるのは、ある話ではタイトルにまでなった「人は見かけに」（4―190）ということである。

人はみかけに、といえば、もう一つ、こればっかりは、東吾も源三郎も、あっけにとられたことがあった。（4―217～218「人は見かけに」）

何気ない日常を一皮めくれば、意外な真相が隠されている。「あいつが、お上のお手先をつとめる隠密とは」（4―218「人は見かけに」）。「あっけにとられ」る他ない真相が、どの話にも仕込まれている。

そうした各話ごとの構造と呼応するように、この世界の最深部には、「かわせみ」は二軒あるという、やはり「あっけにとられ」る他ない真相が仕込まれているのである。

安心して踏みしめられる地べたなど、どこにもない、と痛感する。どちらを向いても「人は見かけに」、予想外のどんでん返しが、ぱっくりと口を開く。磐石に見える「かわせみ」という拠点ですら例外ではない。一軒だと思いこんでいたら、じつは二軒という、予想外のどんでん返しに足をすくわれる。

かくて、二軒の「かわせみ」という、この世界の最深部にひそんでいた謎は、「人は見かけに」という各話ごとに仕込まれている小さな謎たちを象徴する、まことに深い意味をになった存在であることが判明する。

あらためて、この世界が深い思慮によって周到に構成されていることを思い知るのである。

「離れ」の研究

地道な年表づくりから始まって、めくるめく結論に達したところで、本論はおしまいである。付録として、この世界の謎を解く端緒となった「かわせみ」の建築学的研究の成果を、あと一つだけ披露したい。

「離れ」のことである。

二人の今夜からの新居は離れがあてられていた。

半月前から、そのために大工が入り、風呂や手水場(ちょうずば)を建て増ししてある。（15—138「祝言」）

長い間の忍ぶ恋がようやく成就して、るいと東吾が祝言を挙げた夜から、二人の新居は「かわせみ」の「離れ」となる。あわせて「それまでのるいの居間は東吾の友人達のための客間として模様がえをした」（15—142「祝言」）とあり、「宿屋稼業の、一番暇な」（5—135「幽霊殺し」）午下りに、よくお吉や長助が捕り物談に夢中になった懐かしい部屋は「客間として模様がえ」されたのであった。

ところが、しばらくすると、この「客間」がいつの間にか「居間」に戻ってしまっている。新居として「離れ」が使われたことが確認できるのは15―217（「八朔の雪」）までで、「以前はるいの部屋だった居間」（15―230「浮世小路の女」）、「るいの部屋」（16―34「ひゆたらり」）とやや変則な呼び方を経て、16―65（「びいどろ正月」）以降は一貫して「居間」と呼ばれるようになり、「居間の長火鉢には、酒の徳利が猫板にのっている」（17―206「矢大臣殺し」）、るいと東吾がほっと落ち着く場所となる。

この「居間」が母屋のうちであることは、「お吉が台所と居間を行ったり来たりし」（20―215「怪盗みずたがらし」）、「るいは何度も居間と帳場を行ったり来たりした」（21―82「犬張子の謎」）、と台所や帳場と気軽に「行ったり来たり」できる距離にあることからも明瞭である。

すなわち、せっかく「風呂や手水場を建て増し」したにもかかわらず、二人はさっさと「離れ」を引き払い、母屋にある「それまでのるいの居間」に引っ越してきたのである。

では、二人に去られてしまった「離れ」のほうは、どうなったのか。

とりあえず、支度の出来ている萩の間へ案内した。

ここは新しく改築した離れで八畳と四畳半の二間続きになって居り、母屋とは渡り廊下でつながっていた。（18―210～211「秘曲」）


これがそうに違いない。客間に転用したのである。

なかなか商売熱心な二人である。なにしろ、この頃の「かわせみ」は、

十二月に入って「かわせみ」は千客万来であった。連日、空部屋がない。（18―135「冬の鴉」）


と大繁盛であったから、多少窮屈な思いをしても、どんどん稼ごうと新居を犠牲にしたものだろう。

その改築を請け負ったのは、父の通夜の席で「親父のような鉋屑（かんなくず）は、なかなか出せませんがね」と陽気に笑ってみせながら、一人になると「親父橋」の上で号泣していたあの鮮烈な印象の小源（12―245「息子」）であったのかもしれない。

話はここで終わらない。この「離れ」が突然また復活するのである。

宗太郎に伴われた恰好で、産室になっている離れへ行った。

赤ん坊は、るいの隣に敷かれた真新しい布団に寝かされていて（……）。（単20―239「立春大吉」）


千春の誕生によって晴れて東吾が父親になるシーンである。この時に「離れ」が産室として使われている。その後、「東吾とるいが暮している離れ」（単21―34「春の高瀬舟」）、「千春に湯をつかわせている離れの縁側」（単21―152「二軒茶屋の女」）、「離れの部屋」（単22―108「神明ノ原の血闘」）と、愛児の誕生を機に二人は「離れ」へ引き移ったようでもあるのだが、そのあたりがなかなか一筋縄では行かない。

「居間」が根強く残るのである。暖簾をくぐった東吾は「千春を抱き上げて居間へ入」っている（単22―142「大力お石」）。この「居間」は「帳場のほうに客の着いたような声が聞え」（単21―175「名月や」）と帳場の声が届く距離にあることから見ても、やはり母屋のうちのようで、そこが「東吾が居間に落ちつくと」（単22―172「女師匠」）、しっかり日常生活の場になっている。そうなると「離れ」のほうは、「どうも女二人に体よくあしらわれていると苦笑して、東吾は離れに退却した」（単23―39「江戸の湯舟」）、るいの女友達から逃れるための東吾の避難所でしかない。

どうやら、東吾とるいの二人は「離れ」に引っ込んでしまうのがよほど嫌いと見える。「八丁堀育ちは、どうも事件の匂いを嗅ぎたがる」（16―228「春や、まぼろし」）、暖簾をくぐって次々に飛び込んでくる事件に首をつっこむのが性に合っているのだろう。

この分では、ふたたび「離れ」が営業用の客間に転用される日も遠くはあるまい。

かわせみ・ひとくちコラム①

タイトルに「、」が入ると、何かが起きる

「能役者、清大夫」と題された一篇（7―109）は、『オール讀物』昭和五十九年十二月号および翌六十年一月号に分割掲載されたもの、すなわちシリーズ中では今のところ唯一、一話完結のスタイルをとらなかったものである。

同じようにタイトルに「、」が含まれるものが、あと一篇だけある。「春や、まぼろし」（16―225）である。そして、この一篇もじつは、唯一の分割掲載である「能役者、清大夫」とは違った意味で、シリーズ中に特異な位置を占める。

この「春や、まぼろし」までは

るいはもとより番頭の嘉助も、女中頭のお吉も、夏ばてとは無縁の顔で「いってらっしゃいまし。お早くお帰り遊ばせ」と見送ってくれたし（……）。（16―225「春や、まぼろし」）

次の「尾花茶屋の娘」からは、

るいと一緒に仔犬の傍にしゃがんでいたお吉が、
「いいえ、若先生、それがシロ公の子だっていうんですよ」
待っていたように、いいつけた。(17―7～8「尾花茶屋の娘」)

違いに気づいていただけただろうか。

「、」である。「春や、まぼろし」までは会話文の直前に「、」が打たれない。「夏ばてとは無縁の顔で『いってらっしゃいまし(……)』」と一つながりである。

その表記法が「尾花茶屋の娘」からは変更になり、「お吉が、『いいえ、若先生』」と発言の直前に、きちんきちんと「、」が打たれるようになる。

予言の「、」であったのだ。「春や、まぼろし」と珍しくもタイトル中に打たれた「、」は、次回からは本文中の会話の直前に「、」を打ちますよ、と先触れをしていたのだ。

では、なぜここで表記法が変わったのか。

この時点を以て、「かわせみ」の人々が、会話の前に「、」、すなわち一呼吸置くようになったのだと推測される。ちょっと唾を飲み込んで、気を落ち着けてから話し出すようになったのである。

それはおそらく、

「（……）うちの人達はみんな早口で、何をいっているのかわからないと泣いて訴えましたの」（単22―145「大力お石」）

という事態に対処するためだろう。田舎から出てきたばかりの新米女中をまごつかせないため、日頃からゆっくり話す努力をするようになったのだろう。さすが、人情に篤い「かわせみ」である。

このように、タイトルに「、」が入ると必ず何かが起きる。次にタイトルに「、」が出現した時にはいったい何が起きるのか。私は今からどきどきしている。

かわせみ・ひとくちコラム②

意外にシャイなお吉さん

「まあ、梅の間のお客ときたら、仮にも兄妹って触れ込みで泊ったんだから、少しは遠慮ってものがあるだろうに、一日中、いちゃいちゃして……」（7―205～206「雪の朝」）

言いにくいこともつけつけ口に出す女中頭のお吉であるが、案外シャイな一面を発見した。

「あそこは厄除けに効くんですよね。随分と前にお嬢さん、じゃなかった御新造さまと行きましたよ」（15―164「お富士さんの蛇」）

「うちのお嬢さん……いえ、御新造さまと行った時」（15―165）。晴れて祝言を挙げて以後のるいを呼ぶのに、今までの「お嬢さん」から「御新造さま」へと言い換えるための、お吉の努力が始まる。

けれど、長年の口癖はなかなか改まらない。しばらくは慎重に直接呼ぶのを避けたとおぼしく、お吉がるいに呼びかけるシーンは見られなくなっていたのだが、

「お嬢さん、ちょいと来てみて下さいまし」

お吉がまっ赤になっていいつけに来た。(16—193「煙草屋小町」)

興奮したはずみにひょっと元に戻ってしまった。

「お嬢さんは人がよすぎるんですよ」(17—9「尾花茶屋の娘」)、口をとがらせつつ、とうとう言い換えを断念したようで、「うちじゃ、お嬢さんが一番、いえ、若先生と御新造様が一番でございますから」(17—75「伊勢屋の子守」)とあるのを最後に、完全に昔通りの「お嬢さん」に戻ってしまう。けっきょく、ついに一度もすっきり「御新造さま」と言えずじまいとなる。

今さら、照れくさくって、ということなのだろう。恐いものなしに見えて、じつは意外にシャイなお吉さんなのであった。

かわせみ・ひとくちコラム③

犬の話

一時期、「かわせみ」では犬を飼っていた。

「それが、迷い犬なんですよ」（11—159「犬の話」）

ある夏、豊海橋の袂（たもと）から、るいに付いてきて、そのまま「かわせみ」に居着いてしまったのである。「シロって呼んでいるんですけれど、本当の名前はそうじゃないみたいです」（11—163）。

その犬が「そのまま居ついて数年（……）体も大きくなったし、力もある」（17—8「尾花茶屋の娘」）頃になって、小事件が起きる。近所の牝犬を孕ませたと苦情を持ち込まれ、「かわせみ」は五、六匹の仔犬を押しつけられてしまったのである。「うちのシロが、あんな器量の悪い婆さん犬を相手にするもんですか」（17—9）、口をとがらせたお吉も、「御近所とごたごたを起したくないじゃないの」（17―9）という、るいの意向にやむなく従う。

当のシロは、けっこうな子煩悩ぶりを発揮し、

翌朝、起きぬけに東吾が裏庭へ行ってみると、筵の上にシロが横になって、仔犬達はそのシロに抱きついたような恰好でよくねむっている。

「お前は、男のくせに面倒みがいいんだな」（17―9〜10）

ところが、

五、六匹はいた仔犬が二匹になっている。

「今日、又、一匹、もらわれていったそうですよ」（17―27）

「萩の間のお客が、仔犬を一匹もって行ったそうです。くれともいわないでつまみ上げて行っちまったそうです」（17―30）

その月の終りに、最後の一匹になった仔犬を長助が取りに来た。

（……）

例によって、ぼんのくぼにちょいと手をやって、長助はかなり大きくなった仔犬の首に縄をつけて曳いて行った。（17—32）

という次第で、結局、仔犬は全部もらわれていってしまう。

最後の一匹が「首に縄をつけて」曳かれて行くのを見送りながら、子煩悩なシロはどんな気持ちであったろう。同情を禁じ得ない。

時あたかも「尾花茶屋の娘」事件に振り回され、「かわせみ」の人々はシロの気持ちを忖度するゆとりがなかったのかもしれない。とすれば、シロにとっては不幸なめぐりあわせであった。

その後、しばらくシロの姿が作中から途絶える。次に登場するのは、20—191「さかい屋万助の犬」事件の際で、この「尾花茶屋の娘」から計算上は三年が経過している。

空白の三年。私はこの間、シロは「かわせみ」に居なかったのではないかと推測する。「かわせみ」の飼い犬であれば、日常の明け暮れに頻繁に顔を出してもよいはずなのに、三年間一度も言及されないというのは、じつはシロは家出をしてしまったのではないか。仔犬を失った傷心のゆえに、「かわせみ」から姿を消してしまったのではないか。もともと迷い犬、すなわち放浪癖を持つ犬なのである。

では、家出したシロはどこへ行ったのか。

探してみた。三年間の不在、ということはパラレル・ワールドを計算に入れれば一年半、それだけの期間、どこかでひょっこり犬が現れ、また姿を消したというような現象は生じていないか。草の根を分けて、せっせと探してみた。

見つけた。

(かなわぬまでも……)

飛びつくまでと覚悟をきめた平蔵へ、

「まいるぞ」

じわりといい、自信にみちた一刀を打ちこまんとした凄い奴が、突然、よろめいた。

なんと……。

〔弥惣〕の柴犬が何処からかあらわれ、凄い奴の右足へ噛みついたのであ

る。（『鬼平犯科帳』9―164～165「本門寺暮雪」）

なんと……。こんなところで長谷川平蔵の危急を救っていたのである。平蔵にとどめの一太刀を打ち込もうとしていた「凄い奴」をよろめかせ、一挙に形勢を逆転させる大殊勲を立てている。

鬼平さんの命の恩人であるこの柴犬こそ、「かわせみ」のシロに相違ないと私が考えたのは、ひとえにこの柴犬の〈消え方〉にある。あまりに異常なのである。

登場の仕方はごくふつうである。雪降る本門寺、平蔵は茶店〈弥惣〉で一服する。

〈弥惣〉で飼っている茶色の柴犬が、しきりに平蔵へ身を寄せてくるので、

「これ、何か犬にやるものはないか？」

と、平蔵が、弥惣の小女から煎餅（せんべい）を買い、これを割っては柴犬に食べさせてやった。（『鬼平犯科帳』9―161）

この三ページ後にくだんの決闘シーンとなり、命拾いした平蔵は、
柴犬を両腕に抱きしめ、頬をすり寄せつつ、犬に向ってこういった。
「これ、わしの子になるか。江戸へ、いっしょに行こう。お前を茶店のおやじから、もらいうけるぞ」（『鬼平犯科帳』9―167〜168）
そうやって、平蔵の屋敷に飼われることとなった柴犬は牡で、「クマ」と名付けられた。三年も〔弥惣〕で飼われていたにしては、じつにあっさり平蔵に懐い(なつ)てしまい、
「このように早く懐いてしもうたのは、いったい、どうしたわけでございましょう」（『鬼平犯科帳』9―185「浅草・鳥越橋」）
と妻の久栄(ひさえ)は首を傾(かし)げる。
以来、「ちかごろは平蔵、朝、庭先で吠えるクマの声に目ざめるのが、たのしみで仕方がない」（『鬼平犯科帳』9―186）、クマが居なくては夜も日も明けないあ

りさまとなり、

平蔵は、縁側へ出て、

「クマよ、クマ」

愛犬を呼び、喜楽煎餅をあたえた。(『鬼平犯科帳』9―290「狐雨」)

ところが、これほどに可愛がられていたクマは、雪の本門寺からほぼ一年を経過した冬、

縁の下で、クマが鳴いている。頭上で寝酒をのんでいる主人に甘えて、呼びかけているのであった。(『鬼平犯科帳』11―218「密告」)

とあるのを最後に、作中からぷっつりと消息を絶ってしまう。

なぜだろう。かねて不思議だった。あれほど平蔵の身辺に近しかったクマが忽然と姿を消したというのに、著者はひとことの説明すらせず、まるでそんな犬など初めから存在しなかったかのような顔で、話を先へ進めてゆく。そんな異常な

〈消え方〉が、前々から不思議でならなかった。

クマは「かわせみ」に帰ったのだ、と考えるとこの謎が解ける。

鬼平の世界を飛び出して、別の作品世界へ行ってしまった。だから、著者の池波正太郎氏にも、クマがどこへ行ってしまったか分からなかったのである。忽然と姿を消してしまった。探してみても、自らが創り出した世界のどこにも発見できない。説明のしようがない。そこであきらめて、初めから居なかったような顔で、話を続けて行ったのである。

なるほど、あの異常な〈消え方〉はそういうわけであったのか。

シロが「かわせみ」に不在だったのが三年、二軒分と換算して一年半、クマが鬼平のもとに居たのが丸一年で、時間的な辻褄もほぼ合う。

また、「かわせみ」から姿を消した頃のシロは「体も大きくなったし、力もある」(17―8)とあり、敵の足に噛みついて平蔵の危難を救うに資格充分である。

そして。

「このように早く懐いてしもうたのは、いったい、どうしたわけでございましょう」という久栄の疑念も氷解する。クマはじつは茶店で三年も飼われていたのではなく、この直前に「かわせみ」を家出して来たに過ぎない。だから茶店のおやじを恋しがることもなく、すんなり平蔵に懐いたのである。

という次第で、クマ＝シロと考えると諸方がうまく収まるのだが、一つだけ問題がある。

毛色である。シロはむろん白い犬、クマは「茶色の柴犬」、ともに牡の成犬であることは共通するものの、毛色が歴然と違う。これをどう説明するか。

こう考えたらどうだろう。

「かわせみ」は幕末である。鬼平の「本門寺暮雪」は寛政六（一七九四）年のできごとである。となると、シロはほぼ五十年をワープして平蔵の危急に馳せ参じたことになる。その時間旅行の間に、白かった毛並みが旅の垢にまみれるか、あるいは何らかの化学変化を生じるかして、茶色くなってしまったのではないか。

それにしても、せっかく五十年も旅して、鬼平さんの世界に引っ越して来たというのに、シロの奴、どうしてまた古巣へ戻って行ったのだろう。

ひょっとして、食べ物のせいだったのではないか。

「弥惣の小女から煎餅を買い、これを割っては柴犬に食べさせてやった」、「縁側へ出て（……）愛犬を呼び、喜楽煎餅をあたえた」、まったく平蔵と来たら、煎餅しか食べさせてくれないのである。これではいかに辛抱強い犬でもたまるまい。

そう言えば、「どこかで、平蔵の愛犬クマが鼻を鳴らしている」(『鬼平犯科帳』10—49「犬神の権三」)、クマは良く鼻を鳴らしていた。あれは、煎餅以外の物も欲しいようと訴えていたのかもしれない。

かくて「かわせみ」に舞い戻ったシロは、今度こそ性根を据え、「見知らぬ者が、うっかり庭へ入って来ると老犬とは思えない声で吠える」(21—278「富貴蘭の殺人」)と、老いてなお「かわせみ」のために働き、

昨年の暮に長いこと飼っていた犬が老衰のために死んだ(……)。(22—134「月と狸」)

めでたく天寿を全うしたのであった。

作品一覧

『半七捕物帳』

著者……岡本綺堂（一八七二〜一九三九）

一九一七年から『文芸倶楽部』に、三四年から三六年まで『講談倶楽部』その他に計六十八話を発表。単行本は戦前の新作社版全五巻（二三年〜）、現代大衆文学全集版、戦後も青蛙房版全五巻（六七年）ほか多数。八五年に光文社時代推理小説文庫版全六巻（現在は光文社時代小説文庫、いずれも全六巻）。舞台では半七の左眉に黒子を付けたという六代目尾上菊五郎ほか長谷川一夫、テレビでは尾上松緑、平幹二朗、七代目尾上菊五郎などが演じている。

『富士に立つ影』

著者……白井喬二（一八八九〜一九八〇）

一九二三年から二七年まで全八巻本が報知新聞社から刊行された。戦前、多くのシリーズが出たが、戦後は新潮文庫・富士見時代小説文庫を経て、ちくま文庫（底本は学芸書林刊『定本白井喬二全集』）では全十巻で八万部以上読まれている。映画では四二年に阪東妻三郎、五七年に市川右太衛門が佐藤菊太郎を演じた。

『鞍馬天狗』

著者……大佛次郎（一八九七〜一九七三）

一九二四年から六五年まで四十七作を『ポケット』『週刊朝日』などに連載。「角兵衛獅子」「山嶽党奇談」はいずれも『少年倶楽部』。単行本は、二五年博文館から『幕末秘史　鞍馬天狗』の題で発行。苦楽社・中央公論社・光風社書店ほかのシリーズがある。博文館文庫、朝日文庫、徳間文庫などで文庫化された。嵐寛寿郎主演映画が有名。ほかに市川雷蔵、高橋英樹など。

『宮本武蔵』

著者……吉川英治（一八九二～一九六二）

一九三五～三九年まで『東京朝日』『大阪朝日』に連載。単行本は大日本雄弁会講談社の六巻本（三六～三九年）が最初。現在は吉川英治歴史時代文庫八巻本（同文庫の14～21に相当）や新聞連載時の挿絵を収めた愛蔵四巻本（いずれも講談社）がある。文庫版は八九年の発刊以来、約三七〇万部読まれている。著名人三百人による「『時代小説』ベスト100」でも第一位に輝く（『週刊文春』九六年八月十五・二十二日号）。映像化は六一～六五年に中村錦之助が武蔵役、入江若葉がお通役の五部作映画、そのほか武蔵役に片岡千恵蔵・三船敏郎など多数ある。

『顎十郎捕物帳』

著者……久生十蘭（一九〇二～五七）

一九三九年から断続的に、六戸部力（むとべつとむ）・谷川早（たにかわはやし）名義で『奇譚』などに連載。単行本は四〇年博文館のほか、文庫版の底本となる岩谷書店、春陽堂、三一書房、六興出版から刊行。文庫版では八六年に東京創元社から他作品と合わせて『久生十蘭集』に収録、九八年朝日文芸文庫で出版。東京創元社版だけで四万部以上読まれている。映像化は六八年、若林豪主演のテレビドラマが知られる。

『戦艦大和ノ最期』

著者……………吉田満（一九二三〜七九）

初稿は、占領軍検閲により、文体も口語体に直され、四九年『軍艦大和』（銀座出版社）として出版。本来の形は五二年に創元社から。この年、ベスト売上げ十七位にランクイン。決定稿は七四年、北洋社より『戦艦大和ノ最期』として出される。現在の講談社文芸文庫版は、この北洋社版本文を新漢字、新仮名遣いで表記した八一年講談社版を底本とする。吉田満は海軍少尉で四五年、大和の沖縄突入戦に従軍。戦後は日本銀行の重役になった。

『新・平家物語』

著者………吉川英治（一八九二〜一九六二）

一九五〇〜五七年、『週刊朝日』に連載。単行本は五一〜五七年の二十四巻本（朝日新聞社）をはじめ、六興出版社版、講談社版と多数。現在の吉川英治歴史時代文庫（講談社）は十六巻本（同文庫の47〜62に相当）。これらの累計で、これまでに一〇〇〇万部以上読まれている。五三年に菊池寛賞、五五年に朝日賞受賞。NHK大河ドラマ『新・平家物語』は七二年の放映、平清盛役は仲代達矢、源義経役は志垣太郎だった。

『平将門』

著者……海音寺潮五郎（一九〇一～七七）

一九五四～五五年『産業経済新聞』に、五六～五七年『産経時事』に連載。単行本は五五年に二巻本（講談社）が出された。新潮文庫版（上・中・下巻）だけで、六七年の刊行以来、あわせて一五〇万部超が読まれている。NHK大河ドラマでは、同時代の藤原純友を主人公とした海音寺の長篇小説『海と風と虹と』と本書をあわせて、七六年に『風と雲と虹と』の題名で放映。平将門役は加藤剛、藤原純友役は緒形拳だった。

『樅ノ木は残った』

著者……山本周五郎（一九〇三～六七）

一九五四～五五年『日本経済新聞』に、五六年に続編「原田甲斐　続・樅ノ木は残った」を同紙に連載。三五〇枚書き下ろしを加え完結した単行本は、五八年に二巻本（講談社）で出版された。五九年に毎日出版文化賞に推されたが辞退。新潮文庫版（上・中・下巻）だけで、六三年の刊行以来、あわせて二〇〇万部以上売れている。NHK大河ドラマは、七〇年に放映。原田甲斐役は平幹二朗だった。

『眠狂四郎無頼控』

著者……………柴田錬三郎（一九一七〜七八）

一九五六〜五八年、『週刊新潮』に連載。『続三十話』は五九年、同誌に連載。単行本一〜七までと『続三十話』は新潮社から（五六〜五九年）、新潮文庫版（六〇〜六五年）は全六巻。新潮文庫には、同シリーズの『眠狂四郎独歩行』『眠狂四郎殺法帖』『眠狂四郎孤剣五十三次』『眠狂四郎虚無日誌』『眠狂四郎無情控』『眠狂四郎異端状』『眠狂四郎京洛勝負帖』も収められている。映画の市川雷蔵の狂四郎役が有名。

『柳生武芸帳』

著者……………五味康祐（一九二一〜八〇）

一九五六年から五八年まで『週刊新潮』に連載し、中断したまま著者の死により未完。単行本は全七巻（五六〜五九年）、文庫版は上・下巻（九三年）、いずれも新潮社から出ている。文庫だけで旧版（上・中・下巻。六二年〜）もあわせて、これまでに一〇〇万部以上が読まれている。映画では三船敏郎、鶴田浩二、近衛十四郎主演で、テレビでは八五年の正月十二時間ドラマで、北大路欣也が柳生十兵衛を、芦田伸介が柳生宗矩を演じた。

『甲賀忍法帖』

著者……山田風太郎（一九二二〜二〇〇一）
一九五八〜五九年まで『面白倶楽部』連載。五九年に光文社から単行本化。その後、本書につづき、『江戸忍法帖』『くノ一忍法帖』を含む『山田風太郎忍法全集』全十五巻（六三〜六四年）で一大忍法帖ブームが興り、全集総計三〇〇万部、六四年ベストセラー第三位にランクイン。忍法帖シリーズは、講談社ノベルススペシャルほか、富士見時代小説文庫などに収録。

『竜馬がゆく』

著者……司馬遼太郎（一九二三〜九六）
一九六二〜六六年、『産経新聞』に連載。単行本は六三年に立志篇、続いて風雲・狂瀾・怒濤・回天篇が出された。六六年菊池寛賞受賞。この全五巻（現在は新装版）と文春文庫全八巻、司馬遼太郎全集三・四・五巻の『竜馬がゆく』（以上、文藝春秋刊）をあわせて総計一七〇〇万部以上が読まれている。テレビでは六八年のNHK大河ドラマで、北大路欣也が坂本竜馬を演じた。

『国盗り物語』

著者……司馬遼太郎（一九二三〜九六）
一九六三〜六六年、『サンデー毎日』に連載。単行本は六五年に一・二巻（前編・斎藤道三）、六六年に三・四巻（後編・織田信長）が新潮社から出された。『竜馬がゆく』

とともに六六年、菊池寛賞受賞。ＮＨＫ大河ドラマは七三年の放映、平幹二朗が斎藤道三役だった。

『用心棒日月抄』

著者……………藤沢周平（一九二七〜九七）

一九七六年から『小説新潮』『別冊小説新潮』に断続的にシリーズ連載。単行本は七八年に新潮社から。新潮文庫版（一九八一〜二〇〇四年）には、同シリーズの『孤剣』『刺客』『凶刃』も収められている。そのほか『藤沢周平全集』（文藝春秋刊）の第九巻、十巻にも収載。ＮＨＫテレビドラマは九二〜九三年、「腕におぼえあり」というタイトルで、青江又八郎役を村上弘明が演じた。

『鬼平犯科帳』

著者……………池波正太郎（一九二三〜九〇）

一九六七年から九〇年の著者死去による最終話未完まで『オール讀物』に断続的にシリーズ連載。単行本は六八年の『鬼平犯科帳』から最後の『誘拐』まで文藝春秋から（計十九冊）。七七年、本作品ほかにより吉川英治文学賞受賞。文春文庫『鬼平犯科帳　一〜二十四』など累計で二七〇〇万部以上読まれている。鬼平こと長谷川平蔵宣以役は八代目松本幸四郎（白鸚）に続いて、その次男、二代目中村吉右衛門が、テレビドラマ・映画・舞台いずれも演じている。

『剣客商売』

著者……池波正太郎（一九二三～九〇）

一九七二年から七四年まで『小説新潮』に連載、その後、八九年まで断続連載。単行本は七三年『剣客商売』から最後の『浮沈』まで全十六冊、文庫版は全十六巻で、いずれも新潮社から。累計で二〇〇〇万部超が読まれている。七七年、本作品ほかにより吉川英治文学賞受賞。テレビドラマでは秋山小兵衛を山形勲、中村又五郎、藤田まこと、大治郎を加藤剛、渡部篤郎らが演じた。

『真田太平記』

著者……池波正太郎（一九二三～九〇）

一九七四年から八二年まで『週刊朝日』に、四百四十九回にわたり連載、原稿用紙九〇〇〇枚の大長編となった。単行本は七四年から八三年まで全十六巻本、その後、新装版が八四年から八五年まで全十八巻本で朝日新聞社から出された。新潮文庫（全十二巻）だけで、七五〇万部以上読まれている。八五年にNHK新大型時代劇でテレビドラマ化され、真田幸村を草刈正雄が演じた。ほかに丹波哲郎、遥くららなどが出演している。

『幻燈辻馬車』

著者……山田風太郎（一九二二～二〇〇一）

一九七五年、『週刊新潮』に連載。七六年に新潮社から単行本化。七三～七四年の『オール讀物』連載『警視庁草紙』につづく明治物。河出文庫上・下巻ほか、九七年五月から刊行が始まった筑摩書房『山田風太郎明治小説全集』に収録されている（愛蔵版では第二巻、文庫版では第三・四巻）。

『影武者徳川家康』

著者……………隆慶一郎（一九二三〜八九）

一九八六年から八八年まで『静岡新聞』に連載。単行本は八九年。文庫（九三年）は上・中・下全三巻。ほかに『隆慶一郎全集』第三巻に収録（いずれも新潮社）。本作品を原作に『影武者徳川家康』（原哲夫画、コミックス版全六巻、集英社）として劇画化されている。

『日出処の天子』

著者……………山岸凉子（一九四七〜）

一九八〇年四月号から八四年六月号まで、月刊まんが誌『ＬａＬａ』に連載。八〇〜八四年に白泉社から花とゆめコミックス版全十一巻、九四年、白泉社文庫版全七巻。現在は、ＫＡＤＯＫＡＷＡより「完全版」（全七巻）が刊行中。八三年、スケールの大きさなどを理由に、講談社漫画賞を受賞した。

『大菩薩峠』

著者………中里介山（一八八五〜一九四四）

一九一三年『都新聞』に連載された後、『東京日日新聞』『国民新聞』『読売新聞』『隣人之友』などに断続連載。単行本は一八年から刊行され、その後、書き下ろしを加えて四十一巻まで書き継がれたが、作者の病死によって未完となった。愛蔵版（全十巻）、文庫版（全二十巻）がともに筑摩書房より刊行されている。五度にわたり映画化され、机竜之助を片岡千恵蔵、市川雷蔵、仲代達矢などが演じている。

『御宿かわせみ』

著者……………………平岩弓枝（一九三二〜）

一九七三年から七七年まで『小説サンデー毎日』に連載。その後、八二年から『オール讀物』に連載され、現在もシリーズは続いている。単行本は八〇年から、文庫版ともに文藝春秋より刊行中。初のテレビドラマ化は八〇年、神林東吾を小野寺昭、るいを真野響子が演じている。

あとがき

災厄であったのかもしれない。

中学二年の夏休みに吉川英治の『新書太閤記』にはまり込んで以来、折々の恰好のなぐさめとなり、ひいては私を今の道に導くに至った歴史小説の世界に遊ぶ楽しみが、本書を書くことによって大きく変形してしまった。

気がつけば、数えている。

たとえば今読んでいるのは、池波正太郎の仕掛人・藤枝梅安シリーズ。

　ぬれ半紙を顔に貼りつけられ、おみのがはっと目ざめたとき、梅安の親指がぐ、いと、殺し針をおみのの心ノ臓へ埋めこんでいた。（講談社文庫1巻―39ページ）

戦慄したり、

鍋の出汁が煮えてくると、梅安は大根の千六本を手づかみで入れ、浅蜊も入れた。刻んだ大根は、すぐさま煮えあがる。それを浅蜊とともに引きあげて小皿へとり、七色蕃椒を振って、二人とも、汁といっしょにふうふういいながら口へはこんだ。

「うめえね、梅安さん」（1―204）

舌鼓を打ったり、昔ならそうやって楽しむだけだったろうに、気がつけば数えている。

「でもね、彦さん。あの毒薬は高かったよ。二十両が消し飛んでしまった」（1―150）

え―と確かこの殺しは二十両で請け負ったはずだから、毒薬にまるまる二十両投じてしまったのでは、諸経費を引けば赤字で、でも前回の殺しでは大枚百五十両の報酬を得ているから京への旅費を差し引いても……気がつけば、パソコンで家計簿ソフトを立ち上げ、仕掛人稼業は果たして引き合うものなりや否やと計算している。梅安さんの懐具合まで気にするようになるとは、いやはやとんだ〈歴史小説の懐〉。

かくて中学二年の夏休みは永遠に戻らない。今度の敵はどんな智略でやっつけてくれるのかと秀吉の采配ぶりをわくわくはらはら見守った、あの無邪気な読者にはもはや戻れない。気がつけば数えている、分析している、舞台裏を覗こうとしている。

僥倖であったのかもしれない。失われた純粋読者としての楽しみの替わりに、より深くよりするどく作品世界に潜入する道が開けてきたのだから。

よって、この災厄かつ僥倖の〈仕掛人〉であるお二方の御芳名をここに銘記しておくこととしよう。朝日新聞社書籍編集部の岡恵里さん、そして池谷真吾さん、ありがとうございました。

本書は、二〇〇〇年六月に朝日新聞社より刊行された同名書を文庫化したものです。文中の記述内容は親本刊行当時を現在とします。

初出一覧
「時代小説二十一面相」（『一冊の本』一九九六年四月号から一九九七年七月号、一九九八年六月号から八月号、一九九九年四月号・五月号）
「大菩薩峠の七不思議」（『一冊の本』一九九九年六月号から十二月号）
「御宿かわせみの建築学」（単行本書き下ろし）

山室恭子―1956年東京都生まれ。東京大学文学部卒業、同大学大学院人文科学研究科博士課程中退。文学博士。現在、東京工業大学工学院経営工学系教授。専攻は日本史。主な著書に、『中世のなかに生まれた近世』(講談社学術文庫、サントリー学芸賞受賞)、『江戸の小判ゲーム』(講談社現代新書)、『大江戸商い白書』(講談社選書メチエ)、『黄金太閤』(中公新書)、『黄門さまと犬公方』(文春新書) などがある。

講談社+α文庫 歴史小説の懐(れきししょうせつのふところ)

山室恭子(やまむろきょうこ)

2017年12月20日第1刷発行

発行者――鈴木 哲
発行所――株式会社 講談社
東京都文京区音羽2-12-21 〒112-8001
電話 編集(03)5395-3522
販売(03)5395-4415
業務(03)5395-3615
デザイン――鈴木成一デザイン室
カバー印刷――凸版印刷株式会社
印刷――慶昌堂印刷株式会社
製本――株式会社国宝社

落丁本·乱丁本は購入書店名を明記のうえ、小社業務あてにお送りください。
送料は小社負担にてお取り替えします。
なお、この本の内容についてのお問い合わせは
第一事業局企画部「+α文庫」あてにお願いいたします。
Printed in Japan ISBN978-4-06-281738-7
定価はカバーに表示してあります。

講談社+α文庫 Ⓔ歴史

- ＊真田と「忍者」　加来耕三
  大河ドラマ「真田丸」、後半を楽しむカギは「忍者」！　忍者ブームに当代一の歴史作家が挑む　920円 E 1-8
- ＊坂本龍馬の正体　加来耕三
  人気歴史作家が新出史料を読み解き、もっとも実像に近い幕末の英雄の正体を描き出す！　950円 E 1-9
- マンガ 老荘の思想　蔡志忠・作画 和田武司・訳 野末陳平・監修
  超然と自由に生きる老子、荘子の思想をマンガ化。世界各国で翻訳されたベストセラー!!　750円 E 5-1
- マンガ 孔子の思想　蔡志忠・作画 和田武司・訳 野末陳平・監修
  二五〇〇年受けつがれてきた思想家の魅力を描いた世界的ベストセラー。新カバー版登場　690円 E 5-2
- マンガ 孫子・韓非子の思想　蔡志忠・作画 和田武司・訳 野末陳平・監修
  深い人間洞察と非情なまでの厳しさ。勝者の鉄則を明らかにした二大思想をマンガで描く　750円 E 5-3
- ＊マンガ 菜根譚・世説新語の思想　蔡志忠・作画 和田武司・訳 野末陳平・監修
  乱世を生きぬいた賢人たちの処世術と数々のエピソードが現代にも通じる真理を啓示する　700円 E 5-7
- マンガ 禅の思想　蔡志忠・作画 和田武司・訳 野末陳平・監修
  悟りとは、無とは!?　アタマで理解しようと力まず、気楽に禅に接するための一冊!!　780円 E 5-8
- ＊マンガ 孟子・大学・中庸の思想　蔡志忠・作画 和田武司・訳 野末陳平・監修
  政治・道徳・天道観など、中国の儒教思想の源流を比喩や寓話、名言で導く必読の書!!　680円 E 5-9

＊印は書き下ろし・オリジナル作品

表示価格はすべて本体価格(税別)です。本体価格は変更することがあります